Sur les te...

LE
VOYAGE

Sur les terres de Kianah

2

LE
VOYAGE

Amélie Dubé

SGNT
MÉDIA

Révision linguistique : Maryse Faucher
Correction d'épreuves : Catherine Vallée-Dumas, Nancy Coulombe
Conception de la couverture : Matthieu Fortin
Illustration de la couverture : ©Thinkstock
Mise en pages : Sylvie Valois
ISBN livre : 978-2-89733-186-3
ISBN PDF : 978-2-89733-187-0
ISBN ePub : 978-2-89733-188-7
Première impression : 2013
Dépôt légal : 2013
Bibliothèque et Archives nationales du Québec
Bibliothèque Nationale du Canada

SGNT Média Inc.
1385, boul. Lionel-Boulet
Varennes, Québec, Canada, J3X 1P7
Téléphone : 450-929-0296
Télécopieur : 450-929-0220
www.ada-inc.com
info@ada-inc.com

Diffusion
Canada :   Éditions AdA Inc.
France :   D.G. Diffusion
                  Z.I. des Bogues
                  31750 Escalquens — France
                  Téléphone : 05.61.00.09.99
Suisse :   Transat — 23.42.77.40
Belgique :   D.G. Diffusion — 05.61.00.09.99

Imprimé au Canada

Participation de la SODEC.
Nous reconnaissons l'aide financière du gouvernement du Canada par l'entremise du Fonds du livre du Canada (FLC) pour nos activités d'édition.
Gouvernement du Québec — Programme de crédit d'impôt pour l'édition de livres — Gestion SODEC.

CHAPITRE 1

Ce jour de lendemain de fête était, pour la plupart des gens, un jour normal. Cependant, pour la princesse Illah, il était spécial. Non seulement il s'agissait du premier de sa vie de femme mariée, mais c'était aussi le jour de son départ pour le voyage d'acceptation de l'union. Alarik et elle devaient se rendre dans l'ouest du continent, sur les terres du conseil des mages qui décideraient de la validation ou non de son mariage.

Illah terminait ses bagages lorsque son époux entra dans la chambre. Il lui demanda :

— Tu veux prendre un carrosse pour le voyage ou monter à cheval ?

— Tu veux rire de moi, là ! s'exclama Illah. Tu sais très bien que je vais prendre un cheval, mon cheval.

— Je sais, je voulais juste te taquiner un peu. Ton cheval est sellé et prêt à partir. Tes parents nous attendent devant les écuries. Tu es prête ?

– Oui. J'ai pris tout ce dont je puisse avoir besoin. Tu as pris les épées ? Je ne retrouve pas la mienne, dit la princesse, un peu exaspérée de ne pas avoir son arme sous la main.

– Ton épée est dans son fourreau, attaché à la selle de ton cheval qui piaffe d'impatience. Viens, nous avons beaucoup de route à faire et seulement le temps d'une lune…

– Je sais, je sais, allons-y.

Lorsque la jeune femme arriva devant les écuries, elle trouva son père, sa mère et son frère qui les attendaient ainsi que le père d'Alarik, Théodore. Personne d'autre n'était autorisé à approcher le jeune couple avant son départ. Ils devaient subir l'épreuve de l'isolement en tant que couple et non pas en tant que membres de leur famille respective. Toutefois, les parents étaient autorisés à saluer leur départ.

Iza-Mel prit sa fille dans ses bras et la serra très fort. Puis elle lui glissa une bourse dans la main et lui murmura :

– C'est un peu d'argent au cas où. Cache-le bien. Si tu te retrouves dans le pétrin, tu auras de quoi te dépanner.

– Merci, mère, dit Illah.

– Prends bien soin de toi, ma fille. Pour une fois, je suis soulagée de savoir que tu sais manier l'épée, cela pourrait t'être très utile ; on ne sait jamais ce que l'on va rencontrer sur ces routes.

– N'ayez crainte, mère, nous sommes deux pour nous défendre.

– Illah, l'appela son père, je te souhaite un bon voyage. Sois prudente et prends bien soin de ton mari.

– Oui, père.

Le roi serra timidement sa fille dans ses bras, puis il s'écarta et lui fit un clin d'œil. Elle lui sourit en retour et lui murmura :

– Je vous aime très fort, père.

Mika s'avança à son tour vers sa sœur. Il la prit dans ses bras. Son étreinte fut intense comme s'il voulait ne jamais la laisser partir, puis il la relâcha et lui dit :

– Bon voyage. Fais attention à toi et reviens avec tous tes morceaux, et fais en sorte que ton grand gaillard de mari revienne sur ses deux jambes.

– Je te le promets, mon cher frère. Aide nos parents dans leurs tâches, je pense qu'ils en auront besoin.

– Je te le promets, ma sœur.

Alarik, de son côté, recevait de son père une magnifique épée en cadeau, et Théodore, qui était un homme sombre et peu démonstratif, dit à son fils :

– Prends soin de toi, prends soin de ta femme et reviens-moi entier. Je suis très fier de toi, mon fils, et je suis certain que ta mère veillera sur vous depuis l'endroit où elle se trouve.

– Merci, père, dit le jeune en serrant la main de son père.

Les nouveaux mariés montèrent en selle et, après avoir envoyé la main une dernière fois, ils se mirent en route. Illah voulait mettre le plus de distance possible entre elle et Èrèmonta, et ce, rapidement. Elle ne voulait pas regarder en arrière ; même si elle savait qu'elle reviendrait chez elle, cela lui causerait trop de chagrin de voir ceux qu'elle aime.

Lorsqu'il eut galopé pendant plusieurs heures, le jeune couple s'arrêta. Ils mangèrent un peu et laissèrent les chevaux brouter et reprendre leur souffle. Alarik demanda :

– Je sais que nous ne sommes pas censés en parler, mais est-ce que tu sais ce qui nous attend au conseil des mages ?

– Oui et non. Ils vont décider si notre union est acceptée ou non. Mais ce qui me fait peur, ce sont les épreuves dont nous a parlé Balthazar. J'espère que nous y arriverons.

– Je l'espère aussi, mais il ne faut pas s'inquiéter tout de suite de cela, il faut d'abord nous rendre jusqu'aux mages.

– Oui, et pour cela, il faudrait peut-être nous remettre en route, dit Illah en se levant.

– Exactement, dit Alarik, mais avant je dois faire quelque chose.

– Quoi ? demanda la jeune femme intriguée par le regard de son époux.

– Je dois voler un baiser à une princesse, dit le jeune homme en embrassant tendrement son épouse. Maintenant, nous pouvons partir.

– Tu es impossible, dit Illah en riant.

– Je sais, c'est pour ça que je suis fait pour toi.

C'est en riant de bon cœur qu'ils se remirent en route. Les chevaux arrivaient à tenir une cadence assez rapide et le jeune couple ne perdit pas de temps. Au bout de deux jours, ils arrivèrent au port de Rivielo, sur le bord du fleuve Taïka. Ils devaient y traverser en barque géante avec leurs chevaux pour se rendre au royaume d'Ébal.

La traversée du fleuve fut mouvementée à cause des vents forts, mais le jeune couple, qui passait son temps à se dévorer des yeux et à se bécoter, ne s'en aperçut presque pas. Les chevaux, par contre, durent être cajolés et amadoués fréquemment. Alarik décida de rester près d'eux, ce qui toucha Illah. Elle ne connaissait pas cette sensibilité chez son époux et c'était une agréable surprise pour elle.

Lorsqu'ils débarquèrent à Ébal, ils entreprirent la traversée du royaume d'est en ouest, ce qui se fit sans problème, mais dura presque deux semaines. Arrivée à la chaîne de montagnes de Glace, Illah se sentit frissonner juste à les regarder. Au Ganthal, il n'y avait presque jamais de neige, sauf dans le nord du pays. Toutefois, cela n'avait rien à voir avec ce qu'ils avaient devant eux. Alarik dit à Illah :

– Nous allons camper ici et demain nous irons à Rochmoni pour acheter des vêtements mieux adaptés au climat de ces montagnes. La route qui les traverse monte et redescend sans arrêt. Et même si nous ne sommes qu'à la fin de l'automne, dans ces montagnes, il neige déjà. En fait, il neige presque toute l'année. Le reste du temps, la neige devient de plus en plus dure pour former une couche de glace, d'où leur nom de montagnes de Glace.

– Je vois, dit Illah. Il n'y a pas moyen de les contourner?

– Non, à moins que tu ne veuilles perdre environ une lune supplémentaire juste pour se rendre au lac Kara et le traverser, ce qui, si je me souviens bien, n'est pas une option puisque nous avons une lune pour faire le trajet en entier.

– En effet, dit Illah, convaincue. Nous ferons comme tu voudras. Tu connais le chemin?

– Oui, ça faisait partie de mon entraînement à l'armée, d'apprendre à survivre dans ces montagnes. Ne t'inquiète pas. Si tu fais tout ce que je te demande, il n'arrivera rien. Mais il va falloir surveiller de près les chevaux.

– Pourquoi? demanda la princesse en caressant l'encolure de son étalon.

– Parce que le chemin que nous allons prendre est en partie fait de neige, de roche et de glace. La neige, ils pourront s'y faire, la roche aussi, mais la glace peut les blesser aux sabots. Si cela devait arriver, nous devrions les abandonner et terminer le voyage à pied. Tu comprends? demanda le jeune homme avec beaucoup de compassion dans la voix.

– Oui, je comprends. Si par abandonner, tu entends les laisser à la merci des éléments mourir de faim et de soif, ou de froid… je comprends très bien. Sache que ce n'est pas une option. Si je devais abandonner mon cheval, ce ne serait certainement pas pour le laisser mourir tout seul. Je le tuerais moi-même.

– Je sais, dit Alarik en lui prenant la main. Je ne veux pas plus que toi devoir me résoudre à tuer mon cheval. Attends une minute, j'ai une idée.

– Quoi?

– Je me demande… ne pourrions-nous pas laisser les chevaux en pension au village et acheter d'autres chevaux?

– Un cheval ou un autre, s'il est blessé par la glace, nous devrons quand même le tuer, raisonna Illah.

– Peut-être pas, lui répondit Alarik.

– Pourquoi ?

– Eh bien, les villageois connaissent bien le danger que représentent ces routes de montagne, donc leurs cheveux portent des fers qui sont faits exprès pour aller sur ces chemins difficiles. De plus, ce sont des animaux qui sont d'une race particulière à la région et qui résistent beaucoup mieux au froid.

– Alarik, je t'adore, tu es génial ! s'écria Illah en lui sautant dans les bras.

– Merci, ma princesse, dit Alarik en lui volant un baiser avant de la déposer par terre.

– Demain, nous irons faire nos emplettes, dit la princesse légèrement rougissante. Ensuite, nous nous lancerons à l'assaut de ces montagnes. Combien de temps cela peut-il prendre pour les traverser ?

– Environ une semaine, moins si nous faisons vite et si nous n'avons pas droit à un blizzard. Si ce devait être le cas, nous devrions attendre que cela se calme avant de repartir. C'est très dangereux de se perdre dans ce genre de tempête.

– D'accord, dit Illah qui frissonna de nouveau en regardant les pics glacés des montagnes et en se demandant si les dieux seraient avec eux pour cette étape périlleuse de leur voyage.

Alarik installa la tente et Illah prépara un repas rapide fait avec leurs rations de voyage. Puis ils allèrent dormir dès que le soleil se fut couché, car à l'aube, ils devaient partir sans perdre de temps.

*

Dès les premières lueurs du jour, Illah et Alarik furent en route pour le village qui se trouvait à l'entrée de la route des montagnes de Glace.

Les gens du village parlaient avec un accent qui rendait impossible toute forme de conversation entre Illah et eux. C'est Alarik qui se chargea donc de faire les transactions avec le marchand qui leur vendit des chevaux et qui accepta de prendre leurs montures en pension. L'épouse du marchand leur vendit des vêtements chauds et leur expliqua dans sa langue comment utiliser avantageusement chaque vêtement. Illah se contenta de sourire et d'attendre les explications de son mari, qui semblait très à l'aise de s'exprimer dans cette langue. Les mots étaient prononcés différemment et certains devenaient carrément autre chose. Donc, lorsque la princesse pensait avoir saisi le sens d'une phrase, son époux lui expliquait qu'elle avait tout compris de travers.

Équipés de leurs nouveaux vêtements et de leurs nouvelles montures, les époux se mirent en route vers les montagnes sans attendre. L'épouse du marchand avait insisté afin de les garder chez eux pour la nuit. Alarik lui avait dit quelque chose à l'oreille qui avait rendu la femme très aimable et elle avait cessé d'insister tout en regardant Illah avec un air et un sourire mystérieux sur le visage.

Dès qu'ils furent suffisamment éloignés du village pour ne pas avoir l'air impolis, Illah demanda :

— Qu'est-ce que tu lui as dit, à cette femme, pour qu'elle me regarde comme ça ?

— Euh... je... je ne... Tiens, regarde, la porte de pierre, dit le jeune homme en désignant une espèce d'amoncellement de roches empilées les unes sur les autres et portant des gravures complexes sur tout son pourtour.

Illah les observa pendant quelques secondes et revint à son mari en lui disant :

— Tu changes de sujet, Alarik d'Ébal.

— Non, non, pas du tout. Nous devons laisser quelque chose qui nous appartienne entre deux pierres de la porte pour signifier que nous sommes de passage sur le chemin. Nous le reprendrons au retour.

— D'accord, prends mon foulard de soie rouge, dit Illah en lui désignant une des sacoches pendant au flanc du cheval du jeune homme. Tu sais, mon cher, si tu ne veux pas me dire ce que tu lui as dit, je lui demanderai lorsque nous reviendrons.

— Si tu veux, ma chérie, mais je ne pense pas que tu comprennes la réponse qu'elle te donnera, dit le jeune homme en riant.

— Vas-y, Alarik, ris de moi si tu veux, mais je vais le savoir, dit Illah avec conviction.

— Bien sûr, je n'en doute pas une seconde, dit le jeune homme en finissant de nouer le foulard autour de la pierre. Voilà, nous pouvons repartir.

Illah décida de changer de sujet en voyant que son époux s'obstinait à ne pas vouloir lui répondre. Elle demanda :

— Est-ce qu'il y a des gens qui vivent dans ces montagnes ?

— Pas en permanence puisqu'il n'y a aucune culture possible et que les animaux pour la chasse sont très rares.

— D'accord. Et nous croiserons beaucoup de monde durant le trajet ?

— C'est possible, mais étant donné que nous sommes en automne, il est aussi très possible de ne voir personne. C'est pour ça, le foulard sur la pierre. Si des gens du village de Rochmoni vont à la porte de pierre et ne voient plus le foulard, ils verront que nous sommes repartis. Si toutefois ils découvrent que le foulard est toujours là, disons au printemps, ils enverront des gens à notre recherche jusqu'à Senpar.

— Senpar ? Ce n'est pas le village tout près de l'école de magie ?

— Bravo, bonne leçon de géographie et bonne mémoire. C'est en effet là que nous devrions nous retrouver de l'autre côté de ces montagnes… dit Alarik en murmurant.

— Et ?

— Nous verrons lorsque nous y serons, dit Alarik. Profitons de cette belle journée pour avancer, dit le jeune homme en talonnant son cheval.

Illah fit de même, et tous deux se mirent à galoper sur le gravillon gelé qui jonchait le sol.

Alarik poussait Illah à accélérer la cadence, car il avait remarqué des traces de pas sur le côté de la route. Elles semblaient nombreuses et fraîches. Or, il n'y avait aucun objet personnel à l'exception de leur foulard sur la porte de pierre. Donc, il ne s'agissait pas de gens qui désiraient faire connaître leur présence en ces lieux hostiles. Il n'y avait que deux possibilités quant au genre de personnes qui pouvaient se trouver en ces lieux : soit des voyageurs qui venaient de l'autre côté, ce qui était une chose quasi impossible à cette époque de l'année, soit des bandits, des détrousseurs qui seraient venus se cacher dans les montagnes. Si c'était le cas, Alarik préférait ne pas penser à ce qui allait se passer. Il était tellement facile de faire disparaître une personne dans les nombreuses crevasses qu'il y avait entre les pierres et la glace...

Les deux tourtereaux avancèrent plutôt aisément sur la route sinueuse. Les chevaux étaient endurants et savaient comment se déplacer sur la roche et la glace. Quelques rares pousses d'herbe sortaient d'entre les pierres. Les deux époux se faisaient un devoir de laisser les chevaux les manger, comme leur avait recommandé de le faire le marchand de Rochmoni.

Illah trouvait l'attitude de son mari étrange par moments. Il regardait souvent par-dessus son épaule et scrutait beaucoup le paysage autour d'eux. Quelquefois, sans raison apparente, il pressait Illah de galoper un peu, ce qu'elle trouvait bizarre, mais elle ne posait pas de questions.

À mesure qu'ils prenaient de l'altitude, la température devenait de plus en plus froide. Leur souffle chaud laissait des nuées de vapeur dans l'air. Les chevaux ne semblaient pas souffrir de cette température, au contraire, ils étaient plus fringants à mesure qu'ils avançaient dans ce climat glacial.

Illah appréciait de plus en plus les vêtements chauds et lourds qu'ils avaient achetés au village. Elle n'aurait pas été très à l'aise dans ses vêtements ordinaires de voyage, quoique pratiques, car ils étaient faits de fibres légères pour laisser au corps plus de mobilité. La princesse se rendit compte qu'elle serait probablement en train de geler sur place si elle ne s'était pas changée.

Alarik ne disait presque rien à présent. Il était très concentré par la recherche de traces qui indiqueraient la présence de gens dans les environs. Il en avait vu beaucoup, et rien ne laissait penser qu'il s'agissait de voyageurs comme eux. Il ne voyait pas de traces de feux de camp ou d'empreintes récentes de chevaux et il ne voulait pas avoir de mauvaise surprise.

Lorsque le soleil commença à descendre derrière les pics enneigés et que la noirceur s'installa, le jeune homme dit à Illah :

— Tu as déjà voyagé de nuit ?

— Oui, bien sûr. Pourquoi cette question ?

— Eh bien, nous allons continuer d'avancer cette nuit. Je vais attacher ton cheval au mien ; comme ça, si tu t'endors, tu ne risqueras pas de dévier de ta route. Je tiendrai un flambeau devant nous et nous pourrons voir où nous allons. Ça te va ?

— Eh bien oui, si tu penses que c'est mieux comme ça, mais j'aimerais bien savoir pourquoi tu as l'air aussi nerveux et pourquoi tu nous as pressés toute la journée. Je sais que nous ne devons pas perdre de temps, mais à ce rythme, nous allons arriver très vite de l'autre côté et tu seras épuisé. De plus, je commence à avoir très mal dans les cuisses et les fesses. J'adore galoper, mais je ne suis pas entraînée à le faire pendant des jours sans arrêt.

— D'accord. Nous allons faire une petite pause. Tu pourras en profiter pour manger et te dégourdir les jambes, mais ensuite nous repartons.

— Pourquoi ? demanda la princesse exaspérée. Pourquoi ne pas monter la tente et dormir quelques heures ?

— C'est impossible pour le moment.

— Alarik d'Ébal, dit Illah qui commençait à se mettre en colère, soit tu me dis ce qui se passe, soit je m'assois ici et je ne bouge plus jusqu'à demain. Choisis maintenant !

Alarik frappa une pierre avec son pied en rageant. La pierre décolla et alla se perdre loin sur la route. Ce qu'elle pouvait être têtue quelquefois, cette fille-là !

Le devoir d'un homme est de protéger son épouse. Il le savait et faisait de son mieux pour appliquer ce principe, mais Illah ne lui facilitait pas la tâche. Le mieux serait peut-être de lui faire part de ses craintes. Toutefois, il ne savait pas comment elle réagirait, ou peut-être le savait-il trop bien. Illah était une battante, une vraie guerrière. Elle se fâcherait sûrement, sortirait son épée et attendrait que le possible ennemi de l'ombre se montre, et c'était justement ce qu'il voulait éviter.

Le jeune homme alluma une torche et s'approcha de son épouse qui se tenait très droite juste à côté de son cheval, les bras croisés sur la poitrine, en frappant le sol de ses pieds pour se réchauffer. Alarik murmura à Illah :

— Nous ne sommes pas seuls dans ces montagnes.

— Quoi ? s'écria la jeune femme.

— Chut ! dit le jeune homme en lui mettant un doigt sur les lèvres pour la faire taire. Il y a des gens qui se cachent ici, Illah. Peut-être des déserteurs ou des voleurs. Une chose est certaine, ils ne sont pas à cheval et ne font pas de feux. Ce ne sont pas des voyageurs. Il n'y a pas beaucoup de végétation dans le coin, mais tous les voyageurs font des feux. Pas les gens dont j'ai aperçu les traces et ils sont quelques-uns.

— Combien ?

— Je dirais au moins une dizaine, peut-être plus. Ils nous suivent. Je ne sais pas comment, étant donné que nous sommes à cheval et eux à pied, mais ils sont toujours passés avant nous sur la route et…

— Ce sont peut-être de vieilles traces… dit Illah avec peu d'espoir.

— Non, non, elles sont fraîches. Si ce sont des voleurs et des bandits, ou peu importe, ils vont attendre qu'on s'arrête pour attaquer. C'est la raison pour laquelle je ne veux pas ralentir la cadence. Tu comprends ?

— Oui, je comprends. Nous allons remonter en selle et avancer aussi vite que possible, et je garderai mon épée en main. Pas question de dormir cette nuit.

— Tu y arriveras ? demanda Alarik qui commençait à connaître suffisamment son épouse pour savoir qu'elle pouvait s'endormir presque n'importe où si elle était très fatiguée.

— Oui, bien entendu. Allons-y, avançons. J'ai froid lorsque nous ne bougeons pas.

— D'accord. Tu gardes ton épée au fourreau, mais avec la main dessus en permanence. Si nous sommes suivis, ils nous observent. Ils ne se méfieront jamais d'une petite femme tout emmitouflée dans ses gros vêtements, assise sur son cheval. Étant donné que nous n'avons pas l'avantage du nombre, nous devons avoir l'effet de surprise. Remarque, je m'inquiète peut-être pour rien et ce ne sont peut-être que des voyageurs, dit le jeune homme qui n'y croyait pas vraiment.

— Peut-être, mais comme le dit Éthan, vaut mieux être préparé au pire et que rien ne se produise, que de n'être préparé à rien et que le ciel nous tombe sur la tête. Allons, mari, monte sur ton cheval et en avant ! dit Illah en riant.

— Oui, madame, dit Alarik en mettant le pied à l'étrier tout en glissant son épée sous le pan de son long manteau.

La torche du jeune homme éclairait leur chemin suffisamment loin devant eux pour qu'ils puissent avancer au trot sans danger. De temps en temps, Illah entendait des bruits qui semblaient venir de tous les côtés.

Au début, elle prit cela pour l'écho des bruits de pas des chevaux, mais il devint évident que ce n'était pas le cas lorsqu'un petit éboulement de roches se fit juste à côté d'elle. Elle enfonça les talons dans les flancs du cheval et se lança au galop. Elle devança légèrement Alarik qui avait commencé à galoper, lui aussi.

Au tournant de cet étroit sentier, une odeur de musc et de sueur qui n'émanait pas d'elle ni d'Alarik lui vint au nez. L'odeur était très forte, comme si plusieurs personnes qui n'avaient pas pris de bain depuis des semaines se tenaient juste à côté d'elle.

Lorsque Alarik se mit à sa hauteur et qu'il leva le bras qui tenait la torche pour éclairer plus avant le chemin, Illah entendit un sifflement dans l'air et cria :

— Arrête! tout en tirant très fort sur les rênes pour stopper le cheval.

— Qu'est-ce qui se passe? demanda le jeune homme après s'être arrêté net à côté d'elle.

— Tu avais raison. Nous ne sommes pas seuls, Alarik, dit la jeune femme en murmurant. Et les personnes qui nous entourent sont armées.

— Comment sais-tu cela? demanda le jeune homme.

— Regarde par terre, juste derrière nous. Tu devrais apercevoir une flèche, dit la jeune femme qui demeurait complètement immobile.

— En effet, dit Alarik en regardant par-dessus son épaule.

— Il doit y avoir plusieurs archers de cachés tout autour de nous, murmura la princesse.

— C'est possible, admit le jeune homme. Raison de plus pour ne pas traîner ici plus longtemps.

Illah saisit le bras de son époux et lui murmura à l'oreille :

— Alarik, la torche que tu tiens fait de nous une cible facile. Si nous voulons leur échapper, tu vas devoir l'éteindre.

— Nous ne verrons plus rien et c'est plutôt facile de se perdre ici, dans le noir, ou encore de se tuer en tombant dans une crevasse. Je ne veux pas prendre ce risque, dit le jeune homme.

— Toi non, moi oui, dit la jeune femme en saisissant la torche pour l'éteindre avec la gourde qu'elle portait à la ceinture. Maintenant, mon cher mari, dès que la torche sera éteinte, tu vas faire reculer ton cheval et tu lui fais faire demi-tour. Ensuite tu pars au galop et tu attends un peu. Si tu n'entends rien, tu reviens par ici et tu me retrouves, et tiens-toi prêt à tout…

— Illah, je ne pense pas…

— Alarik, nous n'avons pas le temps de discuter, et bien que tu sois celui de nous deux qui a le plus d'entraînement à la guerre, je pense avoir été suffisamment bien formée par mon oncle pour savoir que, face à un ennemi que l'on ne peut pas voir et qui nous est supérieur en nombre, il n'y a que deux solutions.

— Lesquelles, général Illah? ironisa Alarik.

— Prendre la fuite ou prendre l'ennemi par surprise. Nous ne savons pas combien ils sont ni où ils sont. Nous savons seulement qu'ils sont nombreux, qu'ils ont des arcs et qu'ils savent s'en servir moyennement. Donc, nous allons prendre la fuite et nous retrouver plus tard; peut-être que l'effet de surprise de la fuite dans le noir fera sortir l'ennemi de sa cachette et, à ce moment, nous reviendrons sur nos pas pour les attaquer par surprise. Si tu te mets à la place de ces gens…

— C'est la dernière chose à laquelle je m'attendrais de la part de deux voyageurs, dont une femme. Je comprends maintenant. Il y a du génie dans cette belle petite tête, dit le jeune homme en lui caressant la joue tendrement.

— Merci. Prépare-toi. MAINTENANT! hurla la jeune femme après avoir éteint la torche et talonné son cheval pour qu'il parte vers l'avant.

Alarik fit exactement ce que la princesse lui avait demandé. Illah avait pris la direction de l'ouest, vers Senpar, et elle avait envoyé son mari dans l'autre sens. Elle voulait semer la confusion chez ceux qui les observaient et qui écoutaient le bruit des sabots pour les repérer.

Alarik galopa un petit moment et s'arrêta. Il écouta les bruits aux alentours et comme il n'entendait que des conversations lointaines, il rebroussa chemin. Il avança lentement et lorsqu'il arriva à la hauteur d'une énorme pierre, il descendit de son cheval avec son épée en main.

Il repéra les hommes qui les suivaient depuis leur arrivée sur le chemin. Ils étaient une bonne dizaine tenant des torches allumées. De plus, ils étaient armés de haches et d'arcs. Ils portaient tous des bonnets de laine multicolores et des vêtements faits de peau d'animal. Ils regardaient tous dans la direction qu'avait prise Illah.

Alarik s'approcha silencieusement d'eux et capta une partie de leur conversation ; il fut surpris de comprendre leur langue. C'était la langue parlée par la plupart des gens des pays de Ganthal et d'Ébal, et ils n'avaient aucun accent susceptible de donner un indice sur l'endroit d'où ils venaient. C'est à ce moment qu'il entendit le plus vieux des hommes, un grand gaillard aux cheveux grisonnants et au menton pointu, dire de sa voix grave aux intonations aristocratiques :

— Elle est rapide, la gamine. Son homme aussi. Il est grand et j'ai l'impression de l'avoir déjà vu. Je me demande ce qu'elle fait ici, cette petite princesse de Ganthal…

« "Petite princesse de Ganthal" ? Comment ce brigand peut-il savoir qui est Illah ? » se demanda Alarik. Il n'eut pas le temps de se poser davantage de questions, puisqu'il entendit le bruit d'un cheval qui arrive au grand galop. Alarik vit les hommes bander leurs arcs et brandir leurs haches en direction du cheval qui arrivait très vite ; mais avant d'avoir pu tirer une flèche, ils durent se séparer en deux groupes pour laisser passer l'animal qui courait comme s'il avait le feu aux fesses. '

Alarik vit le cheval passer près de lui sans cavalier. Il reconnut la monture d'Illah et se demanda où elle se trouvait. Les inconnus semblaient se poser la même question, puisqu'ils regardaient tous dans la direction que le cheval avait prise. Alarik contourna la grosse pierre qui lui servait de cachette et s'approcha un peu plus du petit groupe. Ils marchaient sur les traces du cheval et ne se rendirent même pas compte de la présence du jeune homme lorsqu'ils furent à sa hauteur. Par contre, ils ne purent ignorer le cri de guerre qu'Illah poussa en leur tombant dessus, après avoir sauté du haut d'une autre grosse pierre qui était de l'autre côté du chemin.

Le premier homme qui se trouva devant la princesse fut assommé sans plus de cérémonie par le manche de son épée. Le coup se répercuta dans son bras, mais Illah fit de son mieux pour ne pas se laisser distraire. Le second homme voulut charger avec sa hache, mais la princesse était petite et très rapide, et le manche de la hache était en bois. Elle le sectionna d'un coup sec de son épée et envoya un solide coup de pied au sternum de l'homme, qui s'écroula. Les autres hommes qui restaient voulurent donner la charge à cette petite femme qui leur avait fait perdre deux compagnons, mais Alarik choisit ce moment précis pour passer à l'attaque.

Il assomma deux hommes en les attaquant par-derrière. Puis, un grand homme chauve dégaina un sabre recourbé comme ceux qu'utilisent les gitans et les fakirs. Alarik comprit, à le voir le faire tournoyer comme il le faisait, que l'homme savait très bien se servir de son arme. Le jeune homme ne fit ni une ni deux, contourna le chauve et lui planta son épée dans le flanc gauche. L'homme s'écroula face contre terre en perdant son sang. Il ne restait plus que cinq hommes. Illah se battait avec deux d'entre eux en même temps. Les trois autres décidèrent de s'occuper d'Alarik et lui foncèrent dessus tous en même temps. Ce fut une grave erreur de leur part. À la dernière seconde, Alarik s'écarta de leur chemin en sautant sur une pierre, puis sur une autre et encore une autre. Il se retrouva au-dessus d'eux bien avant qu'ils aient compris leur erreur et qu'ils reviennent à la charge.

Illah, de son côté, commençait à se fatiguer et décida de mettre un terme à cette bagarre ridicule. La noirceur ne lui permettait pas de bien voir les visages de ses assaillants ; mais lorsque l'un des deux fonça sur elle pour lui couper la tête avec sa hache, elle para le coup, lui coupa l'oreille et lui envoya un grand coup de pied dans les parties intimes. L'homme s'écroula par terre en se tenant l'oreille d'une main et les parties de l'autre. Lorsque la princesse voulut en finir avec son dernier attaquant, elle sentit la froideur d'une lame glisser lentement sur sa gorge et un bras puissant lui encercler les épaules.

Alarik venait de mettre K.-O. le dernier des trois hommes qui l'avaient pris pour cible, lorsqu'il entendit :

— Du calme, jeune homme, ou la princesse perdra la tête.

— Qui êtes-vous ? demanda Alarik en s'approchant de l'homme qui tenait Illah en otage et qui se servait d'elle comme d'un bouclier.

— Je suis… commença l'homme.

— Il s'appelle Lord Lebel, dit la princesse qui se débattait comme elle le pouvait pour échapper à son ravisseur. C'est un traître de notre royaume.

Le dernier homme en état de combattre regarda tour à tour Illah, Alarik et Lord Lebel, puis décida que, finalement, cela n'en valait pas le coup. Il s'en alla en courant à travers la montagne sans demander son reste. Alarik ramassa une torche par terre et s'approcha de Lord Lebel. Il lui dit :

— Lâchez-la, monsieur, et je promets de ne pas vous tuer.

— Laisser la princesse Illah partir équivaut à signer mon arrêt de mort. Vous avez mis hors de combat presque tous mes hommes sauf un, qui, je dois l'admettre, était plus peureux qu'autre chose. Et tu penses, jeune homme que je vais laisser aller ma seule assurance de ne pas mourir cette nuit ? Non, jamais je ne ferai cela. Elle m'a déjà échappé une fois en me laissant ligoté comme un saucisson avec deux de mes hommes dans une forêt, après avoir volé mes chevaux et tout notre équipement. À cause d'elle, j'ai perdu ma situation de lord de Ganthal, ensuite j'ai perdu le peu que j'avais dans la forêt et ma chance de me refaire une vie. Et maintenant, vous pensez que je vais la laisser aller comme ça ? Jamais. Si elle n'avait pas de valeur marchande, cette petite peste, je la tuerais tout de suite sans aucun regret. Heureusement pour elle, en échange d'une rançon, elle pourrait faire de moi un homme riche, et je pourrais recommencer une vie décente. J'ai tout de même une question pour toi, jeune homme.

— Posez-la, votre question, espèce de vieux traître ignoble, dit Alarik entre ses dents.

— Pourquoi tiens-tu tant à elle ? Ce n'est qu'une petite garce de fille à papa qui se donne de grands airs.

Alarik dut faire un effort surhumain pour ne pas sauter sur Lord Lebel sur-le-champ. Il savait que la vie de son épouse était en danger et c'est la seule chose qui le retint. Il prit une grande respiration, histoire de se calmer un peu et d'éviter de faire une bêtise. Il dit d'un ton menaçant à peine maîtrisé :

— C'est ma femme, monsieur.

— Ta femme ? Pauvre petit. J'ai vraiment pitié de toi, dit Lord Lebel en prenant un air dépité. Dis-moi une chose, jeune homme, qu'est-ce que le roi de Ganthal t'a donné pour que tu acceptes d'épouser cette catastrophe ambulante ?

— Rien du tout, si ce n'est la main de sa fille, dit Alarik.

— Tu t'es fait avoir, mon petit, dit Lord Lebel en riant. Tu aurais dû demander la couronne du royaume et, selon mon opinion, ce n'aurait même été encore assez.

— Alarik, ne l'écoute pas. Regarde-moi, dit la princesse qui voyait bien que son époux faisait des efforts extrêmes pour ne pas sauter à la gorge de son ravisseur.

— Illah, je…

— Alarik, prends les chevaux et va-t'en. Je vais me débrouiller, dit la princesse avec une lueur de malice dans les yeux qu'Alarik ne vit pas à cause de la noirceur.

— Non, jamais, dit le jeune homme solennellement. J'ai juré devant les dieux et devant les rois que je prendrais soin de toi, Illah. Je vais tenir ma promesse. Je ne me sauverai pas au premier obstacle.

— Comme c'est touchant, dit Lord Lebel en riant. Vous avez trouvé un preux chevalier, princesse. S'il est aussi gentil, il devrait laisser tomber son épée par terre tout de suite avant que ma lame glisse et vous tranche la gorge.

Alarik laissa tomber son épée sur le sol gelé sans quitter Illah des yeux. Elle tremblait, mais ne semblait nullement effrayée. Alarik laissa ses doigts glisser sur le manche de la dague qu'il portait bien cachée sur sa cuisse et attendait le bon moment de s'en servir. Lord Lebel lui dit :

— Je te rends service en ce moment, jeune homme. Ton visage me semble familier. Je ne me souviens pas… Mais oui… bien sûr ! Suis-je bête ! Je me souviens de toi. Tu es Alarik d'Ébal, le fils de Théodore.

— Exact, dit Alarik.

— Le mariage entre Illah et toi est arrangé depuis des années. Je comprends maintenant comment tu t'es retrouvé avec cette petite peste sur les bras.

— Ce n'est pas une petite peste, dit Alarik, dont les doigts se refermaient lentement sur le manche de la dague.

— Crois-moi, c'est une vraie peste. Tu n'as pas eu le loisir de goûter à ce côté de sa personnalité. Je vais te faire une fleur. Je pars maintenant et je l'emmène avec moi, la petite. Repars chez toi et refais ta vie. Tu ne t'en porteras que mieux.

— Je ne pense pas, dit Alarik qui se tenait prêt à se servir de sa dague maintenant qu'il l'avait bien en main.

— Moi non plus, dit Illah en faisant un clin d'œil à son mari.

Lord Lebel voulut répondre, mais il n'eut pas le temps. La princesse avait laissé son bras droit descendre le long de son corps le plus doucement possible. Elle empoigna ce qui lui tomba sous la main aussi fort qu'elle le put et le tordit.

Lord Lebel poussa un cri de porc égorgé et lâcha son couteau. Illah le tenait par les parties intimes et les tordait comme si c'était du linge mouillé. Alarik se lança sur Lord Lebel. Illah dut lâcher sa prise et reculer, car Alarik s'était mis à frapper l'homme avec rage. Le nez du lord n'était plus que de la bouillie et son visage était couvert de sang. Un autre coup de poing sur la mâchoire la lui brisa. Illah entendit le bruit que l'os fit en se cassant. Lord Lebel était évanoui depuis le premier coup, mais Alarik continuait de le frapper. Ses mains étaient rougies par le sang et par les écorchures à force de frapper. Illah arriva derrière lui et lui cria :

— Tu vas le tuer ! Arrête !

Alarik stoppa. Il était épuisé. Il se releva en laissant Lord Lebel presque mort par terre. Un des hommes qui avaient été assommés pendant la bagarre reprenait ses esprits. Alarik finit de décharger sa colère sur lui et lui envoya un coup de pied en plein visage, ce qui renvoya l'homme au pays des rêves.

Illah ramassa son épée et celle de son époux, et le suivit sur le chemin. Ils retrouvèrent les deux chevaux. Celui d'Illah broutait juste à côté de l'endroit où Alarik avait laissé le sien. Ils montèrent tous deux sur leur monture respective et s'en allèrent en se laissant guider par la lumière d'une des torches ramassées par terre.

Après un moment de silence qui devenait oppressant, Alarik dit :

— Je suis désolé. Je me suis laissé emporter. Je n'aurais pas dû le frapper comme ça. Je ne sais pas ce qui m'a pris.

— Moi, je le sais, dit la jeune femme.

— Comment tu peux le savoir si moi, je ne le sais même pas, Illah ? ironisa-t-il.

– Je sais ce qui s'est passé parce que si ça avait été toi que ce vieux salaud avait pris en otage, j'aurais réagi de la même façon, sauf que je ne pense pas que je lui aurais mis une telle raclée, dit Illah en souriant.

– Quoi qu'il en soit, je tiens à m'excuser, dit Alarik. Ce n'était pas bien de perdre mon sang-froid comme ça et je te promets que cela ne se reproduira plus.

– Tu es pardonné, même si je dois reconnaître que tu m'as fait très peur, dit Illah. Je ne connais pas tous les aspects de ta personnalité et je dois te dire que ce côté-là, le côté extrêmement violent, ce n'est pas mon préféré ; mais disons que nous allons mettre cet incident de côté et tâcher de nous rendre à bon port avant que la lune ait terminé son chemin.

– Comme tu voudras. La route est longue et nous ne dormirons pas cette nuit. Peut-être que tu pourrais me parler de ce Lord Lebel. Pourquoi il a parlé de chevaux volés ? demanda le jeune homme malicieusement.

– D'accord. Prépare-toi, c'est une longue histoire.

– J'ai tout mon temps, dit Alarik en lui souriant.

– Voilà, toute cette histoire a commencé lorsque…

Illah raconta par le détail tout ce qui s'était passé avec Lord Lebel. Lorsqu'elle eut terminé son récit, le soleil était haut dans le ciel et l'air se réchauffait un peu.

Alarik se montra très intéressé par l'aspect politique de tout ce que la traîtrise de Lord Lebel avait fait au royaume de Ganthal. Il posa des tas de questions sur la façon dont le royaume était dirigé, car il y avait de nombreuses différences avec le royaume d'Ébal.

Alarik avait toujours aimé la politique, mais étant fils de militaire, qui plus est fils du général en chef de l'armée d'Ébal, son chemin était tout tracé dès sa naissance, et il aimait aussi le côté bataille et stratégie de l'armée.

Illah et lui discutèrent ainsi jusqu'au soir. Ils arrivèrent au pied d'une pente abrupte qui semblait se perdre dans les nuages, très loin vers les pics des montagnes. Jusqu'à maintenant, le chemin n'avait pas été très pénible. Alarik désigna une petite grotte qui saillait de la paroi rocheuse de la montagne et dit à la princesse :

— Nous allons dormir ici. Demain, nous allons commencer à monter.

— Je pensais que nous montions depuis le début, dit Illah.

— Oui, mais lentement. Demain, tu vas voir ce que c'est que la montagne. Il y aura des endroits où nous devrons descendre des chevaux pour les guider, car le chemin en haut est très étroit et la montée est très abrupte. Il faudra être prudents.

— D'accord. On mange et on se repose. Demain, nous ferons de la « grimpette » ? demanda la jeune femme.

— Si tu veux. Disons juste que ce ne sera pas une partie de plaisir. Tu verras.

— Pas de problème. Je prépare le repas et toi, tu t'occupes des chevaux ?

— Euh, non, dit le jeune homme en retirant les gamelles des mains de la jeune femme. Je prépare le repas et toi, tu t'occupes des chevaux. La cuisine, ma chérie, ce n'est pas un de tes talents, dit Alarik.

— Ah bon, si tu le dis... Je vais aller faire manger les chevaux et les étriller.

— Si tu trouves une mare, tu pourrais rapporter de l'eau ? demanda Alarick.

— Bien sûr, dit Illah en s'éloignant.

Alarik se demanda comment Illah faisait pour tenir le coup et être aussi alerte sans avoir dormi de la nuit. La réponse ne se fit pas attendre, car dès qu'ils eurent installé leur campement et qu'Illah eut mangé comme un ogresse la bouillie qu'Alarik avait préparée, elle s'écroula sur sa couche et s'endormit aussitôt. Elle était exténuée et, après quelques minutes de sommeil profond, la princesse se mit à ronfler. Pas de ces petits ronflements qui font penser à un ronronnement de chat, mais plutôt comme un grondement de tonnerre. Alarik la regardait, subjugué. Il se demandait comment un aussi petit corps pouvait émettre des sons aussi terribles. Il espérait qu'elle ne ferait pas cela toute la nuit, car il avait besoin lui aussi de dormir.

À mesure que la nuit tombait, le froid devenait plus mordant. Le bois étant une denrée rare sur ces montagnes, il n'était pas question de garder un feu allumé toute la nuit ; donc le jeune homme prit sa couverture et alla s'allonger auprès de son épouse qui ronflait toujours. Il s'emmitoufla avec elle pour qu'ils se tiennent chaud mutuellement et réussit, après avoir mis un sac de voyage sous la tête de la princesse, à s'endormir sans sursauter toutes les deux minutes à cause du tremblement de terre qu'étaient ses ronflements.

*

Au matin, lorsque le pâle soleil de cette fin de saison automnale se montra, l'air était glacial et chargé d'humidité. Pour Alarik, cela n'augurait rien de bon.

Dans ses souvenirs, lorsque l'air de ces montagnes avait cette pesanteur humide, c'était le signe d'un blizzard imminent. Cela devenait un problème de taille, car Illah et lui devaient se remettre en route. S'ils se faisaient surprendre par la tempête pendant qu'ils faisaient la montée sur cette petite route qui longeait un profond ravin, ils n'auraient plus d'abri pour se protéger des éléments et seraient à leur merci. Sans compter qu'un blizzard sur ce chemin devenait presque une certitude de mort. Alarik jonglait avec toutes ces possibilités lorsque Illah surgit juste à côté de lui et lui dit :

— Tu es prêt à partir ?

— C'est ce que je me demande, lui répondit-il d'un ton inquiet.

— Pourquoi ?

Le jeune homme expliqua à son épouse ce qui pouvait se passer s'ils se faisaient prendre par une tempête à flanc de montagne. Illah prit le temps de bien assimiler toutes les informations et lui répondit :

– Je pense que nous devons prendre le risque. Nous n'avons pas beaucoup de temps devant nous et nous avons encore beaucoup de route à faire. Quand serons-nous en sécurité une fois le chemin traversé?

– Si tout va très bien, ce soir. Pas avant, c'est impossible, à moins d'être capable de voler, rétorqua le jeune homme.

– J'ai une autre question.

– Vas-y, je t'écoute.

– Combien de temps peut durer un blizzard dans ces montagnes?

– Bonne question. Je pense que ça peut durer de un à trois jours.

– Donc, si on attend ici, on pourrait perdre trois jours, dit la jeune femme.

– En effet, mais…

– Mais si nous partons et que nous nous faisons prendre sur le flanc par la tempête, nous sommes morts, exact? poursuivit la princesse.

– Oui, où veux-tu en venir?

– Il y a un autre chemin? demanda Illah.

– Non, désolé, c'est le seul chemin qui reste praticable avec des chevaux. Et dans la mesure du possible, nous devons garder nos chevaux, Illah.

– Je sais, Alarik, je sais… murmura la princesse en regardant le ciel comme si cela lui donnerait la réponse dont elle avait besoin. Il n'y a pas un seul nuage, je pense que nous devrions tenter le coup. Si ça se gâte, on revient sur nos pas, si cela est possible, bien sûr.

– Illah, je sais que tu n'aimes pas te faire dicter ta conduite, dit le jeune homme en lui prenant les mains, mais je pense que nous devrions attendre ici. Si demain, il ne neige pas, nous partirons; dans le cas contraire, nous serons en sécurité…

– Et nous allons perdre du temps, Alarik ! Nous avons seulement une lune pour faire le chemin, sinon nous ne pourrons jamais avoir d'enfant, et toute cette histoire de prophétie ne se concrétisera pas, et le roi Trévor finira par gagner sa guerre, et nous serons encore dans la m…

– D'accord, d'accord, nous partons tout de suite ; mais si je te dis que nous rebroussons chemin, tu ne négocies pas. On s'entend ? dit Alarik fermement.

– Je te le promets, je te suivrai comme un petit chien et je t'obéirai à la lettre, dit Illah en levant les mains pour jurer.

– Je ne t'en demande pas tant, juste de ne pas faire l'entêtée.

– Je sais être ce qu'il faut quand il faut, Alarik.

– Montre-le-moi alors. Nous partons. Tu as ramassé toutes nos affaires et nourri les chevaux ?

– Oui, vois par toi-même : les pauvres bêtes piétinent la roche depuis tout à l'heure et toutes nos choses sont dans les sacs, bouclés et attachés solidement.

– Parfait, allons-y. Le plus de chemin nous pourrons faire sur les chevaux, plus vite nous avancerons ; donc en selle, jolie dame ! Nous allons galoper un peu ce matin.

– Ça me va très bien, mon cher et tendre époux, dit Illah qui talonna son cheval pour le faire trotter, puis galoper par la suite.

La montée de ce pic fut exactement comme Alarik l'avait dit. Ce fut pénible à souhait. Le vent était omniprésent à cette altitude, mais le ciel demeurait bleu. Les deux jeunes gens galopèrent sur le chemin tortueux qui ne semblait jamais finir de monter. Lorsqu'ils arrivèrent en haut, la vue était saisissante.

Illah prit une minute pour regarder et apprécier le paysage, puis décida qu'elle n'avait pas de temps à perdre. Alarik prit les devants, et ils durent se contenter d'avancer au trot, car le chemin rapetissait. Ils longeaient une falaise qui dominait un très profond ravin dont il était impossible de voir le fond. Lorsque le chemin devint si étroit qu'il devenait dangereux de rester sur les chevaux, ils descendirent. Alarik tendit une bande de tissu à Illah et lui dit :

— Bande les yeux de ton cheval.

— Pourquoi ?

— Parce que, bien que ces animaux soient habitués de passer dans ces chemins, si ton cheval prend peur et dérape, il pourrait t'emmener avec lui en bas, dit Alarik en lui pointant du doigt le bas de la montagne.

— Je vois, dit Illah sans protester.

La princesse banda les yeux de son cheval et commença à avancer en le tirant derrière elle. La vue sur les pics des alentours était magnifique, mais le chemin qu'ils empruntaient devait retenir toute son attention. Chaque pas devait être fait avec prudence, car sur la roche, il y avait une mince couche de glace qui rendait la surface extrêmement glissante.

À la mi-journée, le soleil commença à être voilé par de fins nuages, ce qui rendit Alarik nerveux. Illah s'en aperçut, mais décida de ne rien dire. Cela n'aurait fait qu'empirer les choses.

Lorsque le moment du repas du soir arriva, ils étaient presque en sécurité, et c'était bien le moment, car de gros flocons de neige commençaient à tomber. Alarik accéléra le pas et fit signe à Illah de faire de même. Ils arrivèrent enfin de l'autre côté de la corniche.

Le chemin revenait vers l'intérieur des montagnes et commençait même à redescendre. Illah grelottait malgré ses vêtements chauds, et Alarik cherchait un refuge avant que la tempête frappe. Le vent se levait et, dans ces montagnes, les vents pouvaient être si violents lorsqu'ils étaient combinés à la neige qu'il était possible de mourir de froid.

Lorsque le jeune homme aperçut enfin une petite caverne cachée par des rochers, il conduisit Illah et leurs montures à l'intérieur.

La princesse claquait des dents et son visage était recouvert de neige, ce qui la rendait semblable à une statue de glace. Alarik trouva un peu de bois mort et alluma un feu. Le vent sifflait et, en très peu de temps, il fut impossible de distinguer quoi que ce soit à l'extérieur de la grotte. Heureusement, l'entrée était orientée dans le sens contraire du vent.

Illah enleva ses grosses mitaines et essaya de réchauffer ses mains au-dessus du petit feu. La nuit tomba rapidement et la noirceur apporta l'humidité glaciale de cette tempête ravageuse.

Alarik et Illah n'avaient pas d'appétit et décidèrent de dormir un peu. La marche de la journée avait été éreintante et ils étaient épuisés. Alarik éteignit le feu, car il ne voulait pas gaspiller leur combustible. Puis, ils se blottirent dans les bras l'un de l'autre sous leurs couvertures. C'est sous les rugissements du vent qu'ils s'endormirent en espérant que le lendemain serait un meilleur jour.

Lorsque Alarik se réveilla au petit matin, il se retrouva dans la pénombre. Il laissa ses yeux s'habituer à l'obscurité. Il écouta attentivement et il n'entendit que le souffle des chevaux et d'Illah. Le vent semblait avoir cessé. Il se dirigea à pas lents vers l'entrée de la grotte. Ce qu'il vit le stupéfia. La neige avait cessé de tomber, mais elle avait laissé derrière elle un épais manteau blanc. Lorsque le jeune homme avança d'un pas sur cette neige épaisse, il s'enfonça jusqu'au genou. Il fit un autre pas et il se retrouva avec les deux jambes enfoncées jusqu'à mi-cuisse. Il distinguait parfaitement tout le paysage devant lui, mais le soleil n'était pas encore levé. Il n'avait pas encore réchauffé la terre. Alarik essaya de repérer le chemin, mais tout était d'un blanc immaculé et cela le désorientait complètement. Il retourna donc à la grotte et réveilla Illah. Cette dernière ouvrit les yeux et lui demanda :

— Qu'est-ce qu'il y a?

— Nous avons un problème, ma chérie.

— Explique-moi, lui dit la jeune femme en se relevant en position assise, mais en restant tout de même sous les couvertures encore tièdes.

— Il ne neige plus, dit Alarik.

– C'est une bonne nouvelle, dit Illah.

– Oui et non. Nous ne pouvons pas partir tout de suite, il faut attendre que le soleil soit levé.

– Pourquoi ? S'il ne neige plus, nous repartons et voilà.

– Je ne sais pas comment t'expliquer cela, donc tu vas venir voir par toi-même, dit le jeune homme en la prenant par la main en la tirant vers lui.

– D'accord.

Lorsque Illah aperçut la neige, elle sourit béatement comme une enfant. Toutefois, dès qu'elle voulut s'aventurer dedans, elle perdit son sourire. Illah était plutôt petite et menue. Lorsqu'elle mit les pieds dans les traces d'Alarik, elle se retrouva non seulement avec de la neige jusqu'aux cuisses, mais presque jusqu'à la taille. Elle se retourna vers son époux et lui cria :

– Nous sommes prisonniers !

– Non, Illah, mais nous devons attendre que le soleil réchauffe les alentours pour savoir où se trouve la route.

– Je n'ai jamais vu autant de neige de ma vie ! s'exclama la jeune femme en revenant sur ses pas.

– Et cela ne fait que commencer. Lorsque l'hiver est bien installé par ici, on ne passe plus.

– Je te crois sans difficulté. Comment ferons-nous pour rentrer quand le moment sera venu ?

– Nous trouverons un moyen ou bien nous attendrons que le printemps revienne.

– Je vois... dit la jeune femme d'un ton bourru.

– Ça ne va pas ? demanda Alarik.

– Non, ça va, seulement je ne veux pas attendre tout l'hiver pour retourner chez moi. Je ne veux pas passer la moitié de l'année de ce côté de la chaîne de montagnes. C'est beaucoup trop long.

– Je comprends. Nous trouverons une solution lorsque le moment sera venu. Pour l'instant, viens manger un morceau, car dès qu'il sera possible de s'orienter, nous allons partir.

– D'accord, concéda la princesse en retournant à l'intérieur de la grotte en traînant les pieds.

Alarik alluma un petit feu et prépara le repas. Illah mangea en silence. Elle regardait sans cesse dehors, comme si le fait de surveiller l'extérieur allait leur permettre de partir plus vite.

Le soleil se pointa enfin au-dessus des montagnes. La neige devint éblouissante à un point où il était pénible de regarder directement dehors. Lorsque les premières roches qui délimitaient la route apparurent, Alarik sella son cheval. Illah fit de même. Ils sortirent ensemble de la grotte et traversèrent les congères de neige sur le dos de leurs chevaux ; ils ne se mouillèrent donc pas les pieds. Dès qu'ils arrivèrent sur la route, Illah demanda :

– Combien de temps devrons-nous encore rester dans ces montagnes ?

– Je ne sais pas. Peut-être trois jours, si tout se passe bien.

– Parfait. J'ai hâte de ne plus être ici.

– Tu n'aimes pas l'aventure ? demanda malicieusement Alarik.

– J'adore l'aventure, mais ces montagnes, c'est autre chose. Je ne sais pas comment l'expliquer. Je ne me sens pas bien ici.

– C'est peut-être à cause de l'air, dit Alarik.

– L'air ? Ah oui, c'est vrai, à cette altitude, il y a moins d'oxygène. Je ne pense pas que ce soit ça, le problème. La neige fond sur le chemin, nous allons pouvoir avancer plus vite. Regarde là-bas, dit la princesse en pointant du doigt le chemin devant eux qui commençait à apparaître à mesure que la neige disparaissait.

– Enfin… murmura le jeune homme.

La princesse talonna son cheval et se mit à avancer au petit trot, Alarik fit de même. La journée passa sans qu'aucun événement vienne déranger leur avancée. Lorsque le soleil fut presque disparu, Alarik décida de faire halte. Illah ne se fit pas prier. Elle avait l'impression d'avoir tout le bas du corps engourdi à force d'être si longtemps en selle. Lorsque son pied toucha le sol, sa jambe se déroba et elle dut se retenir à l'étrier pour ne pas tomber.

Alarik l'attrapa et la souleva de terre. Puis il l'amena sur le bord de la route, où il la déposa sur une grosse pierre plate. Illah lui dit :

— Je suis désolée, mais je suis plus fatiguée que je ne le pensais.

— Ne t'inquiète pas. Nous allons allumer un petit feu, ensuite nous allons manger et après tu vas dormir comme un bébé. Demain nous allons entamer la grande descente. Ce sera facile, si le chemin n'est pas glacé.

— Je l'espère de tout cœur, lui répondit la princesse dans un bâillement à se décrocher les mâchoires.

— Moi aussi.

Alarik trouva ce qui avait été un petit arbre, mais qui était désormais mort et sec, et s'en servit pour faire un bon feu sur le bord de la route. Il prépara le repas de son épouse qui somnolait sur la pierre, bien emmitouflée dans une couverture.

Lorsqu'il lui donna sa gamelle, la princesse la prit et mangea de façon automatique. Alarik la regarda en se demandant à quel moment elle piquerait du nez dans sa nourriture. Finalement, il ne se passa rien ou presque, sauf qu'Illah tomba endormie avec son plat vide dans les mains. Son époux le lui retira et l'aida à s'allonger sur la pierre. Puis il alimenta le feu avant de s'allonger près d'elle.

Les deux jours qui suivirent furent d'une facilité déconcertante. La neige avait fondu et le chemin n'était pas glacé. Les époux purent donc avancer rapidement. À la fin du deuxième jour, ils étaient presque sortis des montagnes. Le temps s'était suffisamment réchauffé pour qu'Illah puisse enlever une partie de ses lourds vêtements. La neige qui était tombée en haute altitude ne laissait sur ce terrain que de rares petits monticules qui disparaîtraient dès que le soleil leur pointerait ses rayons sur le nez.

À la nuit tombée, alors qu'Illah se résignait à dormir encore une fois dans les montagnes, Alarik s'écria :

— Regarde ! De la lumière là-bas ! Nous sommes presque arrivés au village de Senpar. Si nous accélérons un peu, nous dormirons dans un vrai lit ce soir.

— Je ne peux qu'en rêver et je ne vais y croire que lorsque je pourrai me mettre la tête sur l'oreiller, dit Illah en souriant sans quitter des yeux les lumières du village tant attendu.

Alarik alluma une torche et ils talonnèrent leurs chevaux pour avancer au galop. Le chemin était en pente légèrement descendante. Les chevaux semblaient à l'aise et se laissaient aller. Illah souriait bien malgré elle en guidant son cheval. Ils arrivèrent finalement à la porte de pierre. Elle était presque identique à celle qu'ils avaient traversée à leur arrivée dans les montagnes. À l'exception que celle-ci semblait briller d'une étrange lueur verdâtre. Ils n'avaient pas à laisser quoi que ce soit de leur passage sur cette porte, puisqu'ils quittaient la route des montagnes.

Au bout d'environ une demi-heure, ils étaient arrivés dans le village de Senpar. Il faisait nuit, donc il n'y avait pas beaucoup de gens à l'extérieur des maisons, mais les cheminées fumaient et une bonne odeur de nourriture flottait dans l'air.

Illah se mit à saliver et se rendit compte qu'elle avait très envie d'un bon repas. Alarik la guida sur le chemin central du village jusqu'à une auberge qui s'appelait *Le cochon rieur*. Ils attachèrent leurs chevaux à l'extérieur et entrèrent. Ils furent accueillis par un brouhaha de gens qui discutaient assis à des tables de bois en buvant dans de grandes chopines quelque chose qui ressemblait à de la bière, mais qui était beaucoup plus foncé que la bière de Ganthal.

Une petite femme rondouillarde, aux cheveux roux flamboyants et au visage rond comme la lune, vint à leur rencontre. Elle tenait dans une main un plateau sur lequel se trouvaient au moins six chopines et, de l'autre main, elle attrapa Illah et lui dit avec un charmant sourire :

— Vous avez l'air bien fatiguée, ma petite. Installez-vous à une table avec votre compagnon, je viens vous voir dans une minute.

— Merci beaucoup, madame.

— Pas de *madame* avec moi, mon enfant, dit la femme en caressant la joue de la princesse. Pour tout le monde ici, je suis juste Lily ; certains m'appellent madame Lily parce qu'ils ne sont pas à l'aise avec le fait de n'utiliser que mon prénom, mais je préfère Lily.

– Comme vous voulez, mada… euh… désolée, Lily.

– Pas de problème, ma petite. Allez, maintenant, je viendrai prendre votre commande dans une minute ; je vais juste aller déposer ces pichets à la table là-bas et je reviens.

– D'accord.

Illah et Alarik allèrent s'asseoir à la table la plus éloignée possible pour ne pas attirer l'attention et avoir un peu de tranquillité. Illah regarda les gens autour d'elle et constata qu'il y avait très peu de femmes, et les rares qui étaient présentes semblaient toutes accompagnées par un ou plusieurs hommes. Elle remarqua aussi que la plupart des hommes présents portaient la barbe et qu'aucun n'était visiblement armé. Cela rassura la princesse. Au moins, personne dans ce lieu ne représentait une grande menace. À force d'être sur ses gardes en permanence, Illah avait fini par développer un sentiment omniprésent de danger et elle se méfiait de tout le monde. Pour la première fois depuis son départ d'Èrèmonta, elle se sentait en sécurité. Par habitude, Alarik prit le temps de repérer les sorties et de regarder chaque visage, essayant de détecter toute forme d'intention hostile. Il arriva finalement à la même conclusion que son épouse et décida de se détendre.

Lily revint les voir avant qu'ils aient échangé un seul mot entre eux. Elle leur dit de sa voix forte :

– Qu'est-ce que je peux faire pour vous ce soir, mes enfants ?

Illah lui sourit et lui répondit :

– Nous aimerions manger et, si possible, dormir ici. Est-ce que, par un heureux hasard, vous loueriez des chambres ?

– Bien entendu, ma chère. Nous avons des chambres à l'étage. Je peux vous en faire préparer deux par ma fille, si vous voulez.

– Une chambre, ce sera suffisant : nous sommes mariés depuis peu, dit Alarik en prenant la main d'Illah dans la sienne.

– Oh, comme c'est mignon, des jeunes mariés dans mon auberge ! s'exclama Lily. Je vous offre mes meilleurs vœux de bonheur, mes chers enfants.

– Merci beaucoup, mada… euh, vraiment désolée, c'est l'habitude, Lily, dit Illah en rougissant devant sa propre maladresse.

– Vous avez dit que vous aviez faim et j'ai justement un ragoût de mouton qui est sur le feu. Je vous en apporte une assiette pour chacun avec du pain frais et de la bière ? demanda l'aubergiste avec entrain.

– Oui, ce serait vraiment très apprécié, dit Illah en souriant à son tour à la femme. J'ai une faim de loup.

– Je vous apporte ça tout de suite, ma petite, et ensuite, vous devriez aller dormir un peu, vous avez l'air exténuée. Vous arrivez de loin ?

– De très loin, en fait, dit Alarik.

– Cela explique pourquoi cette pauvre enfant semble aussi épuisée. J'ai une impression de déjà-vu en regardant votre visage, jeune fille, dit la femme. Êtes-vous déjà venue à Senpar auparavant ?

– Non, c'est la première fois, dit Illah.

– Peut-être que vous ressemblez à quelqu'un d'autre, dans ce cas, dit la femme en se retournant. Je reviens avec vos assiettes.

Alarik attendit que la femme soit hors de portée de voix et dit en parlant très bas à Illah :

– Crois-tu que nous devrions garder l'anonymat sur notre identité ? Pour plus de sûreté…

– Non, Alarik, cette femme est charmante et je ne vois pas qui pourrait nous vouloir du mal ici, alors que nous sommes sur les terres de l'école de magie, qui se trouve être sous la direction de puissants mages. Je pense que cette femme doit avoir l'âge de ma mère, donc elle l'a peut-être déjà vue. Ma mère a fait beaucoup de voyages avec mon père lorsque j'étais très jeune et même avant ma naissance. Et elle a dû faire le même voyage que nous lorsqu'elle s'est unie à mon père. Nous verrons bien. Si elle fait un quelconque lien entre ma famille et moi, nous dirons la vérité, sinon nous n'avons pas besoin de dire absolument tout sur les raisons de notre voyage et sur nos familles respectives.

— D'accord. Toutefois, nous ferions mieux de ne pas trop attirer l'attention. Des voyageurs, il doit en passer souvent par ici, mais des princesses d'un royaume en guerre contre un autre, je ne pense pas que cela soit très courant et je ne tiens pas vraiment à répondre à une multitude de questions. Je suis vraiment trop épuisé pour cela ce soir, dit Alarik.

— En effet, moi aussi, je suis très fatiguée. Nous allons manger et aller dormir. Demain, nous pourrons repartir comme tous bons voyageurs que nous sommes.

— Elle revient avec les assiettes, Illah, avertit Alarik en se redressant et souriant de toutes ses dents.

Lily déposa devant eux deux bols fumants de ragoût de mouton et un panier rempli de petits pains. Illah prit sa cuillère et dévora littéralement son contenu. Alarik n'avait pas encore mangé la moitié de son assiette que la princesse avait vidé la sienne. Lily, qui n'avait rien perdu de ce qui se passait à leur table comme elle voyait tout ce qui se passait dans son auberge, s'approcha de leur table et demanda, l'air de rien :

— Vous avez encore faim, ma petite?

— Oui. Pour être honnête, j'en reprendrais bien un peu, de votre délicieux ragoût.

— Pas de problème, je reviens tout de suite, dit la femme en emportant le plat vide d'Illah.

Alarik regarda son épouse avec surprise, puis il continua de manger. Lorsque Lily revint avec l'assiette de la princesse, elle lui dit :

— Je crois que je me rappelle où j'ai vu votre visage, ma chère enfant. Cela me revient maintenant.

— Où cela? demanda Illah.

— Je vais vous raconter pendant que vous mangez, ma jolie. Je devais avoir environ vingt ans. J'étais mariée depuis deux ans avec mon cher Gustav, que les dieux ont rappelé à eux bien trop tôt, et nous avions ouvert cette auberge. C'était notre rêve à tous les deux. Nous avions un petit garçon de tout juste un an. C'était un soir d'automne comme ce soir, poursuivit l'aubergiste, mais il faisait un temps atroce dehors. Alors que la pluie frappait sans s'interrompre chaque recoin de cette terre, un homme et une femme sont entrés ici. Je m'en souviens comme si c'était hier, car leur présence dans cet endroit a figé tout le monde.

— Pourquoi? demanda Alarik, intrigué.

— Leurs façons de se tenir, de regarder autour d'eux, de parler lorsque l'homme a demandé à avoir une chambre, leur maintien, tout en eux imposait le respect. Comme si c'était… Je ne sais pas comment le dire… disons, comme s'ils étaient… royaux. L'homme avait une carrure imposante, des cheveux noirs comme la nuit et il portait une épée avec une tête de lion en or sur le manche…

En entendant ce détail, Illah, qui avait recommencé à manger par pur réflexe, s'étouffa net avec sa nourriture. Lily interrompit son récit et tapota le dos de la jeune femme pendant que cette dernière toussait. Puis elle lui demanda :

— Ça va, ma petite? Vous êtes rouge comme une tomate.

— Mer… merci… ça… ça… ça va…, dit Illah en essayant de reprendre son souffle. Con… continuez.

— Oui, Lily, continuez votre histoire, dit Alarik qui était suspendu aux lèvres de l'aubergiste.

— D'accord, si vous voulez. Donc, cet homme si grand, qui en imposait sans dire un mot, me présenta la jeune femme qui l'accompagnait. Il me la présenta comme son épouse, sa *nouvelle* épouse. La femme, ma chère enfant, vous ressemblait tellement ! Si elle arrivait ici aujourd'hui, on pourrait dire que vous êtes des sœurs, voire peut-être des jumelles.

— Je… je vois… murmura Illah.

– Mais j'y pense, si je me souviens bien, son prénom était Iza quelque chose, comme cette reine de Ganthal, tout à l'ouest de Kianah, Iza…

– Iza-Mel? dit Alarik en jetant un œil sur Illah qui sursauta à la mention du prénom de sa mère.

– Iza-Mel! C'est ça. Elle était toute menue, comme vous, ma petite, les cheveux blonds, délicate comme une fleur, mais elle était tellement forte!

– Qu'est-ce qui vous fait dire ça? demanda Illah.

– Eh bien… ce soir-là, les deux jeunes mariés ont dormi dans une chambre là-haut, dit la femme en désignant l'étage supérieur de l'auberge. Un seul autre couple de voyageurs dormait ici; ils étaient très jeunes, eux aussi, et la femme était enceinte. Durant la nuit, la pluie battante s'est transformée en neige et le vent était déchaîné. Encore aujourd'hui, c'est une des pires tempêtes que nous ayons connues dans le coin. Personne n'aurait osé sortir. Durant cette nuit, la femme de l'autre couple de voyageurs – elle s'appelait Édith si je ne me trompe pas – a mis au monde son enfant. Lorsque le travail a commencé, le jeune mari apeuré est venu me chercher. Je savais quoi faire pour aider la jeune femme à accoucher, mais à un moment, les choses se sont compliquées. Le travail était très long et l'enfant n'arrivait pas. Il n'y avait personne pour m'aider, à l'exception du jeune mari et de mon Gustav. J'avais besoin d'une autre femme pour m'aider et soutenir la jeune femme lorsque viendrait le temps de pousser. Son mari n'était pas du tout en état de le faire; c'est souvent le cas lorsque le premier enfant arrive. J'ai demandé à cette dame, Iza-Mel, de venir m'aider. Lorsqu'elle est entrée dans la chambre et qu'elle a vu la jeune mère en train de souffrir, elle est restée figée pendant quelques secondes. Puis elle a repris contenance et est devenue un général, dit l'aubergiste. Elle semblait très au fait de ce qui devait être fait pendant ce genre de situation, et je ne peux que l'en féliciter. Après des heures et des heures qui n'en finissaient plus, l'enfant est venu au monde. Le soleil était haut dans le ciel lorsque nous sommes ressortis de la chambre en laissant la mère et l'enfant dormir un peu. Iza-Mel est retournée à sa chambre sans un mot. Elle est repartie le lendemain avec son mari et je l'ai jamais revue. Mais je n'oublierai jamais cette femme. Elle était tellement... Il n'y a pas de bon mot pour le dire. Je me suis souvent demandé si cette reine de Ganthal, ce n'était pas la même femme que j'ai connue cette fois. Nous sommes très loin de ce pays, mais les nouvelles arrivent quand même jusqu'ici et de ce que j'ai entendu dire, cela correspond bien à elle.

— C'est une histoire intéressante, dit Illah.

— Mais... je me demande... cette reine a une fille, une jeune princesse très... rebelle à ce qu'on dit, et vous qui ressemblez tellement à cette femme... je... dit l'aubergiste qui commençait à comprendre ce qu'elle venait de dire.

— Lily, dit Illah, je pense que je dois vous dire quelque chose, mais personne ici ni ailleurs ne doit savoir.

— Illah? dit Alarik pour stopper son épouse, mais il était trop tard.

Illah était tellement contente de rencontrer quelqu'un qui avait déjà vu sa mère à une époque si lointaine qu'elle en oubliait sa réserve.

— Je vous promets, ma chère enfant, de ne rien dire à qui que ce soit. J'adore les secrets, dit la femme en souriant.

— Cette femme dont vous nous parlez, je pense que c'est ma mère et...

— Mais bien sûr! s'exclama l'aubergiste. Vous lui ressemblez tellement!

— ... et, continua Illah, je m'appelle Illah de Ganthal, je suis la fille d'Ondier, roi de Ganthal. L'emblème de mon père est une tête de lion en or, et son épée est l'épée des rois de Ganthal, et les yeux de ce lion sont faits de pierres précieuses, des émeraudes vertes, et...

— Vous êtes la princesse de Ganthal! s'exclama la femme en retenant un cri. Qu'est-ce que vous faites dans ce coin du continent? Vous n'avez même pas d'escorte!!

— Lily! S'il vous plaît. Écoutez-moi, dit Illah en prenant les mains de la femme avec vigueur. Je fais le voyage d'acceptation de l'union que tous les membres des familles royales de Kianah doivent faire lors de leur mariage. Ma mère l'a fait, ma grand-mère l'a fait et je dois le faire. Et nous devons voyager incognito parce que mon pays est en guerre. Certaines personnes pourraient vouloir s'en prendre à moi.

— Je vois... dit la femme. Je vais tenir ma langue, n'ayez crainte, princesse. Vous êtes en sécurité ici. Vous allez dormir dans la chambre du fond. Pour y aller, il faut passer par mes appartements privés, ce qui fait que personne ne peut entrer.

— Merci beaucoup, mais..., dit Illah avant d'être interrompue par Lily qui dit d'un ton sans réplique :

— Pas de *mais*, vous allez dormir dans cette pièce. Demain, vous pourrez rester et vous reposer, ou repartir si c'est ce que vous voulez. Cette nuit, ma chère enfant, vous dormirez sur vos deux oreilles. Est-ce que vous aimeriez prendre un bain?

— Je ne voudrais pas abuser de votre...

— Voyons, ma petite, si vous voyagez depuis aussi longtemps, un bon bain et un bon lit vous feront du bien. Votre époux aussi aurait bien besoin de se décrotter un peu, dit Lily en désignant Alarik, qui se demanda s'il sentait si mauvais que cela.

— Merci beaucoup, Lily, c'est très gentil.

— Je vais préparer votre chambre. Finissez de manger pendant ce temps-là.

L'aubergiste quitta la table et se dirigea à grands pas vers l'escalier. Dès qu'elle fut hors de portée de voix, Alarik demanda :

— Tu penses que c'est une bonne idée de lui avoir tout dit sur nous comme cela, Illah?

– Je pense que oui. C'est une femme charmante et gentille. Tant que nous ne parlons pas de la pro…, bafouilla Illah en baissant la voix, de la prophétie, il n'y a pas de problème.

– Si tu le dis. Ça va faire du bien de prendre un bain, dit Alarik en s'étirant pour se dénouer les muscles. Je me sens crotté…

– Et tu sens mauvais, dit Illah en riant avant de déposer un léger baiser sur les lèvres de son époux.

– Merci beaucoup, ma chère, dit Alarik en l'embrassant à son tour. Tu y vas la première ?

– Bien entendu, dit Illah d'un ton amusé et guindé en même temps. La galanterie, mon cher époux, me donne certains privilèges.

Alarik éclata de rire. Elle était amusante, cette princesse. Il adorait la façon qu'elle avait de sourire et de plaisanter quand il était temps que la pression redescende un peu. Lily apparut dans les escaliers et fit signe à Illah de la suivre. La princesse fut conduite dans une pièce attenante à la chambre dans laquelle se trouvait une grande cuve remplie d'eau chaude. La princesse s'empressa de retirer ses vêtements et se glissa dans l'eau. Elle faillit s'endormir dedans, tant elle était confortable. Elle se lava soigneusement les cheveux, puis elle sortit de la baignoire. Lorsqu'elle entra dans la chambre et qu'elle aperçut le lit de bois qui sentait le savon et les oreillers de plumes qui semblaient lui crier : « Viens dormir, allez ! », Illah enfila son vêtement de nuit et se lova dans les couvertures. Sans se rendre compte de quoi que ce soit, elle s'endormit.

Lorsque Alarik entra dans la chambre après s'être lavé et qu'il entendit les ronflements de la princesse, il leva les yeux au ciel en se demandant si les dieux se moquaient de lui. Ils lui avaient donné une épouse aimante, gentille, avec du caractère, jolie, intelligente, mais avec laquelle il était impossible de dormir. Il alla tout de même s'allonger dans le grand lit chaud et se mit un oreiller sur la tête. Lorsque le sommeil le gagna, les ronflements de la princesse furent comme une berceuse. Il n'entendit même pas Lily déposer des vêtements propres sur la commode et repartir avec leurs vêtements de voyage puants et sales. Lily regarda ces deux jeunes gens qui dormaient paisiblement et c'est avec le sourire aux lèvres qu'elle referma la porte derrière elle.

*

Le lendemain matin, lors du départ des deux jeunes gens, l'aubergiste leur donna de la nourriture pour la route et leur souhaita bonne chance.

Avec une bonne nuit de sommeil, de la bonne nourriture dans le ventre et des vêtements qui sentaient bon et qui étaient propres, les jeunes mariés talonnèrent leurs chevaux et filèrent vers l'ouest avec entrain. Il ne leur fallut que trois jours pour atteindre le château du conseil des mages. Lorsqu'ils traversèrent le pont-levis qui surplombait les douves entourant le château, Illah crut apercevoir un homme au loin qui la regardait, mais elle se dit que son imagination lui jouait des tours.

Des écuyers prirent les montures des nouveaux arrivants, et une jeune fille d'environ quatorze ans, aux yeux violets saisissants, conduisit le jeune couple à la grande salle du conseil. Ils furent accueillis par dix sorciers et sorcières. Une femme se détachait des autres. Elle était très grande, presque plus grande que tous les hommes dans la pièce, à l'exception d'Alarik et d'un autre mage. Elle tendit les mains et saisit celles d'Illah. Puis elle prononça une incantation dans la langue des mages. Une lumière irradia ses mains et, sans attendre, elle les posa sur le ventre de la princesse.

Illah ressentit un éclair dans son ventre, puis une grande chaleur l'envahit. La sorcière dit de sa voix suave :

– Je m'appelle Sybelle. Je suis la grande maîtresse de l'ordre des mages d'Oèva, la terre des mages blancs. Tu as réussi, Illah de Ganthal, à te présenter à nous avant l'expiration du délai qui vous avait été accordé pour votre voyage. Je viens de commencer le processus qui te permettra d'avoir un enfant ; toutefois, avant de le terminer, nous devrons avoir une conversation importante. Certaines choses doivent vous être dites. Ce ne sera pas ce soir. Vous allez tous les deux prendre du repos et nous discuterons demain. Ensuite, le conseil se réunira et nous déciderons si votre union est acceptée ou non.

— Oui, madame, dit Illah en baissant humblement la tête devant la grande dame.

— Allez avec ma fille, elle vous indiquera vos quartiers.

Illah et Alarik suivirent la jeune fille avec docilité, mais dans leur tête, un millier de questions bourdonnaient et ils brûlaient d'impatience l'un comme l'autre d'avoir des réponses. Ils n'échangèrent pas un mot, car ils furent conduits dans des appartements séparés. Ils furent informés par la jeune fille aux yeux violets qu'ils ne pouvaient dormir ensemble avant que leur union soit approuvée. Puis, une suite de majordomes pour Alarik et de femmes de chambre pour Illah se mit à papillonner autour d'eux, si bien qu'ils ne purent que se souhaiter bonne nuit de loin. Le lendemain leur apporterait peut-être des réponses, c'est du moins ce qu'ils espéraient chacun de leur côté.

CHAPITRE 2

Le roi Ondier avait pris quelques jours de repos dans son château après le mariage de sa fille. Il devait profiter de ce répit pour mettre en place le traité d'alliance avec les autres royaumes de Kianah. Les rois avaient été très gentils, acceptant de laisser au roi de Ganthal des troupes de soldats pour l'aider à tenir le point chaud et le Zythor en respect. Même le roi Micnell avait laissé quelques soldats, mais il avait laissé aussi ce qu'il appelait un ambassadeur, son neveu Grégoire, et la sœur de ce dernier, Tanila.

Ondier s'était plié à cette restriction du roi de Baldine avec réticence. Il avait l'impression que Micnell laissait tout simplement un espion au Ganthal pour être certain que personne ne lui jouait dans le dos. En ces temps difficiles, il était certes normal de se méfier des autres, mais Ondier devait faire de gros efforts pour ne pas se sentir insulté par ce genre de manœuvre. Toutefois, il devait reconnaître qu'il avait besoin de l'aide des soldats de Baldine, donc il ne pouvait pas dire non aux conditions du roi Micnell, surtout après que ce dernier eut prêté serment devant lui au mariage de sa fille.

Après les festivités du mariage, les rois étaient rentrés chacun dans leur royaume respectif. Les soldats de chaque royaume étaient sous le commandement du général Éthan et du roi Ondier. Le roi se préparait donc à repartir sur le champ de bataille. La présence de Grégoire lui posait toutefois un problème. Il ne voulait pas laisser la reine seule avec cet « espion » de Baldine. Il décida donc à contrecœur de laisser son fils Mika au château. Il prétexta que le prince devait aider sa mère dans la régence du royaume puisque la princesse Illah était absente. Tout le monde se contenta de cette explication boiteuse, même si tous connaissaient très bien la vraie raison de la présence du prince au palais : il devait surveiller Grégoire et Tanila. La reine pouvait très bien gérer seule les affaires courantes du royaume et tous le savaient. Mika devenait un prétexte utile.

Ondier termina de mettre son uniforme et se rendit à son bureau, où la reine finissait l'habituelle paperasse. Il s'approcha de son épouse et lui prit la main, qu'il baisa, et lui dit :

– Je dois retourner sur le champ de bataille, ma chère. Je reviendrai dès que possible. J'essaierai de vous écrire le plus souvent possible. Prenez soin de vous et de notre fils. Le royaume est, dès à présent, entre vos mains expertes.

– Ne vous inquiétez pas, mon cher Ondier. Je ferai mon devoir comme il se doit. Allez vous battre contre Trévor et ayez l'esprit tranquille.

– Je vous aime de tout mon cœur, Iza-Mel. À bientôt, j'espère.

– Je l'espère aussi, Ondier, dit la reine en serrant son mari dans ses bras.

Le roi sortit du bureau avec le cœur lourd. La reine ne venait jamais le voir partir, elle détestait cela. Toutefois, lorsque le roi arriva à la hauteur de son cheval, il découvrit Mika qui flattait l'animal avec douceur. Le prince semblait très concentré sur ce qu'il faisait. Il sursauta lorsque le roi l'interpella.

– Désolé, père, je pense que j'avais la tête ailleurs. J'aurais aimé retourner avec vous sur le champ de bataille.

— Je sais, mon fils, mais ta place est ici pour le moment ; tant que nous aurons des visiteurs, tu devras veiller sur nos intérêts. J'ai en toi, Mika, une confiance absolue ; je sais que tu feras pour le mieux. Prends soin de ta mère et embrasse ta sœur pour moi lorsqu'elle reviendra.

— Oui, père. Il sera fait selon votre volonté, dit le prince en tendant les rênes du cheval au roi.

— Au revoir, mon fils, dit le roi en talonnant son cheval qui décolla comme une flèche vers les portes ouvertes du château.

Le prince regarda son père partir. Il vit son oncle le rejoindre dans un nuage de poussière. Leur escorte leur emboîta le pas. Mika décida de profiter du temps qu'il passerait au palais pour faire quelques recherches à la bibliothèque. Il désirait en connaître un peu plus sur le royaume de Baldine et sur leurs coutumes. S'il devait surveiller un habitant de ce royaume, autant le connaître un peu. De plus, il voulait faire quelques recherches sur le Zythor. Si l'invasion de ce royaume devait être entreprise un jour, il valait mieux savoir où ils mettraient les pieds.

Les couloirs de pierre du château répercutaient le bruit de chacun de ses pas. Lorsqu'il entra dans la grande salle qui servait de bibliothèque, il fut surpris d'apercevoir Lady Tanila, assise tranquillement dans un fauteuil devant une des trois grandes cheminées, en train de lire un livre. Le prince ne voulut pas la déranger, mais lorsqu'elle l'aperçut, Tanila sursauta et laissa tomber son livre par terre. Le prince se précipita vers elle pour ramasser son ouvrage. Elle s'était élancée vers le livre, elle aussi, et leurs têtes se cognèrent lorsqu'ils posèrent au même moment leurs mains sur la couverture du gros volume. Mika se releva le premier en se frottant le crâne.

— Je suis désolé, Lady Tanila, je ne voulais pas vous faire mal, dit-il poliment.

— Ça va, je n'ai pas vraiment mal, dit la jeune femme en se frottant le front.

Mika prit le temps de bien la regarder. Elle était grande et Mika avait toujours eu un faible pour les grandes femmes. Il aimait regarder une femme dans les yeux sans continuellement se baisser la tête. Elle avait les yeux d'un brun si foncé qu'il était difficile d'y voir la pupille. Sa solide ossature et sa voix profonde la rendaient d'autant plus charmante. Ses mains étaient grandes, avec des doigts très longs. Le prince se surprit à se demander si elles étaient douces. Il se secoua la tête pour chasser cette drôle d'idée de son esprit et lui dit, après avoir lu le titre du livre qu'elle lisait :

— Vous vous intéressez au Ganthal ?

— Euh... je... non... pas vraiment, en fait j'essaie juste de connaître un peu ce pays dans lequel on m'oblige à rester, dit Tanila d'un ton hautain en se levant.

— Personne n'est retenu de force dans ce royaume, madame, dit Mika, piqué par la façon de parler de la jeune femme. Vous êtes libre de vous en aller quand il vous plaira.

— Je ne peux pas, dit Tanila qui déposa le livre sur une grande table qui se trouvait tout près. Mon oncle, le roi de Baldine, a ordonné à mon frère de rester ici pour... en fait, je ne sais pas vraiment pour quoi, et mon frère est très protecteur envers moi. Mon père, le prince Francis, est très occupé et il n'a guère de temps à me consacrer. Ma mère est décédée en me mettant au monde, donc je n'ai que Grégoire. Je le suis donc partout, même lorsque cela me conduit jusqu'à l'ennemi.

— À l'ennemi ? demanda Mika, surpris par cette façon de parler de Ganthal. Nous ne sommes pas des ennemis, madame. Le royaume de Baldine et de Ganthal sont des alliés dans cette guerre contre le Zythor. Vous le savez bien.

— Entre votre roi et le mien, peut-être, entre vos soldats et les nôtres probablement que oui, nous sommes alliés, mais depuis que je suis toute petite que j'entends parler de ce royaume comme étant l'ennemi. Je ne sais pas vraiment pourquoi et je ne veux pas le savoir, en fait. Le Ganthal est à l'origine des problèmes de Baldine depuis toujours, et maintenant, vous nous entraînez dans une guerre contre le Zythor. Je suis désolée, prince Mika, mais pour moi comme pour la plupart des habitants de Baldine, le Ganthal a toujours été source de malheur. Je ne pense pas que vous pouvez changer quoi que ce soit à cela.

– Je suis désolé que mon royaume vous déplaise autant, dit le prince sincèrement. Peut-être qu'en apprenant à mieux le connaître, vous le détesterez avec moins de vigueur?

– Je ne crois pas, Altesse, je suis désolée, dit Tanila en se dirigeant vers la porte.

– Attendez! Lady Tanila, j'aimerais que vous emportiez avec vous ce livre sur le Ganthal et que vous preniez le temps de le parcourir. Si vous avez des questions ou si vous voulez juste discuter, n'hésitez pas à venir me voir, ce sera un plaisir, dit Mika qui se surprenait lui-même d'être aussi sûr de lui.

– Je… je… merci, dit finalement Tanila en rougissant et en saisissant le livre que lui tendait le prince.

– C'est un plaisir, dit Mika.

Sans plus de manières, Tanila quitta précipitamment la bibliothèque. Ce n'est que lorsqu'elle tomba nez à nez avec son frère qu'elle se rendit compte qu'elle souriait bêtement. Grégoire lui demanda d'un ton brusque :

– Où étais-tu?

– À la bibliothèque, répondit Tanila en tentant de s'esquiver vers ses quartiers. Son frère lui attrapa le bras et la força à revenir vers lui brusquement.

– Qu'est-ce que tu avais à sourire comme ça? demanda-t-il en lui serrant le bras de plus en plus fort.

– Je ne vois pas en quoi ça te regarde ; et si tu pouvais lâcher mon bras, ce serait apprécié, tu me fais mal.

Grégoire lâcha immédiatement sa sœur, mais c'est avec un regard mauvais qu'il lui dit :

— Tu devrais faire attention à ce que tu fais pendant que nous sommes ici. Ce n'est pas chez nous, ne t'habitue pas trop.

— Bien sûr que non, je sais très bien tout cela, dit Tanila en s'approchant pour lui faire face.

— Tu devrais retourner dans tes appartements, Tanila. Tes dames de compagnie doivent se demander où tu es.

— Ça, tu vois, ça m'étonnerait, dit Tanila. Je les ai renvoyées à Baldine. Je n'ai gardé que Kary parce que c'est la seule personne en qui j'ai confiance.

— Tu as fait quoi? s'indigna Grégoire dont la colère ne cessait d'augmenter.

— Tu as compris. Je te conseille de me laisser respirer un peu, Grégoire. Nous ne sommes pas à Baldine ici, dit Tanila en montrant le livre sur le Ganthal qu'elle tenait à la main.

— Tu t'en vas dans tes appartements maintenant! C'est un ordre, hurla le jeune homme.

— Non, lui répondit Tanila avec un haussement d'épaules, et je te conseille de ne pas me forcer, sinon je devrai faire appel au roi.

— Au roi… AU ROI! À ce roi de pacotille qui ne fait que tourmenter Baldine depuis des années! Tu demanderais à cet homme de te protéger? Tu es devenue folle!

— Pas du tout. Je fais ce qui me plaît; et si j'étais toi, Grégoire, je montrerais plus de respect envers les gens qui te logent et qui te nourrissent. Ce ne serait pas très bien vu, ni ici ni chez nous, que tu sois renvoyé vers le roi Micnell parce que tu t'es mal conduit dans ce château…

— Tu n'oserais pas faire cela!!

— Oh que oui, mon cher! Donc, tu te calmes maintenant, et moi, je vais aller terminer ma lecture. C'est tout à fait passionnant ce qui se passe dans ce pays, dit Tanila en s'en allant sans se presser vers ses appartements.

Une fois sa sœur partie, Grégoire s'en alla sans direction précise dans le château, au pas de charge, en ruminant sa colère. Il arriva par un drôle de hasard dans la bibliothèque. Mika leva la tête lorsqu'il entendit la grosse porte de bronze se refermer et aperçut son invité espion qui faisait les cent pas devant les rayons, parlant tout seul à voix basse. Le prince étant un homme de nature plutôt calme, il regarda avec amusement ce drôle de petit numéro qui se jouait devant lui. Puis, lorsque Grégoire s'aperçut de sa présence, il se figea sur place avec stupeur. Mika se leva et dit :

– Monsieur, soyez le bienvenu dans la bibliothèque du château de Ganthal. S'il vous faut quoi que ce soit, n'hésitez pas à le prendre.

– Euh… je… euh…, maugréait Grégoire qui ne savait pas quoi répondre à cette gentillesse polie.

– Je vais vous laisser, si cela ne vous gêne pas, mais faites comme chez vous, dit le jeune prince en inclinant la tête cérémonieusement avant de quitter la pièce.

– Me… merci, murmura le jeune homme en se laissant tomber dans un fauteuil en réfléchissant.

Grégoire était de ceux qui se fâchent très facilement et qui se calment tout aussi vite. Il s'en voulait de s'être emporté contre sa sœur, mais il voulait éviter à tout prix qu'elle ne s'attache trop à ce royaume et à ses habitants. Le roi Micnell lui avait demandé de rester sur place pour veiller à ce que le roi Ondier ne le trahisse pas. Grégoire avait bien senti l'animosité à peine dissimulée du roi de Ganthal. Il aurait fallu être fou pour ne pas s'en apercevoir. Toutefois, la reine Iza-Mel et son fils avaient toujours été très gentils et très courtois avec lui, et avec tout le monde d'ailleurs. Il détestait devoir agir en espion, mais ses ordres étaient clairs.

Le jeune homme se leva et se mit à arpenter les rayonnages. Il devait bien y avoir des livres sur tous les sujets dans cette pièce. Grégoire se demanda combien il pouvait y avoir de livres sur les étagères. Il se mit à se promener et trouva un livre sur Baldine. Il le prit et l'ouvrit, s'attendant à trouver son pays dépeint comme un ennemi. Quelle ne fut pas sa surprise de constater qu'il n'en était rien. Le royaume et ses habitants, son histoire, sa géographie et sa politique semblaient décrits avec la plus grande véracité.

En habitant de Baldine qu'il était, on lui avait presque toujours dit du mal de Ganthal, mais il devait reconnaître que la réciproque était totalement fausse, du moins dans les écrits. Le jeune homme demeura bien longtemps dans cette pièce à parcourir les rayonnages. Il découvrit un univers de connaissance dont il ignorait l'existence. En fils de soldat et neveu du roi, il était formé à la politique, au combat et à l'espionnage. Il n'y avait pas autant de livres au château du roi Micnell. D'ailleurs, il ne devait pas y avoir autant de livres dans tout le royaume de Baldine, se dit le jeune homme pour lui-même. Il trouva un livre sur les coutumes et les traditions de Ganthal. Il s'installa devant la cheminée et se mit à lire.

Ce n'est que tard dans la soirée, lorsque la faim le tenailla, qu'il se résigna à déposer son livre. Il se mit en quête de quelque chose à manger. En se promenant dans le château, il tomba par hasard sur les cuisines. L'endroit semblait désert. Il décida d'entrer et de prendre un peu de pain et de fromage pour ensuite retourner à sa lecture. Il était en train de rassembler son butin lorsqu'il entendit quelqu'un tousser derrière lui. Il se retourna et aperçut la reine Iza-Mel sur le seuil de l'entrée extérieure. Elle lui sourit gentiment et lui demanda de sa voix douce :

— Vous avez faim, Grégoire ?

— Un peu, madame, reconnut le jeune homme, gêné de s'être fait prendre en train de chiper de la nourriture dans la cuisine comme un voleur.

— Je vais vous préparer quelque chose, dit la reine en sortant une pièce de viande fumée d'une grande armoire fraîche.

— Je ne voudrais pas déranger Votre Majesté, dit Grégoire en inclinant la tête.

— Je n'ai pas mangé non plus, dit Iza-Mel avec un sourire. Je devais terminer beaucoup de choses qui ont pris du retard pendant les festivités du mariage de ma fille. Le royaume doit continuer de fonctionner même lorsque nous sommes très occupés. Aimeriez-vous manger avec moi, Grégoire ?

– Je ne sais pas si je peux, madame, dit le jeune homme en s'inclinant de plus en plus bas, ce qui fit rire la reine.

– Grégoire, soyez gentil et arrêtez de vous incliner comme ça ou vous allez avoir un terrible mal de cou, dit la reine en lui indiquant une chaise à la grande table de bois juste à côté. Asseyez-vous, nous allons manger tous les deux...

– Tous les trois, mère, si je peux me permettre, dit Mika qui arrivait à l'instant.

– Mais bien sûr, Mika, viens t'asseoir. Tu n'as pas mangé non plus ? demanda la reine tout en tranchant d'épaisses tranches de pain frais.

– Oui, mais j'ai un petit creux. Je viens de passer quelques heures avec la garde du château et ça m'a ouvert l'appétit.

La reine rit de bon cœur et dit à son fils d'un ton chaleureux :

– Tu es comme ton père, tu manges pour deux.

Iza-Mel étendit une sorte de sauce riche qui sentait les tomates sur les tranches de pain, avant d'y mettre de généreuses tranches de porc fumé et du fromage. Elle sortit une tomate, qu'elle trancha, et l'ajouta avec de la luzerne fine. Elle remit un de ces monstrueux sandwiches à son fils et un autre à Grégoire. Elle ne prit que la moitié de ce qu'elle leur avait donné. Mika prit son sandwich et y mordit à belles dents, accompagné de sa mère. Grégoire était stupéfait de voir ces gens de la royauté qui mangeaient comme tout le monde et qui semblaient trouver cela tout ce qu'il y a de plus normal. La reine n'était accompagnée d'aucune dame de compagnie ni le prince d'aucun valet. Voyant que son attitude pourrait être vue comme impolie, le jeune homme attrapa son repas et se mit à manger. La reine et le prince se mirent à discuter de récoltes et de chevaux. Ils ne parlèrent pas de politique ni de la guerre.

À Baldine, au château de la famille royale, jamais personne n'aurait vu le roi ni la reine venir manger comme cela à la cuisine, encore moins se servir eux-mêmes. Un serviteur ou un valet cuisinerait et apporterait le repas dans les appartements de Leurs Majestés.

Lorsqu'il était enfant, Grégoire allait souvent dans les cuisines pour chiper un peu de nourriture et il y avait toujours quelqu'un pour lui venir en aide. Dans la cuisine où il se trouvait présentement, il n'y avait personne. Le personnel semblait s'être volatilisé. Il demanda à la reine :

— Vous n'avez personne pour vous servir à cette heure ?

— Bien sûr que oui, mais je préfère laisser mes gens se reposer lorsqu'il est aussi tard. Ils travaillent tous très fort durant la journée, ils peuvent bien se reposer un peu. Ce n'est qu'un sandwich, mon petit, je n'ai pas besoin d'une cuisinière pour le faire, dit la reine en riant.

— Votre Altesse, pour être honnête, je suis très surpris, dit Grégoire.

— Les coutumes de ton pays ne sont pas les mêmes que les nôtres, voilà tout. Tu t'y feras. Mange, mon petit, moi, je vais dormir. J'ai encore beaucoup de travail qui m'attend demain, dit la reine en se levant, ce qui fit lever Grégoire par réflexe.

— Bonne nuit, mère, dit Mika.

— Bonne nuit, mon fils, bonne nuit, Grégoire.

— Bonne nuit, Majesté, répondit le jeune homme tout ébahi.

Dès que la reine fut sortie, Mika demanda sans détour :

— Êtes-vous ici pour nous espionner, Grégoire ?

Le jeune homme faillit bien s'étouffer avec son sandwich lorsqu'il entendit la question. Il se dépêcha de se vider la bouche. C'était une chose de manger à la même table qu'un prince en plein milieu de la nuit, c'en était une autre de ne pas avoir un minimum d'éducation et de parler la bouche pleine. Il demanda au prince :

— Est-ce que vous voulez la vérité ou juste ce que vous voulez entendre, mais qui n'est pas forcément vrai ?

Le prince Mika déposa son sandwich et regarda dans les yeux son invité. Puis son visage se transforma. Il sembla tout à coup beaucoup plus vieux, comme si son ascendance royale et son héritage de prince de Ganthal lui sortaient par tous les pores de la peau. Il répondit d'un ton sans réplique :

– Je veux la vérité. Je dois savoir de quoi il retourne.

– D'accord, Altesse. Officiellement, je suis ici comme ambassadeur de Baldine pour la durée de l'alliance entre nos deux nations contre l'envahisseur de Zythor. Officieusement maintenant, et seulement entre vous et moi, je suis ici pour veiller à ce que le roi Ondier et la reine Iza-Mel respectent l'entente prise avec le roi Micnell, mon oncle. Si, pour cela, je dois fureter un peu et rapporter vos faits et gestes à mon oncle, je le ferai, car c'est mon devoir. De plus, je dois veiller à ce qu'il ne vienne pas, à votre père et à votre mère, l'idée de nous trahir et de nous planter un couteau dans le dos. Par exemple, en nous mettant à la merci du roi Trévor ou en vous alliant avec lui.

– Le roi Micnell pense que nous pourrions nous allier avec le Zythor contre vous ? C'est complètement ridicule. Nous nous battons contre ce royaume et le roi Trévor depuis une décennie. Pourquoi ferions-nous ami-ami avec eux maintenant pour nous battre contre vous ? Même si nos relations sont tendues, nous ne sommes pas en guerre contre vous, s'exclama le prince indigné.

– Je ne peux prétendre connaître la façon de penser de mon roi, mais je crois qu'il se méfie du roi Ondier, dit Grégoire. Je dois être honnête avec vous, prince Mika, je me méfie aussi de votre père.

– Grégoire, dit le prince après avoir pris une grande respiration pour se calmer, je peux vous assurer que le roi Ondier ne trahira pas votre oncle, pas plus que votre pays d'ailleurs. Nous ne sommes pas des traîtres, nous sommes les victimes d'une tentative flagrante d'invasion. Est-ce que votre roi se rend compte que si nous devions perdre la guerre sur le sol de Ganthal, le royaume d'Ébal et celui de Baldine se retrouveraient avec un très gros problème sur les bras ? Nous nous sommes battus pendant une décennie seuls contre le Zythor. Nous avons demandé votre aide parce que les hostilités du roi Trévor ont monté de plusieurs crans dans les derniers mois. Vous n'êtes pas sans savoir qu'il a même à son service des sorciers, dont un qui a tenté de me tuer ainsi que plusieurs hommes de notre armée. Je ne pense pas que mon père exagère lorsqu'il dit que le Zythor est maintenant le problème de toutes les nations de Kianah. Sachez que je ne suis pas stupide et que je connais la réputation de Ganthal dans votre pays, Grégoire ; mais sachez que ni mon père ni moi-même n'avons fait quoi que ce soit contre votre royaume. Nous avons demandé votre aide d'homme à homme. Je ne pense pas que nous puissions vous donner de meilleures preuves de notre bonne foi. Vous pouvez envoyer dès maintenant un message à votre oncle et lui répéter mot pour mot ce que je viens de dire, cela ne me dérange pas du tout ; par contre, si la possibilité d'une trahison devait refaire surface, sachez que je me rendrais moi-même voir votre oncle, et je ne pense pas qu'il apprécierait ma façon de penser sur son attitude puérile et enfantine. Je jure sur mon honneur de prince que jamais le Ganthal ne trahira Baldine dans cette guerre. Suis-je clair, Grégoire ?

Le jeune homme ne sut quoi répondre sur le moment. Il était surpris par la tirade du prince et par la colère dont il avait fait preuve. Il n'y avait plus de doute possible, selon Grégoire, le Ganthal tiendrait parole. Il ne restait qu'à en convaincre le roi Micnell. Le prince se leva de table et alla déposer son assiette sur un plan de travail, puis il dit d'un ton froid d'où la colère perçait encore :

— Je vais aller dormir, monsieur, si cela ne vous indispose pas. J'ai encore beaucoup de travail demain. Je vous souhaite une bonne nuit.

— Bonne nuit à vous aussi, Altesse, dit Grégoire en inclinant la tête.

Dès que le prince eut quitté la pièce, le jeune homme prit le reste de son sandwich et fila vers ses appartements. Il entra dans la chambre. Son valet dormait à poings fermés assis dans un fauteuil. Il le réveilla et l'envoya dormir dans son lit, ce qui arracha un timide sourire de remerciement à l'homme.

Grégoire s'installa à sa table de travail et décida qu'il était temps d'écrire à son oncle.

Mon oncle,

Ma mission au royaume de Ganthal a été découverte par le jeune prince Mika. Il a très bien compris la véritable raison de ma présence entre les murs du château. J'ai donc été contraint de dire la vérité.

Mon roi, sachez que ce n'était pas une trahison, car en étant honnête avec le prince, j'ai découvert un jeune homme qui sera un très grand monarque lorsqu'il montera sur le trône. Selon vos propres mots, vous aviez décrit le prince comme quelqu'un de trop tendre pour assumer une charge comme celle qui l'attend. Sachez, mon roi, qu'il n'en est rien. Le prince a une force de caractère surprenante. Il m'a d'ailleurs juré sur son honneur que jamais le Ganthal ne nous trahirait. Je ne pense pas qu'un prince, même lorsqu'il n'a que seize ans, jurerait à tort et à travers sans penser ses paroles. Je le crois sincère.

Pour ce qui est de l'animosité évidente du roi Ondier envers notre royaume, elle provient plus de l'habitude que d'une réelle haine envers Baldine. Nos deux royaumes se détestent depuis si longtemps, je pense qu'ils en ont oublié la véritable raison.

Avec votre permission, mon roi, j'aimerais établir ici une relation plus cordiale avec le royaume de Ganthal. Peut-être qu'avec des efforts, les relations diplomatiques et les échanges commerciaux se feront plus aisément. Des deux côtés, tout le monde serait gagnant.

Votre serment au mariage de la princesse Illah a ouvert des portes closes depuis des décennies. À mon humble avis, Majesté, il ne faudrait pas les laisser se refermer de nouveau. L'ennemi n'est pas au Ganthal, mais au Zythor, j'en ai l'intime conviction. Si je me trompe, mon roi, je remettrai ma vie entre vos royales mains et vous pourrez en faire ce que bon vous semblera.

J'espère que cette lettre vous trouvera en bonne santé et que tous se portent bien au château.

Bien à vous,

Votre neveu, Grégoire

Le jeune homme plia la lettre soigneusement, puis il apposa son sceau personnel avec de la cire. Il appela un valet qui se tenait prêt à servir à la moindre demande et lui ordonna :

– Allez chercher un des soldats de ma garde personnelle sans attendre, c'est important.

– Oui, monsieur. J'y vais tout de suite, dit le valet en s'élançant à la course le long du couloir.

Lorsque Grégoire eut remis la lettre au soldat avec ordre de la porter au roi immédiatement et de revenir avec une réponse, le soldat détala tout comme le valet un peu plus tôt, soit à la course.

*

Dès que les premiers rayons du soleil se pointèrent au-dessus du château, le prince Mika sortit rejoindre les hommes de sa garde personnelle. Il avait été inactif suffisamment longtemps depuis qu'il était revenu à demi mort du champ de bataille, il était temps de se remettre au combat s'il ne voulait pas devenir balourd.

Lorsqu'il arriva sur le terrain d'entraînement, il fut salué par les soldats. Puis l'attention du prince fut attirée par une silhouette plutôt grande, en armure, qui s'échauffait les muscles en frappant l'air de son épée. Le soldat portait un casque et il était impossible de bien distinguer ses traits. Mika demanda à un soldat, un grand rouquin aux dents de devant démesurément longues qui se trouvait à côté de lui :

– Qui est-ce ?

– Aucune idée, Altesse, mais il était là quand nous sommes arrivés.

Le soldat inconnu ne semblait pas très habile avec une épée, mais faisait de gros efforts. Lorsque celui-ci s'approcha du mannequin de bois et qu'il commença à le frapper, le prince se rendit compte que cet homme n'était pas un soldat aguerri, bien au contraire. Il attaquait comme un débutant et semblait ne pas connaître la façon de se mettre en garde et de se protéger.

Mika terminait d'attacher les sangles de son brassard lorsque l'apprenti soldat, dans un élan maladroit pour frapper la tête du mannequin, perdit l'équilibre et tomba à la renverse. Un « merde » étouffé parvint aux oreilles du prince et lui arracha un sourire. Les soldats de la garde pouffèrent de rire devant la maladresse du pauvre garçon. Mika eut pitié de lui et décida d'aller le voir. En s'en allant, il cria aux soldats restés derrière :

– À l'entraînement, messieurs ! La guerre n'attend pas que nous soyons prêts pour elle.

Les hommes eurent le bon sens d'obéir sur-le-champ, ce qui permit au soldat en herbe d'éviter les railleries. Mika s'approcha du soldat et lui demanda :

– Tout va bien ?

– Oui, répondit une voix juvénile, étouffée sous le casque de métal.

– Vous n'êtes pas un soldat depuis longtemps, je me trompe ? demanda le prince.

– Depuis ce matin, Altesse, répondit le soldat.

– Je vois... Je pense que vous devriez commencer par tenir votre épée comme cela, dit Mika en lui montrant comment placer ses mains sur le manche. Ensuite, pensez toujours à protéger votre tête et votre cœur. Vous devez savoir vous défendre avant de savoir attaquer.

– D'accord, dit le soldat reconnaissant.

– Regardez, je vais vous montrer, dit Mika patiemment.

Le prince exécuta les mouvements de base de haut en bas et de gauche à droite. Le soldat inconnu répéta exactement ce que le prince faisait. Mika lui montra quelques enchaînements simples. L'inconnu imita les mouvements avec dextérité. « Il a du potentiel, ce garçon-là », pensa Mika. Il lui fit répéter les mouvements en expliquant les variantes qui pouvaient conduire à une attaque. Le soldat semblait très à l'aise et ses gestes étaient fluides. Le soleil commençait à taper fort, et le prince dit à l'étranger :

– Vous devriez enlever votre casque, soldat. Il fait chaud et personne n'en voudra à votre tête ici.

– Je… je préfère le garder, Altesse.

– Comme vous voulez, mais il doit faire très chaud là-dedans.

– Un peu, reconnut l'inconnu de cette voix étrangement familière.

– Je vous laisse répéter les mouvements et je vais aller m'entraîner avec mes hommes. Si vous voulez vous entraîner encore, je serai ici demain matin.

– Merci, Altesse, répondit la voix étouffée. Je vais me débrouiller.

– Comme vous voulez, dit le prince en s'éloignant.

Lorsqu'il arriva à la hauteur de ses hommes, les bruits de l'épée de l'inconnu sur le mannequin de bois cessèrent. Mika se retourna et se rendit compte que le mystérieux soldat avait disparu. Le prince n'en fit pas de cas et se lança dans un combat amical avec le grand rouquin aux dents longues.

Lorsque l'heure du repas de midi sonna, le prince se rendit à la salle à manger privée de la famille royale. Il y trouva sa mère ainsi que Grégoire et Tanila. Grégoire semblait en grande conversation avec la reine, et Mika décida qu'il valait mieux les laisser discuter en paix. Il en profita pour s'asseoir à côté de Tanila. La jeune femme sursauta en apercevant le prince. Il lui sourit et elle lui rendit son sourire timidement avant de se concentrer sur son assiette.

Mika dévora sa nourriture avec appétit et observa à la dérobée Tanila. Elle était jolie, très jolie. Il ne pouvait pas détacher ses yeux de ses mains aux doigts si longs. Ses gestes étaient tellement délicats et précis… La reine interrompit ses pensées et lui demanda :

– Mika, serais-tu assez aimable pour montrer les tables de lois de notre royaume à Grégoire cet après-midi ?

– Bien sûr, mère. Puis-je savoir pourquoi ?

– Grégoire aimerait mieux comprendre comment fonctionne notre pays. Il est très surpris de constater qu'il y a d'énormes différences entre Baldine et ici. Chez lui, les femmes peuvent devenir reines sans être mariées, par exemple, ce qui n'est pas le cas ici.

– Je vois. Eh bien, il me fera plaisir de vous initier à nos coutumes, Grégoire, dit Mika sans quitter Tanila des yeux.

– Altesse ? demanda Grégoire, je pense que ma sœur serait aussi très intéressée par tout ce que vous pourriez nous montrer. Elle adore la politique et l'application des lois. Est-ce que cela vous dérangerait si elle nous accompagnait ?

– Bien sûr que non, votre sœur est toujours la bienvenue où que ce soit, dit le prince en regardant Tanila plus intensément encore.

– Parfait, merci beaucoup, Altesse, dit Grégoire avec un sourire.

La reine se leva et quitta la table. Elle demanda à Grégoire de la suivre, prétextant qu'elle voulait lui montrer la salle des armures. Lorsqu'ils se trouvèrent hors de portée de voix de la salle à manger, Iza-Mel dit :

– Je pense que mon fils a un faible pour votre sœur. J'espère que cela ne vous pose pas de problème ?

– À moi ? Non, Majesté, mais je ne peux répondre que pour ma personne, dit Grégoire aussi diplomate que possible.

– Bien. Votre sœur a quel âge, au fait ?

– Elle vient d'avoir seize ans, Majesté.

– Mika aussi vient d'avoir seize ans. C'est intéressant…

– Majesté, je ne voudrais pas être indiscret, mais où voulez-vous en venir?

– Oh, eh bien... pour être honnête, je pense que votre sœur ferait une bonne épouse pour mon fils, lança la reine le plus naturellement du monde.

– Euh... Majesté... je ne peux euh... Ouf!... c'est délicat.

– Je sais, Grégoire, dit la reine. Lorsque ma fille est venue au monde, mon mari a pris une entente avec le royaume d'Ébal pour son mariage; mais lorsque le prince est né, nous étions en visite dans votre royaume. Je ne sais pas si vous vous souvenez, vous étiez un enfant à cette époque. Vous deviez avoir sept ou huit ans.

– Je me souviens de votre visite, madame. C'est la seule visite que le roi Ondier a faite au royaume de Baldine. Ce serait difficile de l'oublier.

– Le roi et moi-même avons décidé d'attendre pour conclure des ententes de mariage, puisque personne n'était de l'âge du prince. De plus, vous connaissez mon mari, il n'aurait envisagé pour rien au monde un mariage entre les filles de votre oncle et notre fils. Politiquement, cela serait devenu un cauchemar puisque, chez nous, les femmes ne peuvent régner que si elles sont mariées avec un roi, tandis que chez vous...

– ... les femmes peuvent régner, termina Grégoire. Je comprends, madame. Le roi Ondier voulait préserver son royaume et éviter qu'il ne tombe entre les mains de Baldine par l'entremise d'un mariage.

– Exactement. Finalement, nous n'avons jamais rien prévu pour Mika, mais le temps passe et il devra se marier tôt ou tard. Et un mariage avec votre sœur serait une alliance intéressante avec votre pays et ne mettrait pas la couronne de Ganthal en jeu.

– Je vois et je comprends, Majesté. Je respecte l'indépendance que vous désirez pour votre royaume. Il ne faut pas perdre de vue que si le prince devait épouser une de mes cousines, le royaume de Baldine serait aussi mis entre les mains du royaume de Ganthal.

– Voilà, je vois que nous nous comprenons, dit la reine. Vous êtes un très bon ambassadeur, Grégoire. J'aimerais savoir si un mariage entre votre sœur et mon fils serait envisageable par votre père et par votre oncle.

– Je ne peux pas répondre à leur place, Majesté, dit Grégoire.

– Je m'en doute, mon petit. Attendons de voir si Tanila et Mika s'entendent bien. Si c'est le cas, nous devrons parler plus sérieusement, vous et moi.

– Bien entendu, Majesté, il sera fait selon vos désirs, dit Grégoire en s'inclinant devant la reine.

Iza-Mel s'éloigna de son pas léger vers son bureau. Grégoire retourna à la salle à manger rejoindre Mika. Le prince mangeait en silence et ne quittait pas Tanila des yeux. La jeune femme semblait très concentrée sur la tomate avec laquelle elle jouait dans son assiette. Grégoire se racla la gorge et dit suffisamment fort pour faire sursauter les deux jeunes gens :

– Qu'est-ce qu'on attend pour parfaire notre éducation sur les autres nations ? Altesse, on m'a souvent vanté votre érudition et votre intelligence. Ce serait un honneur pour moi d'être votre élève aujourd'hui.

– Avec plaisir, je pense que nous devrions nous y mettre immédiatement, car il y a beaucoup de choses à voir. Lady Tanila, désirez-vous vous joindre à nous ? demanda le prince en lui tendant galamment la main.

– Euh… je…, bégaya la jeune femme.

– Bien entendu qu'elle vient, dit Grégoire en faisant les gros yeux à sa sœur. Je pense qu'elle sera une élève beaucoup plus impressionnante que moi.

– Suivez-moi, je vous prie, dit le prince qui se dirigea dans les longs couloirs du château, suivi par ses « élèves ».

Durant l'après-midi qui suivit, le prince Mika enseigna tout ce qu'il fut possible à Grégoire et Tanila sur les us et coutumes de Ganthal. Les lois du royaume au sujet du droit à la couronne furent un sujet de discussion passionnant. Le prince avait un savoir immense malgré son jeune âge. Il ne semblait même pas se rendre compte qu'il était très surprenant de voir quelqu'un d'aussi savant.

Grégoire était très impressionné. Les rumeurs de palais sur le prince étaient donc vraies. Il était vraiment très intelligent. Il n'en faisait pas étalage, sauf dans le cas où, comme présentement, quelqu'un désirait en savoir davantage sur un sujet. Tanila écoutait le prince sans rien dire, à l'exception de quelques questions par-ci, par-là ; elle semblait totalement absorbée par les paroles du prince. À un moment, vers la fin de la journée, Grégoire prétexta devoir les quitter. Il parla de quelque chose à propos de son cheval et se sauva. Tanila profita de l'absence de son frère pour se détendre un peu et demanda :

— Est-ce que votre sœur n'aimerait pas régner sur le royaume de Ganthal ?

— Je ne pense pas, Lady Tanila. Il est vrai que de nous deux, c'est elle qui serait la plus apte à le faire, je suis le premier à le reconnaître. Elle serait une formidable reine guerrière.

— Elle sait se battre ? interrogea Tanila, surprise.

— Oui et, croyez moi, elle est terrible. Je ne conseille à personne de se battre contre elle.

— Je croyais que le combat était un domaine réservé aux hommes, dit Tanila.

— En effet, mais ma sœur, c'est un cas à part, si je puis dire. Mon oncle Éthan a toujours adoré Illah et il lui passait tous ses caprices lorsqu'elle était enfant. À trois ans, à la place de jouer à la poupée ou à tout autre jeu pour les petites filles, elle allait à cheval avec mon oncle. Il formait son fils, Édouard. Illah et Édouard étant inséparables, mon oncle s'est retrouvé bien forcé d'entraîner Illah aussi. Lorsque ma sœur a eu cinq ans, mon oncle a obtenu la permission de mon père de l'entraîner au combat. Elle est devenue une très bonne guerrière. Lorsque mon cousin Édouard est parti faire ses classes de soldat, Illah a dû rester en arrière. Aucune règle ne permettait à la fille du roi de partir s'entraîner avec l'armée. Mon oncle a donc redoublé de vigueur avec elle. Vous avez vu comme ma sœur est petite et menue. Un jour, mon oncle l'a provoquée en duel pour voir ce qu'elle avait dans le ventre, mal lui en prit.

— Pourquoi? interrogea Tanila.

— Illah lui a mis toute une raclée, dit le prince en riant. Je m'en souviens comme si c'était hier. Je devais avoir dix ou douze ans, j'étais en entraînement, moi aussi. Lorsque mon oncle a défié Illah, c'était surtout pour lui montrer qu'elle n'était pas encore prête à se battre pour vrai contre un véritable ennemi. Au début, il avait le dessus. Je ne sais pas comment elle a fait, mais elle l'a désarmé et l'a envoyé balader la tête la première sur le sol. Lorsqu'elle a compris qu'elle avait gagné, elle a hurlé à la mort. Mon père est sorti du château en courant, croyant que nous étions attaqués. Lorsqu'il a vu son frère couché par terre, le visage dans la terre, il s'est écrié : «Qui a osé lever la main sur le général? Qu'il se présente devant moi sur-le-champ!» Illah est allée trouver mon père en regardant par terre. Je pense qu'elle s'attendait à être punie.

— Qu'a fait votre père?

— Il a regardé ma sœur avec des yeux... ébahis, puis il a éclaté de rire. Mon oncle a repris connaissance à ce moment-là. Mon père l'a aidé à se relever, puis il a dit : «L'élève a dépassé le maître. Tu es devenu vieux, petit frère.»

— Votre oncle devait être gêné, non? demanda Tanila.

— Un peu, je crois, mais il ne l'a jamais laissé paraître. Il a félicité Illah et il est rentré à ses appartements. Plus jamais il n'a été question d'un duel entre ma sœur et mon oncle. Mon père a donné des ordres pour qu'aucun soldat ne puisse se battre à l'entraînement avec Illah.

– Pourquoi a-t-il fait cela ?

– Ma mère a toujours détesté que ma sœur se batte comme un homme. Je pense qu'elle a dû faire pression sur mon père. De son côté, je ne pourrais pas dire ce qu'il pensait vraiment, mais je pense qu'il croyait à un coup de chance de la part de ma sœur ou bien il ne voulait pas qu'elle veuille se battre avec tout le monde. Dans tous les cas, il voulait éviter qu'elle ne se fasse blesser.

– C'est amusant comme histoire, dit Tanila. Lorsque j'ai vu votre sœur dans sa robe de mariée, toute petite, si délicate, je n'aurais jamais imaginé qu'elle était aussi redoutable.

– Elle l'est, Lady Tanila. S'il n'en tenait qu'à moi, ma sœur deviendrait la successeure de mon oncle Éthan comme général en chef de l'armée. Elle a toujours été un as au combat et ses stratégies sont bien souvent les meilleures. Le problème est qu'elle est une femme…

– En quoi cela devrait être un problème puisqu'elle a fait ses preuves ?

– Est-ce que les femmes vont au combat à Baldine ? demanda Mika.

– Non, sauf si c'est la reine, bien entendu ; mais sinon, même chez nous, ce sont les hommes qui vont à la guerre.

– Et vous avez une longueur d'avance sur nous dans le domaine de l'avancement des femmes, donc imaginez un peu ce qui se passerait ici, si Illah devenait générale.

– Je pense que c'est clair, dit Tanila. Les hommes de Ganthal ne sont pas prêts à être menés par une femme.

– Exactement. Les mentalités n'évoluent pas aussi vite qu'on le voudrait. Ma sœur se fait appeler *la princesse guerrière* par le peuple dès qu'elle a le dos tourné et, croyez-moi, ce n'est pas un compliment. Tout le monde sait très bien qu'elle est bien mieux préparée que je ne le serai jamais à être à la tête de ce royaume, mais personne n'accepterait cela ici.

— Prince Mika, j'ai une question un peu délicate à vous poser, dit Tanila en se mordillant la lèvre.

— Allez-y, Lady Tanila.

— Eh bien, désirez-vous vraiment régner sur le Ganthal ou vous sentez-vous obligé de le faire?

— La vérité, c'est que je n'ai jamais désiré ce qui va m'arriver. J'ai toujours été un intellectuel. J'aime les livres et j'adorerais enseigner mon savoir. Je dois toutefois accepter ce que le destin a mis sur ma route. Je devrai un jour, lorsque mon père ne sera plus de ce monde, prendre la relève. Je le ferai parce que c'est ce que mon père souhaite et parce que c'est mon devoir. J'y mettrai tout mon cœur et toute mon énergie. Je sais me battre comme il faut, j'ai étudié l'art de la guerre et j'ai été à la guerre avec mon père. Je suis prêt pour la suite, mais je ne suis pas pressé d'y arriver. Mon père fait un très bon travail. Il est un plus grand roi que je ne le serai jamais.

— Vous êtes très dur avec vous-même, Altesse, dit Tanila. Je crois que l'humilité dont vous faites preuve sera votre plus grande qualité en tant que roi. Le peuple a besoin de sentir que son dirigeant n'est pas inaccessible, qu'il est comme eux. Je pense que les gens vous aimeront pour ce que vous êtes. Ce que vous apporterez aux habitants de votre royaume, c'est un vent nouveau, peut-être une nouvelle façon de penser. Les gens sauront qu'ils pourront compter sur vous, que vous ne prendrez pas de décision sans y avoir réfléchi. Attendez de voir, je suis pratiquement certaine de ne pas me tromper.

— C'est gentil à vous de dire cela. Vous me connaissez à peine et vous semblez avoir confiance en moi, c'est… rassurant, dit Mika dont les yeux se posèrent sur le doux visage de la jeune femme.

— Ce n'est rien, Altesse, dit Tanila en agitant la main pour dissiper le malaise qui la troublait lorsque le prince la regardait comme cela.

Mika se leva et alla chercher d'autres livres sur divers sujets. Il demeura longtemps dans la bibliothèque avec Tanila. Ils discutèrent de beaucoup de choses et se trouvèrent beaucoup plus de points communs qu'ils ne se l'imaginaient.

Tanila se demandait comment il se faisait que le prince fût aussi gentil, aussi parfait. Depuis son enfance, on lui avait enseigné que le Ganthal et son peuple étaient des barbares, des voleurs, des gens en qui il ne fallait jamais avoir confiance. On lui avait appris à détester ce pays avec force. Pourtant, depuis son arrivée dans le palais, elle ne s'était pas sentie menacée par qui que ce soit. Tout le monde était aimable avec elle. Personne ne la jugeait parce qu'elle venait de Baldine. Si ces mêmes personnes s'étaient trouvées chez elle, les gens n'auraient probablement pas été aussi gentils. Le Ganthal était un ennemi. Pas au sens propre comme lorsqu'on va en guerre, mais tout de même.

Devant le prince, Tanila se sentait comme une idiote. Il connaissait tant de choses ! Il lui parlait de tout, comme si de rien n'était ; il avait une simplicité désarmante. Il était poli, galant et charmant. Lorsqu'elle avait glissé sur le sol humide, il l'avait gentiment remise sur pied, comme tout homme galant.

La jeune femme dut sortir de sa rêverie lorsqu'un valet vint leur annoncer que le repas du soir était servi et que la reine les faisait demander auprès d'elle.

Tanila fit une courte révérence au prince et s'en alla directement à ses appartements pour se changer. Mika demeura seul dans la grande bibliothèque en se demandant pourquoi il se sentait aussi bizarre.

Il prit la direction de la salle à manger. La reine était déjà à table avec quelques nobles. Grégoire était assis à la droite d'Iza-Mel et semblait en grande conversation avec Lord Korin. Connaissant les spécialités de l'homme en question, Mika préféra ignorer le sujet de leur conversation et s'en alla directement s'asseoir en face de sa mère. Heureusement pour tous les convives, la reine avait choisi de manger dans la petite salle à manger. Si, par contre, elle avait choisi la grande salle avec l'immense table, il aurait été impossible pour les personnes présentes de pouvoir discuter sans devoir crier pour se faire entendre.

Tanila arriva au moment où les premiers valets servaient le repas. La reine lui indiqua le siège voisin de Mika, ce qui sembla rendre la jeune femme heureuse et mal à l'aise à la fois. Elle s'installa à la droite du prince et se mit à picorer son assiette sans lever les yeux. La plupart des gens autour de la table ne portèrent pas attention à cette grande jeune femme, sauf Grégoire, qui du coin de l'œil observait comment sa sœur et le prince s'entendaient.

Mika entreprit donc de faire la conversation avec Tanila, qui sembla soulagée dès qu'il se mit à parler. Elle se pencha vers lui et lui murmura :

– J'ai l'impression que tout le monde me regarde du coin de l'œil. Je vous remercie, Altesse, de vous préoccuper de moi, cela me fait du bien même si, après avoir dû me supporter tout l'après-midi, vous devez avoir marre de me voir.

– Cela, ma chère Tanila, c'est impossible, croyez-moi, dit le prince avec un sourire.

– Si vous le dites, Altesse, dit Tanila en rougissant.

Pendant tout le reste du repas, la conversation fut amicale et amusante entre le prince et la jeune femme. Lorsque la reine se retira dans ses appartements, Mika en profita pour faire de même, car, même s'il avait passé la journée à s'amuser, il était temps de reprendre le travail. Le prince devait tenir le roi Ondier au courant de tout ce qui se passait dans le château pendant son absence. Il décida donc d'écrire une lettre à son père. Lorsqu'il eut terminé et que la lettre fut cachetée de son sceau et envoyée par un messager vers le point chaud, le prince décida de profiter du temps qu'il avait devant lui pour prendre du repos. Même s'il était pratiquement guéri de son empoisonnement, il lui arrivait encore de ressentir une grande fatigue. Il décida donc d'aller dormir et de mettre son cerveau si préoccupé par la guerre et son cœur, qui battait plus vite chaque fois qu'il pensait à Lady Tanila, en veilleuse. Demain serait là. Il serait toujours temps de reprendre le cours de ses pensées lorsque le soleil brillerait à nouveau dans le ciel.

CHAPITRE 3

Éthan courait. Il ne pouvait se permettre de regarder derrière lui. S'il prenait le temps de regarder par-dessus son épaule, la mort frapperait, il en était convaincu. Les épées de ses hommes fendaient l'air et la chair. Des hurlements lui massacraient les tympans. C'était comme cela depuis deux jours. Le roi Trévor avait envoyé, sur la plage du point chaud, beaucoup de soldats et ceux-là n'étaient pas des enfants. À leur façon de se battre, Éthan savait très bien qu'il avait affaire à des hommes entraînés et expérimentés. Il décida de passer de l'autre côté de la muraille avec trois cents hommes. Il les fit se mettre dos au mur.

La mission était simple : il fallait empêcher l'ennemi d'approcher de la muraille coûte que coûte. Les hommes avaient obéi. Toutefois, au matin du second jour, lorsque les bateaux arrivant de Zythor s'étaient multipliés, il fut évident que la poignée d'hommes qu'Éthan avait amenée avec lui de l'autre côté du mur ne suffirait pas. Les machines inventées par Mika ne s'arrêtaient pas. Les hommes blessés étaient évacués par la porte renforcée que le roi avait tenu à faire installer. Éthan poussait ses hommes à leur limite, ne leur laissant aucun repos. Lorsque le soleil se coucha sur cette deuxième journée de combat, il ne restait pas une centaine d'hommes de Ganthal avec le général Éthan. Les soldats de Zythor, comme à leur habitude, se retiraient sur leurs bateaux pour la nuit.

Éthan décida de faire de même avec les quelques hommes qui lui restaient. Ils passèrent la grande porte, qui se referma avec fracas derrière eux. La garde fut triplée, au cas où cette pause pour la nuit ne serait qu'un piège.

Le général entra dans la tente de son frère. Ce dernier, qui était en plein conseil avec les autres généraux, cessa immédiatement son entretien et s'exclama :

— Par tous les dieux ! Éthan, reviens-tu de l'enfer ?

— Je crois bien que oui, dit-il en retirant ses bottes couvertes de boue et de sang.

— Est-ce que tu pourrais m'expliquer ce qui s'est passé aujourd'hui ? demanda le roi très inquiet.

— Ondier, avec tout le respect que je te dois en tant que roi de Ganthal, je pense qu'il serait temps pour toi et pour tous tes braves généraux ici présents, que vous releviez vos manches et que vous alliez vous salir un peu les mains.

— Excuse-moi ? s'exclama le roi. Est-ce que tu viens de traiter ton roi de lâche, Éthan ?

— Non, je ne traiterais jamais mon frère de lâche, à moins que ce ne soit vrai. Mais je pense que tu devrais être avec les soldats sur le champ de bataille plutôt qu'ici à discuter devant des cartes que tu connais par cœur, s'indigna Éthan avec colère.

— Je vois... murmura le roi en s'approchant de son frère. Tu as l'air fatigué. Tu devrais aller dormir un peu et nous parlerons de tout cela demain...

— Non ! Ondier, écoute-moi bien. Si les soldats de Zythor ne s'étaient pas retirés ce soir lorsque leur cor a sonné, mes hommes et moi serions tous morts.

– Tu exagères, mon frère, c'est impossible… Tu es le meilleur escrimeur de toute l'armée, personne ne peut te battre. Je le sais bien, moi-même, je ne t'ai jamais battu en combat singulier. C'est la fatigue qui te fait parler comme cela. Va te reposer, c'est un ordre.

– Je ne vais pas aller dormir ! s'exclama Éthan en se levant d'un bond. Ondier, il faut absolument que tu me donnes plus d'hommes pour que je puisse repousser les soldats ennemis jusqu'au fleuve, sinon nous allons nous faire écraser. Et pour ce qui est du meilleur escrimeur, nous savons tous les deux qu'il y a au moins une personne sur les terres de Kianah qui peut me battre… Je n'ai pas besoin de t'en dire plus. Et même le meilleur combattant du monde ne pourrait venir à bout de tous ces soldats.

– De quoi as-tu besoin pour en venir à bout ? Dis-le-moi, mon frère, je ferai ce qu'il faudra, dit Ondier en prenant Éthan par les épaules.

– J'ai besoin de cinq cents hommes devant la muraille. Il doit aussi y avoir plus de machines de guerre sur la muraille et elles doivent lancer des flèches de feu. Je veux trois fois plus d'archers qu'aujourd'hui pour ralentir l'avancée de l'ennemi et je veux des cavaliers prêts à venir nous appuyer si nous devions être encore débordés. Voilà.

– Bien, je vais t'obtenir ce que tu demandes, mais je pose une condition…

– Ondier…, dit Éthan sur ton d'avertissement.

– Ne te fâche pas, dit le roi qui leva les mains en signe de reddition. Ma condition est la suivante : tu vas dormir immédiatement avant de t'effondrer et demain tu restes sur la muraille, tu ne vas pas avec les hommes…

– … Ondier de Ganthal ! Tu n'as pas le droit de faire cela. Ma place est avec mes hommes, et tu le sais bien. Si je ne suis pas avec eux, je rentre au palais dès ce soir…

— D'accord, d'accord, comme tu voudras. Mais si je sens que tu es en danger, Éthan, je ferai sonner la retraite. et tu passeras immédiatement de ce côté-ci de la muraille.

— Mais…, dit Éthan.

— Pas de *mais*, mon frère. C'est un ordre. Je suis le roi. Tu dois obéir. Et crois-moi, même si je dois aller te chercher moi-même sur ce champ de bataille, lorsque je donnerai l'ordre de rentrer, tu rentreras! ordonna Ondier de sa voix puissante remplie de colère contre l'impétuosité de son frère.

— Oui, Majesté, dit Éthan en s'inclinant, il sera fait selon votre volonté.

Le général en chef sortit de la tente du roi avec rage. Il s'en alla vers sa propre tente. Son valet sursauta lorsqu'il entra. Éthan lança son épée et son armure par terre, puis s'aspergea le visage d'eau fraîche. Le valet lui remit une serviette sèche et lui demanda :

— Désirez-vous manger un peu, général?

— Oui, merci.

La nourriture eut un effet apaisant sur Éthan, qui se calmait à mesure qu'il mangeait. Il devait reconnaître que son frère voulait le protéger. Il avait toujours voulu le protéger, mais quelquefois, c'était exaspérant. Éthan décida d'aller dormir quelques heures avant que la guerre revienne lui cracher en plein visage tout ce que le monde a de pire à offrir.

Ondier avait attendu un peu avant de parler avec ses généraux. Il voulait réfléchir. Il marchait seul le long de la muraille, en regardant par terre. Son pas rapide et saccadé dénotait chez ce grand homme un conflit intérieur qui le rongeait. Il était si absorbé par ses pensées qu'il percuta de plein fouet un jeune soldat qui courait prendre son poste sur la muraille. Le jeune homme, qui s'était retrouvé sur les fesses par la force de l'impact, se releva à la vitesse de l'éclair et s'inclina avec beaucoup de déférence devant le roi. Ce dernier lui demanda :

— Comment t'appelles-tu?

– Manakel, Majesté, dit le jeune homme en regardant par terre.

– Tu t'en vas prendre ton service, Manakel ?

– Oui, Majesté.

– Quel est ton travail, mon garçon ?

– Je suis à la vigie, Majesté. J'ai de très bons yeux à ce qu'il paraît. C'est mon capitaine qui me l'a dit.

– Vraiment ? C'est intéressant, cela, jeune homme. Je vais t'accompagner à ton poste si tu le veux bien. À quelle tour es-tu ?

– Celle de l'ouest, Majesté. Mon capitaine m'a installé là puisque c'est toujours de là que vient l'ennemi, et comme je vois très bien...

– Montre-moi cela, mon garçon. Je suis curieux.

– Oui, Majesté. Désirez-vous passer devant ?

– Non, c'est aimable de le proposer, mais je vais te suivre si tu le veux bien. J'aimerais voir ce que tu vois, comme tu le vois.

– Comme vous voudrez, Majesté, dit le jeune homme qui se posait beaucoup de questions.

Manakel grimpa les marches de bois jusqu'au rempart, qui était presque entièrement occupé par des archers de la garde. Il continua son chemin jusqu'à une échelle qu'il escalada. Le roi le suivit. Puis, le jeune homme marcha sur un rempart de bois très étroit. Selon ce qu'Ondier savait, c'était ce mince rempart qui servait de tour de garde aux hommes de la vigie. Le jeune homme s'assit sur les lattes de bois, laissant pendre dans le vide ses grandes jambes maigres. Le roi fit de même. Puis ce fut le silence. Manakel ne parlait pas. Il observait droit devant lui. Le roi fit de même. Cela lui changea les idées des tourments de la journée. Le jeune homme à ses côtés semblait captivé par quelque chose droit devant lui. Ondier essaya de voir dans le noir ce qui semblait si intéressant et tout ce qu'il vit, ce furent les lueurs des feux de l'ennemi. Les voix ne leur parvenaient que très assourdies. Le roi s'apprêtait à laisser ce jeune homme attentif à son travail lorsqu'il entendit un bruit. Comme un craquement, le genre qui provient d'un arbre centenaire qui s'effondre. Manakel fut le premier debout. Il courut donner l'alerte.

Ce fut le branle-bas sur la muraille. Ondier s'apprêtait à redescendre au plus vite sur le rempart de pierre, quand tout à coup, Manakel se jeta sur lui et le plaqua au sol. D'abord secoué par ce geste brusque, le roi voulut ensuite enlever le jeune homme qui le maintenait toujours au sol. Puis un objet venant du ciel se fracassa sur la muraille, juste au-dessus de sa tête. Dès que les éclats de bois et de pierre furent retombés, le jeune soldat attrapa le roi par le bras et l'entraîna en bas de la tour de garde. Le roi stoppa la course folle de son sauveteur lorsqu'il aperçut des hommes, des soldats de Zythor, qui sortaient de l'ombre et qui arrivaient en courant. Ils portaient tous des sabres, qu'ils brandissaient haut, et quelques-uns portaient des échelles. Le roi comprit que c'était une tentative d'invasion. Il donna le signal aux archers qui se trouvaient tout autour de lui, et plusieurs dizaines de flèches décollèrent en direction des assaillants. Cela ralentit un peu les premiers attaquants, mais les hommes portant les échelles avançaient toujours. Ondier cria :

— Sonnez la cloche ! Nous sommes attaqués ! Archers, abattez ces hommes ! Les échelles ne doivent pas se rendre jusqu'à nous !

Manakel courut sonner la cloche. Le roi continua de donner des ordres. Les archers décochaient aussi vite que leurs bras le leur permettaient. Les flèches faisaient presque toujours mouche, mais le nombre d'attaquants ne faisait que croître. Les soldats des campements les plus éloignés arrivaient soit à pied, soit à cheval. Plusieurs brandirent leurs épées dès qu'ils arrivèrent à la porte, mais le roi ordonna qu'elle demeure fermée et barricadée. Les soldats se massèrent derrière les archers qui continuaient de mitrailler les soldats ennemis. Une première échelle fut installée et les soldats commencèrent à y grimper. Le jeune Manakel attrapa une fourche à foin et s'en servit pour repousser l'échelle. Le roi l'aperçut et alla lui donner un coup de main. Ils poussèrent ensemble aussi fort qu'ils le purent, et finalement l'échelle se décolla de la muraille. Elle partit vers l'arrière et s'écroula au sol, avec ceux qui étaient en train de grimper. Une autre échelle apparut un peu plus loin. Le roi et le jeune soldat se dirigèrent vers elle en courant, mais d'autres soldats les avaient vus à l'œuvre et firent tomber cette autre échelle.

Éthan arriva à ce moment-là et se plaça à côté du roi, qui hurlait des ordres à la cantonade.

— Ondier, tu ne dois pas rester ici. C'est une tentative d'invasion. S'il devait t'arriver quelque chose…

— C'est toi, mon frère, qui m'as dit que je ne venais pas ici assez souvent ! C'est mon royaume qu'ils sont venus prendre ! Je ne les laisserai pas faire.

— Comme tu voudras, dit Éthan en se retournant vers les hommes qui chargeaient les lances sur les machines de guerre.

— Éthan, si cette marée humaine passe la muraille, nous allons devoir battre en retraite, dit le roi d'un ton hargneux. Je ne peux permettre cela. J'ai besoin que tu fasses ce que tu fais le mieux. Dirige cette armée, maintenant.

— N'est-ce pas ce que j'ai toujours fait, Majesté ?

— Très amusant… dit le roi en se dirigeant vers le prochain groupe d'archers qui prenait le relais sur le précédent.

Éthan donna le signal aux hommes des machines de guerre, et les lances décollèrent par groupes de dix. Les soldats ennemis furent empalés par groupes de deux ou de trois quelquefois, tant ils étaient nombreux et rassemblés les uns sur les autres. Une pierre lancée par un trébuchet se fracassa à droite de la grande porte. Cette fois, les soldats s'étaient donné la peine d'y mettre le feu. Heureusement, la muraille était solide et faite de pierres. Les fragments de projectiles en feu tombèrent au sol et sur les soldats de Zythor, qui durent reculer pour ne pas être brûlés. Éthan lança à son frère :

– Ils sont en train de nous aider, là… Quelle merveilleuse tactique ! Il est vraiment imbécile, ce roi.

– Trévor est un fou, mais pas un crétin. Il sait très bien ce qu'il fait. Pourquoi est-ce qu'il met tant d'ardeur à nous attaquer cette nuit ?

– Je ne sais pas et, pour le moment, je m'en fous. Il faut les arrêter, nous nous poserons des questions sur la motivation de ce roi un peu plus tard. Attention ! hurla Éthan en se jetant sur son frère.

Une pierre éclata à l'endroit où se trouvait le roi une fraction de seconde plus tôt. Ondier, qui commençait à en avoir marre de se faire jeter par terre et pousser de tous les côtés, décida de s'en aller sur la tour de vigie, de l'autre côté de la muraille. Il aperçut au large des dizaines de lumières sur le fleuve. Elles se dirigeaient vers l'ouest. Seuls quelques bateaux venaient vers le Ganthal. Puis, soudain, l'horreur de ce qui se préparait sauta au visage du roi. Les navires se dirigeaient vers Ébal. Il fallait empêcher cela. Mais comment ? Il comprit à cet instant que la nuit serait très longue.

***

Un des gardes de l'armée d'Ébal, qui somnolait dans la tour de garde au pied de la montagne D'Or, fut réveillé en sursaut. Il avait fait un cauchemar horrible. Il se leva et alla jeter un œil à l'extérieur. L'air du fleuve, frais et salin, le réveilla et chassa les images de son terrible rêve de son esprit. En regardant vers l'est, il crut apercevoir des lumières, mais il se dit que son esprit lui jouait des tours. Il retourna vers ses camarades endormis et se prépara une tisane.

***

Ondier courut jusqu'à son frère aussi rapidement que le poids de son armure le lui permettait. Il l'attrapa par le bras et lui cria :

— C'est une diversion !

— Quoi ? s'écria Éthan.

— Ils nous attaquent pour faire diversion. Le gros de leur flotte s'en va vers Ébal, au pied de la montagne, j'en suis certain. Ils se feront prendre par surprise et ils ne seront pas prêts. Nous devons les prévenir, d'une façon ou d'une autre.

— Il n'y a rien que l'on puisse faire pour l'instant, Ondier.

— Gagne cette bataille, mon frère, je te remets le commandement. Moi, je vais essayer de prévenir nos alliés. J'espère qu'il ne sera pas trop tard.

— Mais, Ondier, qu'est-ce que tu vas faire ? demanda Éthan à son frère qui s'éloignait déjà vers les écuries en courant et en donnant des ordres.

Éthan décida de jouer le tout pour le tout. Si le roi échouait, il reviendrait aux soldats qui se trouvaient en ce lieu d'aller défendre le royaume d'Ébal. Le général donna l'ordre aux fantassins et aux cavaliers de se tenir prêts et de se mettre en formation d'entonnoir. Puis il ordonna qu'on ouvre la grande porte. Les soldats de Zythor s'engouffrèrent dans cette ouverture par dizaines. Mal leur en prit, car les soldats de Ganthal les attendaient de pied ferme. Les premiers ennemis furent littéralement massacrés. Puis les combats au corps à corps commencèrent. Le général se lança dans la mêlée.

Tout le monde se mit en quête d'un Zythorois à massacrer. Lorsque le sang eut tellement coulé que la terre entourant la muraille en fut imbibée, les soldats ennemis qui restaient en vie battirent en retraite. Ils n'étaient plus que quelques dizaines sur les centaines d'hommes qui étaient débarqués une heure plus tôt. Ils furent poursuivis par les cavaliers, qui en tuèrent quelques-uns de plus avant de laisser filer ce qui restait d'ennemis. La plupart se lancèrent à l'eau à la nage. Les bateaux de Zythor restèrent sur la plage, abandonnés. Éthan réagit au quart de tour. Il fit sonner le cor d'attaque. Tout le monde se lança à travers la grande porte. Dès qu'Éthan arriva sur la plage, il ordonna à ses hommes de mettre les bateaux de Zythor à l'eau et d'y embarquer. Comme c'était un ordre du général en chef, tout le monde obéit sur-le-champ. Les voiles se gonflèrent au vent et les bateaux de Zythor, remplis à craquer de quelque mille hommes de Ganthal, se mirent en route, derrière les bateaux ennemis, qui se dirigeaient vers Ébal.

*

Ondier talonnait son cheval. Les hommes qui l'avaient suivi sans savoir ce qui se passait en faisaient autant. Le bruit des sabots des chevaux qui avançaient au grand galop était assourdissant. Il lui fallut un certain temps pour arriver à la tour d'alerte. Le roi se jeta à terre devant cette immense pile de bois. C'était une des nombreuses ententes que le roi d'Ébal et le roi de Ganthal avaient prises ensemble lors du mariage d'Illah. Le roi avait fait empiler en secret cet immense tas de bois. Plus haut qu'une tour de garde ordinaire, il était arrosé d'huile. Le roi cria aux deux soldats qui montaient la garde un peu en retrait :

— Allumez le feu !

— Très drôle, mon vieux, dit le plus jeune des deux soldats en se levant.

— Tu ne reconnais pas ton roi, petit impertinent ? s'écria le jeune Manakel qui avait décidé de suivre le roi lorsqu'il l'avait vu partir en courant vers son cheval.

— Euh… je… eh bien… je suis désolé, Majesté, je ne vous avais pas reconnue, dit le soldat très penaud en mettant un genou par terre.

— Relève-toi et obéis ! s'écria le roi. Il faut donner l'alerte au royaume d'Ébal maintenant. Une flotte de navires de Zythor se dirige vers eux en ce moment même.

— Oh ! Par tous les dieux ! s'exclama le plus vieux des deux soldats en allant aider le plus jeune à allumer le bûcher.

Dès que les flammes furent hautes dans le ciel, le roi talonna son cheval de nouveau et se dirigea vers le bord du fleuve Taïka. Il vit l'arrivée des navires de guerre de Zythor. Puis, comme si une main géante les avait arrêtés, tous les navires cessèrent d'avancer. Ondier aperçut une autre flotte de navire arriver à pleine vitesse. Les canots des premiers bateaux furent mis à l'eau, et tous ceux qui se trouvaient à bord ramèrent en direction de la terre ferme, droit vers Ondier. Lorsqu'ils aperçurent les chevaliers sur leurs montures qui les attendaient sur la plage, les soldats voulurent retourner vers leurs navires, mais ils se retrouvèrent encerclés par les navires qu'Éthan avait réquisitionnés sur la plage du point chaud. Les soldats passèrent à l'attaque. Des deux côtés, les hommes se lancèrent les uns sur les autres, soit dans les grands navires, soit dans les canots. Les vagues de taille moyenne, qui venaient s'échouer sur la plage devant le roi, devinrent foncées. À la lueur des torches et du grand feu qui avait été allumé, l'eau avait une teinte écœurante, que seul le sang déversé en grande quantité peut donner.

Puis quelques corps flottant au gré du courant s'échouèrent devant les cavaliers. Le roi ordonna à ses hommes de vérifier de quelle nationalité étaient les morts et s'ils étaient vraiment morts. Les cris de guerre et les hurlements retentissaient dans cette fraîcheur humide d'automne. Ondier regarda chaque visage des corps qui étaient alignés sur la plage. Il avait compris depuis un certain temps que c'était son frère qui avait donné l'assaut avec les navires de l'ennemi et il espérait ne pas voir son visage parmi les morts.

Lorsque les premiers rayons du soleil pointèrent à l'horizon, les cris de guerre furent remplacés par le silence. Un silence pesant, presque inquiétant. Les navires empruntés avaient presque tous été incendiés, et la plupart des soldats de Zythor avaient été tués durant cette bataille navale. Des soldats de Ganthal avaient aussi perdu la vie. Mais la plupart réussirent à se rendre sur la plage. Certains étaient blessés, toutefois la plupart étaient épuisés et soulagés. Cette bataille avait été terrible et avait occasionné de grandes pertes pour les deux parties. Après le grand nettoyage qui dura toute la journée, un jeune homme timide annonça au roi le décompte des blessés et des morts.

Le roi, qui n'avait pas fermé l'œil de la nuit ni de la journée en cherchant son frère parmi les blessés, attendit nerveusement. Le jeune homme dit d'une petite voix :

– Il y a cent dix-sept morts, deux cent quatre-vingt-dix-huit blessés et six disparus, Majesté.

– Mon frère ? demanda le roi.

– Il est parmi les disparus. Le dernier homme à l'avoir vu était sur un navire qui a brûlé. Le soldat dit avoir vu le général se jeter à bord d'un canot ennemi. Ensuite plus rien. Il n'est pas parmi les morts ni les blessés.

– Vous allez prendre dix hommes et le chercher. Je ne veux pas vous revoir tant que vous ne l'aurez pas retrouvé.

– Oui, Majesté, répondit l'homme en s'inclinant devant le roi.

Ondier alla voir les soldats blessés et demanda des nouvelles. Malgré de vaillants efforts pour se concentrer sur ce que lui racontaient les hommes, son esprit repartait vagabonder.

Le roi donna des ordres pour que des feux soient allumés sur la plage. Si son frère était encore sur l'eau ou bien dans l'eau, il voulait lui indiquer le chemin pour rentrer. On donna des ordres pour que les blessés soient transportés dès que possible vers le point chaud.

Au petit matin, le soldat qui était parti avec dix hommes pour rechercher le frère du roi, revint. Il s'agenouilla devant Ondier et lui dit :

– Nous l'avons retrouvé, Majesté.

– Il est vivant ?

– À peu près, Majesté. Il est très mal en point.

– Où est-il ? demanda le roi en se précipitant de tous les côtés à la fois.

– Sur la plage, Majesté. J'ai fait demander un guérisseur dès que nous sommes arrivés.

– Montre-moi, ordonna le roi.

Le roi courait et le jeune soldat, qui était épuisé par sa nuit de recherche, devait le guider. Lorsque Ondier arriva devant son frère, il tomba à genoux à ses côtés. Puis il lui prit la main. Le général en chef avait une entaille très profonde sur le bras droit. Un jeune guérisseur était en train de recoudre la plaie. Le général était conscient et semblait souffrir énormément. Il dit à son frère d'une voix rocailleuse et pâteuse avec une pointe d'humour :

– Heureusement que ce n'est pas moi, le roi ; mon frère, j'ose à peine imaginer la tête que tu ferais.

– Tais-toi, idiot. Ne te fatigue pas. Je suis heureux et soulagé de te trouver en vie.

– Pour être honnête, Ondier, j'ai bien cru que cette fois c'était mon dernier combat. J'étais dans un bateau et… commença Éthan avant de se mettre à tousser.

– Tu me raconteras cela plus tard. Tu dois te reposer maintenant. Je vais te faire porter jusqu'au camp et je vais demander que ton fils soit amené dès que possible.

– Non. Je ne veux pas qu'il me voie comme ça. Il n'a pas besoin de savoir ce qui s'est passé.

– D'accord, dit le roi afin de ne pas contredire son frère dont les paupières devenaient lourdes.

– Merci. Je vais dormir un peu, je crois. Ce jeune homme, dit le général en désignant le soigneur, il m'a donné une horrible tisane et je commence à en sentir les effets.

– Tu en avais besoin. Dors, je veille sur toi, mon frère, dit le roi.

Le roi resta auprès d'Éthan toute la journée, même pendant son transport vers le point chaud. Il ne laissait personne qu'il ne connaissait pas s'approcher. Lorsqu'ils arrivèrent à la grande muraille, Ondier ordonna que son frère soit installé dans sa tente personnelle, dans son propre lit. Il désirait le veiller sans être dérangé. Le général dormit toute la journée. Ondier resta assis sur une petite chaise droite, juste à côté de son frère. Il y dormit quelques heures, la fatigue ayant raison du peu de confort de sa position. Lorsque le soleil se coucha, le blessé commença à donner des signes de réveil. Le guérisseur arriva et prépara un emplâtre qu'il mit sur la blessure pour éviter l'infection. Le roi surveillait tout ce que le jeune homme faisait d'un œil scrutateur, ce qui avait pour effet de mettre le guérisseur très mal à l'aise. Dès qu'il fut parti, le roi demanda à son frère :

— Comment te sens-tu ?

— Mieux. J'ai l'impression que mon régiment au complet m'est passé sur le corps, dit le général d'une voix enrouée.

— Tu veux bien m'expliquer ce qui s'est passé ?

— Oui, mais j'aimerais bien boire un peu avant, s'il te plaît.

Le roi donna à boire à son frère, qui but par petites gorgées en s'appuyant sur ses coudes. Lorsqu'il eut l'impression que sa gorge était moins douloureuse, il se rallongea et commença son récit.

— Après que tu fus parti pour essayer de prévenir les soldats d'Ébal, j'ai compris que même si tu arrivais à temps, il faudrait bien plus qu'une poignée de soldats pour arrêter l'armada qui fonçait vers eux. Nous avons pris les bateaux des soldats de Zythor et nous nous sommes lancés aux trousses de l'ennemi. Et je pense que nous avons gagné, dit Éthan en souriant.

— C'est le moins que l'on puisse dire, en effet, répondit Ondier. Ce que je ne comprends pas, c'est la raison pour laquelle tu es dans cet état.

— Ah ! dit Éthan en regardant ailleurs. C'était… euh… eh bien, disons que c'était une erreur de jeunesse.

— Quoi ? Éthan de Ganthal, tu as quarante-trois ans, ce n'est plus l'âge pour faire de stupides erreurs de jeunesse, rétorqua Ondier, surpris par tant de stupidité de la part de son frère.

— Eh bien, si tu le permets, je vais t'expliquer.

– Je ne sais pas si j'ai vraiment envie de savoir… marmonna Ondier.

– Je pense que tu vas peut-être trouver ça drôle, mon frère, ça va te rappeler des souvenirs.

– Vas-y, je t'écoute, dit le roi en s'adossant confortablement sur sa petite chaise.

– Eh bien, lorsque le navire sur lequel je me trouvais a pris feu, je n'ai pas vraiment eu le choix de partir.

– C'est évident, dit le roi.

– Là où ça devient compliqué, c'est lorsque j'ai sauté. J'ai cru que je sautais dans une chaloupe qui appartenait à notre armée, mais je me suis vite aperçu que ce n'était pas le cas. Je me suis retrouvé avec quatre sabres recourbés, comme ceux que les fakirs du désert portent, juste sous la gorge.

– Les fakirs ne se mêlent pas de cette guerre, dit le roi. Qu'est-ce que tu racontes, Éthan ?

– Je sais bien que ce n'étaient pas des fakirs, je ne suis pas si stupide. C'étaient des soldats de Zythor, en uniforme avec les armoiries de l'armée sur le devant, mais ils avaient des sabres comme les hommes du désert.

– C'est intéressant comme information, dit le roi.

– Je savais bien que tu aimerais mon histoire. Je continue si tu le permets.

– Vas-y.

– Je me suis donc retrouvé avec quatre lames très bien aiguisées sur la gorge, en plein milieu du fleuve, en pleine nuit. Un des hommes a voulu me décapiter, je pense. Il prenait son élan quand le canot a été heurté violemment par un navire en train de couler. Je suis passé par-dessus bord. L'eau du fleuve est froide à cette époque de l'année, et comme je portais mon armure, j'ai coulé à pic. J'ai dû m'en défaire, sinon je serais mort noyé. J'ai réussi à remonter. Après que j'ai réussi à reprendre un peu d'air, j'ai constaté le chaos monstre qui se déroulait tout autour de moi.

83

Il y avait des cadavres partout. Les bateaux brûlaient et coulaient. J'ai même vu un de nos soldats qui brûlait vif sur le pont d'un navire se jeter à l'eau pour éteindre le feu. Il n'a jamais remonté à la surface. J'ai nagé autant que j'ai pu vers le rivage. J'étais à deux doigts de ne pas y arriver lorsqu'un homme est venu vers moi. Il flottait en se retenant à deux barils vides. Il m'en a donné un. Lorsque j'ai voulu le remercier, il avait disparu parmi les débris. J'étais trop épuisé pour continuer de nager, donc je me suis laissé flotter. Je ne me souviens pas comment j'ai échoué sur la plage. Je me rappelle seulement d'un jeune soldat qui me répétait tout le temps : « Général, faut pas mourir, le roi sera pas content. » J'ai ouvert les yeux et j'ai vu où je me trouvais.

— D'accord. Tu vas te reposer encore un peu et demain, si le temps est clément, nous irons sur la muraille. Et nous discuterons avec les autres généraux de ces hommes qui portent des sabres comme les hommes du désert.

— Comme tu veux, mon frère. Bonne nuit. Excuse-moi de t'avoir volé ton lit, dit Éthan avec un sourire en fermant les yeux.

— Pas de problème, je vais dormir sur un lit de camp juste ici. Si tu as besoin de quelque chose, tu n'auras qu'à me le demander. Bonne nuit.

Le roi s'allongea sur son petit lit de fortune. Il réfléchissait et n'aimait pas l'histoire des sabres recourbés. Si les hommes du désert, pour une raison quelconque, avaient décidé de prendre parti dans cette guerre, il faudrait compter avec un ennemi supplémentaire et de taille. Ces hommes, qui vivaient depuis très longtemps dans le désert du sud de Zythor, n'avaient jamais prêté allégeance à aucun roi. Ils vivaient au pied du seul volcan de tout le continent de Kianah et ne s'intéressaient pas à ce qui se passait ailleurs que chez eux. Personne ne s'intéressait à leur terre, même Trévor ne s'était jamais approché du volcan. Pourquoi, tout à coup, leurs armes, dont ils ne se seraient jamais départis, faisaient une apparition dans cette foutue guerre ? Ondier commençait à sincèrement regretter l'absence de Mika. Son fils aurait probablement eu une idée ou une explication sur la question.

Le roi décida qu'il était temps d'écrire au prince. Cette guerre devenait de plus en plus étrange.

CHAPITRE 4

Illah se réveilla péniblement. Elle se retourna de tous les côtés avant de se rappeler l'endroit où elle se trouvait. Elle fut soulagée lorsqu'elle se souvint qu'elle avait réussi une partie de l'épreuve de l'union. Mais l'inquiétude revint la tenailler dès qu'elle se mit à penser à son mari, dont elle avait été séparée peu après son arrivée. Personne ne lui avait dit quoi que ce soit. On les avait simplement amenés dans des chambres séparées, sans autre forme de cérémonie, à l'exception de cette étrange annonce de délai dans l'acceptation de son mariage avec Alarik.

La princesse posa un pied sur le sol de pierre froide. Elle s'approcha de l'unique fenêtre de la pièce et regarda dehors. Le paysage était magnifique. Les feuilles des arbres étaient presque toutes tombées et les quelques couleurs qui demeuraient dans ce matin brumeux donnaient à l'endroit une impression de totale irréalité. Il n'y avait pas de neige, mais il était évident qu'il faisait très froid dehors. Du haut de l'étage où elle se trouvait, la princesse discernait les vêtements chauds que portaient les gens qui circulaient à l'extérieur ainsi que le nuage de vapeur de leur souffle chaud dans l'air froid.

De légers coups furent frappés à la porte. Illah se retourna en sursautant. Une petite femme entra en portant une grande cuve fumante. Elle la posa derrière le paravent qui se trouvait de l'autre côté de la pièce et dit avec un sourire avenant :

– C'est pour vous purifier. L'eau est chaude et parfumée. Sybelle vous recevra avec le reste du conseil des mages dans une heure. Je vais laisser des vêtements pour vous, sur la table près de la porte.

– Merci. Comment va mon mari ?

– Je suis désolée, Altesse. Je ne dois pas vous parler, sauf pour vous dire ce que je viens de vous dire. Si vous désirez quoi que ce soit, une femme de chambre demeure à votre service juste de l'autre côté de la porte. Vous n'avez qu'à sonner. Mais personne ne répondra à vos questions. C'est la consigne que nous avons reçue.

– D'a... d'accord. Est-ce que quelqu'un me conduira à Sybelle ou devrais-je me débrouiller seule dans cette grande demeure ? demanda Illah sur un ton frustré.

– La femme de chambre vous conduira lorsque vous serez prête.

– Parfait. Merci, vous pouvez disposer, dit Illah.

La jeune femme fit une courte révérence et sortit en vitesse de la pièce. Illah se déshabilla derrière le paravent et se lava de son mieux dans cet espace réduit. Ensuite, elle enfila les vêtements mis à sa disposition. La femme de chambre fut appelée à la rescousse. Illah ne comprenait pas à quoi pouvaient bien servir tous les vêtements empilés. La femme de chambre lui expliqua que, dans cette partie du continent, les couches superposées de vêtements étaient à la mode et même presque une obligation. Le climat étant continuellement changeant, la population s'était adaptée en créant des styles avec ces fameuses couches de vêtements superposés.

Illah eut de la difficulté à mettre la grande tunique sur tous les autres vêtements qu'on lui avait donnés. Elle se sentait embarrassée et lourde. La femme de chambre la coiffa. Puis, la princesse fut conduite devant le conseil des mages.

Ils étaient là, tous assis en rang sur de très grands fauteuils. Sybelle, qui se trouvait au centre, se leva et s'approcha d'Illah. Elle lui prit les mains et la regarda longuement. Le silence devenait presque oppressant ; aussi, lorsque les grandes portes de la salle s'ouvrirent et qu'Alarik entra, Illah se sentit tout à coup plus légère. Elle s'était habituée à le voir tous les jours, et cette nuit de séparation lui avait grandement déplu.

Dès qu'Alarik vit Illah, il fonça directement vers elle. Un garde voulut l'en empêcher, mais il reçut un solide coup de coude à l'estomac.

Alarik écarta poliment mais fermement Sybelle et serra son épouse dans ses bras. Il n'avait presque pas dormi de la nuit en se demandant comment elle allait. Il regarda les visages des gens présents et reconnut les mêmes personnes que la veille.

Il prit le temps de bien observer la grande maîtresse. La magicienne Sybelle, malgré son âge très avancé comparativement aux hommes (étant magicienne, son existence se mesurait en siècles), était une femme magnifique. Très grande, blonde et portant un saphir incrusté dans son front, elle semblait flotter dans l'air. Elle avait la grâce d'un cygne. Illah la regardait se mouvoir et se demandait presque quand elle s'envolerait. Sybelle désigna les portes à tous les spectateurs présents dans la salle et leur demanda de sortir. Puis les valets refermèrent les grandes portes derrière eux.

Sybelle prit le temps de regarder le jeune couple. Elle connaissait l'histoire de leur rencontre. Elle savait que leur mariage était arrangé depuis longtemps. Ce qu'elle ignorait et qui lui sautait maintenant au visage, c'était l'amour qui unissait la princesse de Ganthal à son époux. Leurs yeux se cherchaient, leurs mains étaient soudées l'une dans l'autre comme des aimants. Sybelle connaissait les habitants de Kianah depuis très longtemps, et durant sa longue vie, elle n'avait rencontré que très peu de personnes qui s'aimaient autant que ces deux jeunes gens. La magicienne se demanda s'ils savaient à quel point ils tenaient l'un à l'autre ou si c'était encore trop nouveau pour qu'ils en aient pleinement conscience.

Voyant qu'Illah et Alarik étaient méfiants et interrogateurs, Sybelle décida de les rassurer tout de suite, en particulier sur la raison de leur précipitation à les envoyer dormir comme des enfants. Sybelle et les autres membres du conseil avaient décidé que, puisqu'ils avaient réussi à arriver avant le délais accordé, les mages n'avaient plus le droit de leur refuser la fertilité.

Toutefois, la prophétie étant très claire, Illah était celle qui allait mettre au monde l'enfant qui sauverait Kianah. Alarik serait le père et le guide de cet enfant avant que son destin vienne le rattraper et fasse de lui l'instrument de la sauvegarde du bien dans ce monde.

Sybelle déclara d'une voix assurée :

— Bienvenue à Oèva, Illah de Ganthal et Alarik d'Ébal. Je vais vous présenter les membres du conseil qui se trouvent ici avec nous. Ce grand gaillard ici présent est Faram, maître magicien et grand maître des sorciers combattants.

— Il y a des sorciers combattants ? s'étonna Illah qui ne connaissait des mages que ce que Misak lui avait dit.

— Oui, nous avons, nous aussi, des combattants, dit Sybelle en souriant gentiment. Ensuite, ce petit homme à l'allure espiègle ici présent est Adam. Il est très bon en sortilèges de pièges. C'est d'ailleurs grâce à lui que nous mangeons aussi bien. C'est un chasseur d'une grande habileté. Voici ensuite la sorcière Anne. Elle étudie les astres. C'est un talent et une bénédiction pour nous de l'avoir. Il y a de nombreux absents, dont votre mage à Ganthal, Misak, qui ne pouvait se trouver parmi nous pour cause de guerre. Béroc de Baldine ne pouvait pas se joindre à nous, non plus. Et Kyram d'Ébal est, semble-t-il, très occupé à Ébal avec le roi et la reine. Anémone, la sorcière de l'eau, les remplace et leur fera un compte rendu de tout ce qui s'est dit ici.

– D'accord. Je suis enchantée de vous rencontrer tous. C'est un grand honneur, dit la princesse.

– Alarik, Illah, commença Sybelle, vous êtes maintenant unis par le mariage. Votre union en tant que sujets et membres des familles royales de Kianah est dès maintenant approuvée. Toutefois, pour que vous puissiez avoir des enfants, nous devrons vous soumettre à certaines épreuves. Il y a une prophétie…

– Nous le savons! l'interrompirent Illah et Alarik à l'unisson.

– Vous connaissez la prophétie? demanda Sybelle, à demi surprise seulement.

– Oui, dit Illah. Un homme nommé Balthazar nous l'a racontée.

– Je vois, murmura la magicienne, moins surprise qu'agacée. Comprenez-vous bien ce que cette prophétie implique pour vous?

– En fait, cette partie-là, je pense qu'elle est plutôt évidente. Nous sommes les parents de l'enfant-dragon.

– Exactement. Votre union va permettre la naissance de cet enfant qui dominera les dragons et fera pencher la balance en faveur du bien.

– Comment pouvez-vous être certaine qu'il s'agit bien de nous? Il pourrait s'agir d'une erreur, dit Alarik, pour mettre le doute dans l'esprit de la magicienne.

– Sunèv, le grand mage, a préparé des épreuves pour les parents de l'enfant-dragon. Si vous réussissez ces épreuves, vous pourrez avoir des enfants. Si vous ne réussissez pas, vous ne pourrez jamais avoir d'enfant ensemble. Ce qui signifie aussi…

– Que l'enfant-dragon ne viendra jamais au monde, termina Illah.

– Exactement, acquiesça Sybelle. Vous avez une lourde responsabilité sur les épaules. Acceptez-vous de vous soumettre à ces épreuves spéciales?

– Devons-nous répondre tout de suite? demanda Illah.

— Oui, princesse, vous devez répondre tout de suite. Le temps dont nous disposons avant la Grande Guerre est compté. L'enfant-dragon sera un homme le jour où il mènera le peuple à la grande bataille. Vous devez comprendre que, comme tout enfant, il devra grandir et faire son apprentissage de la vie. Vous serez ses guides. Son éducation et son bien-être seront entre vos mains. Je ne doute pas que vous prendrez les meilleures dispositions pour lui et pour son avenir. Ce que je veux savoir est très simple : acceptez-vous, oui ou non, de subir les épreuves de Sunèv ?

Illah se retourna et leva la tête vers le visage de son époux. Elle plongea son regard dans le sien. Le jeune homme serra les mains de son épouse dans les siennes et lui envoya tout le courage dont il disposait ; et imperceptiblement pour les autres mais très clairement pour Illah, il acquiesça. Illah acquiesça à son tour. Elle se dressa sur la pointe des pieds pour déposer un baiser sur les lèvres de son mari. Puis elle lui murmura à l'oreille :

— Aujourd'hui, je sais plus que jamais pourquoi tu es l'homme de ma vie, pourquoi tu seras le père de tous mes enfants et pourquoi je… pourquoi je… t'aime. De tout mon cœur, Alarik, je te le dis, je t'aime.

Le jeune homme stupéfait prit son épouse dans ses bras, la serra aussi fort qu'il le pouvait sans lui faire mal et lui répondit dans un murmure :

— Je t'aime aussi, de tout mon cœur. La vie nous donne un grand destin, nous serons à la hauteur. Ensemble, nous serons les plus forts.

Ils mirent fin à leur étreinte si poignante qu'elle avait mis mal à l'aise les mages présents dans la salle. Illah se retourna vers Sybelle et dit haut et fort :

— Nous acceptons de subir les épreuves de Sunèv.

— Bien, acquiesça Sybelle. J'aimerais que vous preniez place ; je vous expliquerai en quoi consistent les épreuves et les règles qui les régissent en ces circonstances très exceptionnelles.

– Allons-y, dit Alarik en s'asseyant à côté de son épouse. Nous vous écoutons.

– D'abord, dit la magicienne, sachez que ces épreuves n'ont jamais été subies par personne avant vous. Elles ont été créées par Sunèv, pour les parents de l'enfant-dragon uniquement. Un homme avait été chargé de trouver la mère et de la reconnaître. Cet homme disposait d'un indice que lui seul connaissait. Il a su dès qu'il a posé les yeux sur vous, princesse, que vous étiez la mère de l'enfant-dragon. Heureusement pour nous, il nous a communiqué votre nom dès qu'il lui a été possible de le faire. Nous avons donc su que le compte à rebours avant la Grande Guerre était commencé.

– Je ne suis pas certaine de tout comprendre. Quelqu'un à Kianah devait me trouver ? Et me reconnaître ? Sans savoir qui j'étais ! C'est plutôt fantaisiste...

– Je comprends votre scepticisme, princesse. Cet homme ne vous aurait-il pas raconté une histoire, une histoire à propos d'un mage noir qui était venu le voir ?

– Oui ! Balthazar. Je comprends maintenant. Il a dit que j'avais les yeux de Galatée, la fille de Fafnir, le roi des dragons. Il m'a parlé de la prophétie.

– Il vous a aussi montré votre futur époux et vous a dévoilée à lui, n'est-ce pas ? demanda Sybelle.

– Oui. Il a dit que c'était sa mission et que son devoir était accompli.

– Voilà. Balthazar est quelqu'un de très spécial, de très torturé, mais il a mené à bien la mission qui lui avait été confiée. Maintenant, sachez tous les deux que si les dieux vous ont réunis et si Sunèv a créé les épreuves que vous subirez, cela ne fera pas de vous des êtres au-dessus du commun des mortels. Vous continuerez de vivre et d'aimer. Vous continuerez de souffrir et d'avoir de la peine. Vous étiez destinés dès votre naissance à ce qui s'en vient. Vous étiez destinés l'un à l'autre depuis votre premier soufflé. Votre amour saute aux yeux de tout le monde, mais vous ne serez pas à l'abri des difficultés de la vie. Je veux que vous le sachiez. Je vais maintenant vous parler des épreuves. Je vais vous préparer du mieux que je le pourrai. Ensuite, vous devrez faire ce pour quoi vous êtes venus ici.

— Oui, madame, répondit à l'unisson le jeune couple.

— Bien. Alarik, ton destin à toi n'est pas seulement d'être le père de l'enfant-dragon. Tu devras aussi trouver ta place dans ce monde et faire ce pour quoi tu es fait. Peut-être l'ignores-tu encore, mais le moment venu, tu sauras. Tu es un soldat de corps, de tête et de cœur, tu es un homme brillant et bon. Tu es un meneur, mais pas sur le champ de bataille. Trouve ta place. Prends-la et fais de ton mieux.

— Oui, madame, dit Alarick en s'inclinant respectueusement.

— Illah, tu es forte, tu l'as toujours été. Je tiens à ce que tu saches que tu devras l'être encore plus dans les années à venir. Ton mari sera à tes côtés, mais le plus gros du chemin, il ne pourra le faire à ta place. Toi aussi, tu as une place bien définie dans ce monde, ton destin t'appelle à la guerre. Ton instinct sait déjà que tu seras une combattante. Un jour, Illah, dans bien des années, tu devras faire un choix déchirant qui fera la différence entre la vie et la mort pour beaucoup de gens. Ce choix, Illah, fera pencher définitivement la balance. Ton enfant sera l'enfant-dragon; toi, tu seras la pointe de l'épée qu'il portera.

— Oh… je… je ne pensais pas que c'était aussi compliqué, tout cela, dit Illah.

— Je sais, Illah. C'est là, dans les moments comme ceux-là, que l'importance de ta tâche sera la plus écrasante. C'est aussi dans ces moments que ton époux fera ce pour quoi il est fait. Il sera ton modérateur et ton moteur. Il sera le courage dont tu auras besoin pour passer à travers le plus difficile. Il sera ta raison, ta logique et ton plus précieux soutien. Ne l'oublie jamais. Pour l'instant, tout ce que je vous dis ne semble pas très important; mais lorsque vous subirez les épreuves, vous commencerez à prendre la mesure de tout ce qui vous attend. Les épreuves se feront en cinq étapes. Sachez qu'il est impossible de recommencer si vous échouez. Vous devez toutes les réussir. Il n'y a pas de place pour l'erreur.

– Oui, madame, dit Alarik en serrant plus fort la main d'Illah dans la sienne.

– Mon maître m'a demandé de vous préparer, c'est ce que je vais faire. Écoutez bien, il n'y a plus de temps à perdre. La première épreuve est la suivante : vous devrez trouver une licorne. Vous irez sur les terres des créatures magiques pour cela. Les licornes sont très rares et très difficiles à approcher par quelqu'un qu'elles ne connaissent pas. Vous devrez peut-être faire quelques recherches sur le sujet. Lorsque vous trouverez cette licorne, vous devrez recueillir ses larmes. Les larmes des licornes recèlent une puissante magie. Plus puissante que bien des sorts. Ces larmes seront une protection pour votre enfant. Dès son premier souffle, Alarik devra frictionner l'enfant avec les larmes. Assurez-vous donc d'en avoir suffisamment. Le mal ne pourra jamais atteindre directement votre enfant. Il sera protégé physiquement. Même Juok, le mage noir d'El Allorock, ne pourra rien contre lui physiquement. Aucun poison, aucun sort ne pourra l'atteindre. La magie noire sera inefficace sur lui. Le mage de Ganthal fera, bien entendu, comme pour tous les enfants, ses charmes de protection, mais les larmes de licorne seront le meilleur bouclier dont votre enfant disposera. Jusqu'à maintenant, ça va ? demanda Sybelle.

– Oui, je dois enduire un bébé naissant avec les larmes d'une créature magique très rare, dit Alarik qui prenait lentement la mesure de ce qui venait de lui être révélé.

– Quelle est la deuxième épreuve ? demanda Illah.

– Vous devrez rendre visite aux elfes, dit Sybelle.

– Aux elfes ? Les elfes sont des êtres qui vivent en retrait de tout et qui n'aiment pas particulièrement les hommes ; je me trompe ? demanda Alarik.

– Les elfes n'aiment pas et ne détestent pas les humains. Ils vivent tout simplement à leur façon, dans leur domaine, et n'aiment pas être dérangés. Toutefois, si jamais le mal de Juok et le roi Trévor devaient prendre possession du continent, les elfes comme les humains seraient en danger, en grand danger, et cela, ils le savent. Le roi des elfes connaît lui aussi la prophétie et sait qu'une grande guerre est imminente. C'est pourquoi, lorsque vous les trouverez, le roi vous remettra une épée. C'est une épée qui a été forgée par les elfes et qui est protégée par leur magie. Cette épée sera pour l'enfant-dragon, pour son bras armé.

– Son bras armé? demanda Alarik qui ne comprenait pas très bien l'allusion.

– Oui, Alarik, le bras armé de l'enfant-dragon. Cette épée fera la guerre avec votre enfant. Elle sera l'arme de la victoire pour Kianah et de la mort pour quiconque croisera son chemin.

– Nous allons enseigner à l'enfant comment manier l'épée, dit Alarik, confus.

– Oui. Aucun parent ne voudrait que son enfant vive ce que votre enfant va vivre. Il devra être préparé à TOUT.

– Nous ferons ce qu'il faudra, dit Illah.

– Bien, je n'en doute pas. Prenez le meilleur maître d'armes et faites-en le professeur de votre enfant, même si cela devait aller à l'encontre de ce que les gens pourraient en penser.

– Comment? Je ne comprends pas... Où voulez-vous en venir? demanda Alarik.

– Vous comprendrez le moment venu, dit Sybelle. La troisième épreuve est celle qui semble la plus simple, mais qui pourrait, en fait, devenir pénible si vous ne faites pas bien les choses.

– Allez-y, dit Alarik avec un sourire forcé. Au point où nous en sommes, je ne vois pas ce qui pourrait être plus difficile que de faire pleurer une licorne ou avoir une petite conversation avec le roi des elfes.

— Voyons, dit Sybelle, en faisant semblant de réfléchir. Si je vous disais que la troisième épreuve est de recueillir les pétales de la fleur des fées, la Salil? Toutefois, vous ne pourrez pas prendre les pétales vous-mêmes, car seules les fées savent comment les cueillir. Vous devrez les recevoir en cadeau. Sans qu'il n'y ait aucune obligation de la part des fées.

— Des licornes, des elfes, des fées... Sunèv a vraiment bien choisi ses épreuves, on dirait, ironisa Illah qui se leva et se mit à arpenter la pièce. J'ai l'impression que ce grand mage ne voulait pas que les épreuves soient réalisables.

— Vous n'avez pas tort, Illah, dit Sybelle en la rejoignant. Il faut deux personnes très spéciales pour réussir cela.

— D'accord. Je vois. Continuez, s'il vous plaît, Sybelle. Je suis prête à entendre le reste, du moins... je crois, dit Illah en retournant s'asseoir avec un horrible nœud dans l'estomac.

— La quatrième épreuve est assez simple, dit la magicienne. Vous devez recueillir la sève d'un arbre de la forêt Verte.

— La forêt Verte? N'est-ce pas dans cette forêt que personne n'a jamais abattu un seul arbre, car il est impossible d'en entailler l'écorce? demanda Alarik.

— Oui, dit Sybelle.

— Comment allons-nous recueillir la sève d'un arbre dont il est impossible d'entailler l'écorce? demanda Illah, de plus en plus déprimée et dont l'estomac faisait encore plus des siennes.

— C'est très simple. Je ne sais pas si j'ai le droit ou non de vous le dire, étant donné que mon maître ne m'a jamais donné de précision à ce sujet. Donc, je vais vous le dire et tant pis. Vous devrez choisir un arbre et le convaincre de vous donner sa sève.

— Pardon? s'exclama Alarik.

— Vous avez bien compris. Vous allez avoir une conversation avec un arbre. Je ne sais pas si ces arbres vont vous répondre, mais c'est la seule et unique façon de recueillir la sève. C'est clair pour cela? demanda Sybelle.

— Limpide, dit Illah en se levant et en se frottant le ventre pour calmer ses brûlures d'estomac. Est-ce qu'on pourrait accélérer le mouvement un peu? demanda la princesse. On dirait que mon estomac est très en colère, et je ne voudrais pas me mettre à vomir ici devant tout le monde.

— Oui, bien entendu. Est-ce que tu voudrais que je te fasse préparer quelque chose pour ton estomac? demanda Sybelle.

— Vous pourriez faire cela? Je n'avais pas pensé que vous pourriez… Ouf! c'est horrible. S'il vous plaît, donnez-moi quelque chose avant que je… oh… Je… je pense que je vais vraiment être malade, dit la princesse en se précipitant derrière les rideaux de brocart qui ornaient les grandes fenêtres, pour vomir.

Alarik se précipita vers son épouse avec un verre d'eau. Lorsque Illah sortit de derrière le rideau, elle se tenait le ventre comme si elle s'attendait à le voir tomber à ses pieds. Elle posa la main sur le rebord de la fenêtre. Alarik comprit son geste et entreprit d'ouvrir grand l'immense porte de verre. Dès que l'air frais balaya le visage de la princesse, elle commença à se sentir mieux. Une servante arriva avec un breuvage verdâtre. Elle le remit à Sybelle qui le tendit à Illah. Dès qu'elle vit la boisson à l'aspect si peu invitant, Illah se remit à vomir sans retenue. Alarik, qui ne savait pas très bien quoi faire, se contenta de tenir les cheveux de son épouse et de lui tapoter le dos en attendant que ses nausées se passent. Sybelle ordonna à Illah de prendre la boisson, ce que la princesse fit à contrecœur. Elle but tout le contenu du verre, puis alla s'asseoir sur un siège près de la fenêtre.

Alarik s'agenouilla devant elle et demanda :

— Ça va mieux?

— Je ne sais pas. Je me sens bizarre depuis quelques jours, mais là, c'est pire.

La princesse baissa la voix et dit tout bas à son mari :

— Je viens de vomir devant tout le conseil des mages. C'est épouvantable. Qu'est-ce qu'ils vont se dire?

– Rien du tout. Ils vont comprendre, dit Alarik, convaincu.

– Tu crois?

– Bien entendu, dit Alarik.

– J'espère que tu as raison, dit Illah.

Sybelle profita de ce moment pour s'entretenir avec les mages en privé. Elle dit dans un murmure :

– Est-ce que vous pensez que son malaise a quelque chose à voir avec ce que je viens de leur annoncer?

– En fait, Sybelle, dit le maître mage Faram, je pense que nous devrions accélérer les choses en ce qui a trait aux épreuves.

– Pourquoi? demanda Sybelle.

– Vous connaissez comme moi la médecine des hommes, chère dame. Et on dirait que notre bon vieux Misak n'a pas réussi complètement son sortilège de stérilité, poursuivit Faram. Je pense que la princesse de Ganthal est déjà…

– Chut! le coupa Sybelle, qui avait très bien compris. Ne dites rien de plus. Personne ne doit savoir. Si elle est vraiment dans cet état, cela doit rester secret.

– Personne ne s'est jamais retrouvé dans cet état après le sortilège de stérilisation. C'est la première fois, dit Adam.

– Cela veut dire quelque chose, dit Sybelle. La magie qui pousse ces deux jeunes gens vers leur destin est très puissante. Peut-être ne sommes-nous pas assez forts pour la contrer.

– Ce serait une catastrophe, dit Anne. Nous devons garder le secret. Les dieux ont choisi ces enfants pour être les parents de l'enfant-dragon. Si Faram a raison, l'enfant-dragon est déjà en route. La princesse ne doit pas le savoir avant les épreuves, cela pourrait altérer son jugement. Ils doivent partir pour la terre des créatures magiques dès que possible.

– Vous avez raison, dit Sybelle. Je vais terminer de les informer et, ensuite, ils devront partir. Il est trop tard pour prendre de multiples précautions. Il est même inutile de leur parler de l'interdiction de rapport charnel pendant les épreuves.

— En effet, dit Faram. Mais je vais quand même les empêcher de se tenir trop près l'un de l'autre. Il n'est pas nécessaire d'en rajouter. La situation est bien assez périlleuse comme cela. Je vais, si vous le permettez, Sybelle, aller préparer mes combattants pour escorter ce jeune couple vers la terre des créatures magiques.

— Oui, Faram, bien entendu, allez-y, dit Sybelle, très inquiète.

Le grand maître des magiciens s'approcha du jeune couple. Alarik caressait doucement les cheveux de la princesse en lui murmurant des paroles réconfortantes. Sybelle décida qu'il était temps de les interrompre et leur déclara :

— La sorcière Anne vient de m'informer que les étoiles sont propices à votre départ dans les plus brefs délais. Je dois donc vous parler de la cinquième et dernière épreuve, après quoi, vous rejoindrez Faram et vous partirez immédiatement pour les terres des créatures magiques.

— Si vite ! Mais vous n'y pensez pas, madame, s'exclama Alarik indigné. Illah est malade. Elle ne peut pas voyager dans cet état.

— Il le faudra bien. Et elle va se sentir mieux d'ici peu. Le remède va faire son effet. Je vous remettrai une flasque pour le voyage. Elle contiendra ce remède. Illah devra en prendre un peu tous les matins. Sans exception.

— Pourquoi ? Qu'est-ce qu'elle a ? C'est sérieux ? s'inquiéta Alarik.

— Non, non. Elle est juste fatiguée, très fatiguée. J'aimerais toutefois qu'elle ne fasse aucun effort exagéré pendant votre voyage, dit Sybelle.

— Pourquoi ? demanda Illah. Je ne suis pas à l'article de la mort. J'ai juste un peu la nausée. Je suis capable de faire ce pour quoi nous sommes ici.

— Très bien, dit Sybelle. Je vais donc vous parler de la cinquième épreuve.

— Allez-y, dit Illah en se levant de son siège en tenant la main de son mari.

– La cinquième épreuve est très simple. Vous devrez vous rendre au marais de Sunèv et lui montrer vos acquisitions.

– Sunèv est vivant? demanda Illah, surprise.

– Pas vraiment. Il est une âme errante prisonnière de son marais. Il vous attend depuis longtemps. S'il est satisfait de votre quête, il acceptera votre union et vous aurez réussi. S'il n'est pas satisfait de vos efforts, vous devrez rentrer chez vous. De plus, la prophétie ne sera jamais réalisée.

– Parfait, dit Illah, dont l'estomac cessait peu à peu de faire de la voltige. Puisque nous n'avons pas le choix de faire tout cela pour avoir des enfants, allons-y. Je me sens mieux. J'aimerais en finir au plus vite avec tout cela.

– Vous êtes motivée, princesse, c'est bien. Vous en aurez besoin, dit la grande sorcière avec un sourire.

Faram entra dans la pièce vêtu de son uniforme de guerrier. Il dit à Sybelle :

– Nous sommes prêts. Si nos invités veulent bien se joindre à nous, nous partirons tout de suite.

– Au revoir, mes enfants, dit Sybelle en embrassant le front des deux époux. Soyez forts, bons et attentifs. De votre réussite dépendent beaucoup de vies.

– Au revoir, madame. Merci de votre hospitalité, dit Illah en suivant docilement Faram.

Illah sortit dans le froid de cette journée de fin d'automne. Un mage lui donna un grand manteau de fourrure dans lequel elle se glissa. Alarik reçut le même vêtement. Illah avait un drôle de pressentiment. Elle avait l'impression de ne plus être seule avec elle-même. Elle se secoua la tête pour chasser cette drôle d'idée. Alarik lui prit la main et lui demanda :

– Tu te sens d'attaque?

– Oui. Je n'ai pas le choix. Nous n'avons pas le choix.

– Je sais. Allons-y, en selle, princesse. Allons voir les créatures magiques de Kianah, dit Alarik avec un sourire.

– Oui, allons vers notre destin et espérons que nous réussirons, dit Illah qui regardait déjà loin devant elle. Alarik?

– Oui, ma princesse?

– Je t'aime et j'ai confiance en toi.

– Moi aussi, dit le jeune homme en lui souriant tendrement.

– En route! Nous devons faire notre devoir et suivre notre destinée. L'enfant-dragon a besoin de parents, et je sais au fond de moi que je suis celle qui sera sa mère. Et toi, mon cher époux, tu seras un merveilleux père.

– Tu crois? demanda Alarik, touché par le compliment de son épouse.

– Absolument.

Alarik, Illah, Faram et les sorciers guerriers se mirent en route vers la terre des créatures magiques. Au-delà de ces lointaines contrées, peut-être qu'enfin, ils auraient le droit d'avoir cet enfant qu'ils désiraient si ardemment, sans savoir qu'il était déjà là.

CHAPITRE 5

Dès le lever du soleil, Grégoire se rendit sur la plus haute tour du château de Ganthal. Il adorait cet endroit. Il s'y était rendu dès le premier jour de son arrivée et avait pris l'habitude de commencer sa journée par une visite à cet endroit. La vue était spectaculaire. On pouvait voir arriver les bateaux sur le fleuve jusqu'au port. Il était aussi possible de voir la ville tout en bas. Et s'il le voulait, Grégoire pouvait même regarder au loin vers le nord et observer les champs cultivés, qui étaient maintenant laissés à l'abandon pour l'hiver. Un peu à l'ouest de ces champs, la frontière de son pays se dissimulait dans la forêt.

Le jeune soldat de Baldine aimait bien le Ganthal. À cette période de l'année, il n'y avait pas encore de neige à Èrèmonta. Pourtant, Grégoire était persuadé que Baldine était déjà recouvert d'un beau tapis blanc.

La vie au Ganthal était totalement différente. Le climat dans cette partie du continent, beaucoup plus au sud, était plus chaud qu'à Baldine. Les habitants s'habillaient un peu plus chaudement que d'habitude, mais dès que le soleil était haut dans le ciel, les vêtements plus épais étaient enlevés et le travail reprenait comme si c'était la fin de l'été.

Lorsque le jeune homme voulut redescendre de son perchoir, il aperçut, venant du nord, un cavalier qui arrivait à fond de train. Dès que celui-ci fut aux portes de la ville, Grégoire reconnut le jeune courrier qu'il avait envoyé à son oncle Micnell. Si ce jeune soldat était de retour, cela signifiait que son oncle avait pris connaissance de sa lettre et qu'il lui avait répondu.

Grégoire fila aux écuries rejoindre le cavalier. Ce dernier fut surpris que son maître eût appris si vite son retour, mais se contenta de dire :

— Un message pour vous, mon seigneur, de la part du roi Micnell.

— Tout le monde se porte bien chez nous, mon brave? demanda Grégoire.

— Oh, eh bien, il me semble, mon seigneur. Votre oncle se porte bien, en tous les cas. Il y a de la neige chez nous.

Cette nouvelle arracha un bref sourire à Grégoire qui avait toujours adoré l'hiver. Le messager ouvrit les pans de son manteau et en sortit un rouleau épais, marqué du sceau du roi de Baldine. Il le remit à Grégoire en main propre, comme le roi lui avait ordonné de le faire.

— Tu peux prendre du repos, dit le jeune homme au cavalier épuisé.

— Merci, mon seigneur, dit le messager en s'inclinant avant de partir vers les quartiers des domestiques pour se restaurer.

Grégoire avec le rouleau en main se rendit dans ses appartements. Dès qu'il referma la porte derrière lui, il s'installa près de la fenêtre, là où la lumière était meilleure, et entreprit de lire le message de son oncle. L'écriture du roi étant petite et irrégulière, Grégoire dut se concentrer et plisser les yeux pour arriver à déchiffrer les premiers caractères.

Mon cher neveu,

Je suis heureux d'apprendre que tu es en bonne santé. Toutefois, je suis déçu de ce que j'apprends dans ta lettre. Tu sembles t'être lié d'amitié avec ce jeune prince de Ganthal. Je ne mets pas en doute tes motivations, mais je te recommande tout de même de demeurer sur tes gardes. Si le prince Mika a des doutes sur nos intentions, peut-être devons-nous, nous aussi, nous méfier des siennes.

Par contre, je comprends les raisons qui t'ont poussé à te dévoiler au prince. Tu te retrouvais dans une situation pour laquelle tu n'étais pas préparé. Je te demande toutefois, pour éviter que le prince ou le roi de Ganthal n'aient de doute à notre sujet, de rester prudent. Je ne voudrais pas d'un incident diplomatique pendant que nous entamons cette trêve. Même si je n'ai jamais beaucoup apprécié le roi Ondier, je dois reconnaître que la menace que fait peser sur nous le roi Trévor va bien au-delà de quelques querelles de territoires miniers. Je te rappelle que tu ne peux prendre aucune décision à ce sujet. S'il venait à l'esprit du roi Ondier de vouloir renégocier les termes de nos ententes, il devrait le faire avec moi et avec moi seulement.

Il y a autre chose dont je devais te parler avant ton départ. La frontière des zones de pêche dans la baie de Baldine n'a jamais enchanté le roi Ondier puisque, je me dois de le reconnaître, notre royaume est très nettement avantagé. Si ce sujet devait être abordé, tu suis les mêmes recommandations que précédemment. Pour le reste, je te fais entièrement confiance, mon neveu. Je sais que tu feras pour le mieux, au vu de la situation délicate dans laquelle tu te trouves.

Je te prierais d'envoyer mes meilleurs sentiments à tout le monde et prends bien soin de toi.

Sa Majesté Micnell,
Roi de Baldine

Grégoire replia la lettre et la jeta au feu, par précaution. Puis il sortit de ses appartements et se rendit à la bibliothèque du château. Le contenu de la lettre de son oncle lui donnait suffisamment de latitude pour ne pas avoir à suivre tous les faits et gestes de chacun des membres de la famille royale, et il était bien décidé à en profiter au maximum.

Pour une fois dans sa vie, il pouvait profiter un peu du moment présent. Il n'avait pas à être le parfait soldat, le parfait neveu, le parfait espion. Il pouvait se laisser aller à sa curiosité personnelle.

Le jeune homme se promena parmi les immenses rayonnages couverts de livres. Il arrêta son choix sur un livre d'histoire des familles royales de Kianah. Il s'installa confortablement dans un fauteuil près de la cheminée et y demeura jusque tard dans la nuit. Pour la première fois depuis son arrivée dans ce pays, Grégoire se sentait plus à l'aise, comme si les mots de son oncle, même si ce n'était presque rien, lui avaient enlevé un poids énorme sur les épaules. La chaleur et le confort du grand fauteuil eurent raison de la résistance de Grégoire, et il s'endormit devant la cheminée, avec son livre ouvert sur les genoux.

CHAPITRE 6

Tanila se leva très tôt. Elle voulait profiter de la relative tranquillité du palais pour se rendre à la bibliothèque.

C'est à pas feutrés qu'elle entra dans l'immense pièce. Quelle ne fut pas sa surprise de trouver son frère endormi comme un bébé dans un fauteuil, avec sur les genoux un livre ouvert.

La jeune femme se demanda depuis combien de temps son frère s'intéressait à l'histoire. C'était une agréable surprise. Elle ne l'avait jamais vu comme un intellectuel, mais plus comme un soldat surentraîné et un bon stratège militaire. Elle était très heureuse de constater que l'influence de la famille royale de Ganthal, principalement celle du prince Mika, rendait son frère plus... proche d'elle. Elle le regarda dormir. Lui d'habitude si sévère, si intransigeant. Il semblait si paisible dans son sommeil. Son visage perdait toute la dureté qui lui était si coutumière.

Tanila se souvint de la susceptibilité de son frère pour ce qui est des apparences. Il n'aimerait pas être surpris dans cette position de vulnérabilité, dans cette pièce. Elle prit précautionneusement le livre et le déposa sur une table basse. Puis, elle secoua doucement l'épaule de Grégoire. Ce dernier poussa un grognement, mais ne se réveilla pas. Elle le secoua donc plus énergiquement. Le seul résultat fut un puissant ronflement.

La jeune femme dut se retenir pour ne pas éclater de rire. Elle s'approcha sournoisement de son oreille et lui cria de toutes ses forces :

— Debout, soldat! On se traîne!

Grégoire sursauta et tomba en bas de son fauteuil. Tanila éclata de rire. Son frère lui jeta un regard noir, engourdi par le sommeil. Ensuite, il se releva tant bien que mal et dit à sa sœur d'un ton cassant :

— C'était très désagréable comme réveil, tu aurais pu y aller plus doucement.

— Excuse-moi, mais tu dormais très profondément. J'ai essayé de te réveiller, mais ça n'a pas marché, dit la jeune femme avec un grand sourire de triomphe.

— Et c'était une raison suffisante pour me faire mourir de peur en me criant après comme un instructeur de l'armée? demanda Grégoire dont la mauvaise humeur était à peine voilée.

— Oh que oui! s'exclama Tanila. J'aimerais bien savoir ce que tu fais ici si tôt le matin.

— Je suis venu ici hier dans la journée et je me suis endormi, bougonna le jeune homme avec un soupçon d'orgueil.

— Ah bon! Tu as été chanceux.

— Pourquoi? demanda Grégoire.

— Eh bien, si c'eût été quelqu'un d'autre que moi qui t'avait trouvé ici, ça aurait fait jaser tout le palais, tu ne crois pas? demanda malicieusement Tanila.

— Peut-être, je ne sais pas et je ne veux pas le savoir, grommela Grégoire en replaçant ses vêtements froissés.

— Comme tu voudras. Je vais te laisser, mon cher, j'ai quelques petites choses à faire ce matin, dit Tanila en se dirigeant vers la porte.

– C'est ça, bonne journée.

Tanila sortit de la bibliothèque avec dépit. Elle ne pouvait pas chercher le volume qui l'intéressait à cause de la présence de son frère, qui aurait très certainement désapprouvé son geste. De plus, comme tout cela était un secret… personne ne devait savoir.

Elle marcha d'un pas rapide vers ses appartements. Elle ne croisa personne dans les longs couloirs. Il était encore tôt. Son esprit se mit à vagabonder. Elle pensait au prince Mika, si jeune et pourtant si vieux quelquefois. Il la faisait sentir… bien. Il ne la traitait pas comme la plupart des hommes de son pays.

Chez elle, tout le monde la traitait comme une poupée. On ne lui parlait que lorsque c'était nécessaire et elle n'avait pour amie que sa dame de compagnie. Elle avait reçu la meilleure éducation que son rang lui permettait et, pourtant, jamais personne ne lui demandait son avis sur quoi que ce soit. Ses cousines, les Filles du roi, avaient reçu la même éducation qu'elle et même plus, car elles avaient aussi dû apprendre l'art de la guerre et du combat. Les conseillers du roi les traitaient en égales. Il en aurait peut-être été autrement si le roi avait eu un fils. Les princesses auraient peut-être été reléguées au rang de créatures fragiles, elles aussi. Mais le destin en avait décidé autrement.

Tanila n'enviait pas le destin qu'était le leur, soit de régner sur le royaume de Baldine. Toutefois, lorsqu'elle avait voulu émettre des opinions sur certains sujets d'ordre politique ou philosophique, on la rabrouait en lui disant que ce n'était pas de ses affaires.

Depuis son arrivée au Ganthal, Tanila se sentait mieux, plus acceptée malgré sa grande timidité. Le prince Mika lui avait montré le Ganthal sous un nouveau jour. Elle ignorait tant de choses. Il l'avait poussée à poser des questions, à sortir de sa coquille. Il la traitait comme un être humain, comme une personne intelligente et digne d'intérêt. Avec le prince comme professeur, elle avait découvert la beauté de ce pays et la gentillesse de ses habitants. On ne lui répétait que de mauvaises choses sur le Ganthal depuis son enfance, et elle découvrait avec émerveillement que ce pays était, somme toute, pas aussi différent de Baldine que ce qu'on lui faisait croire depuis son enfance.

Les gens étaient travailleurs et braves. Les dirigeants aimaient s'occuper de ce pays et de son peuple. Le prince mettait tellement de cœur dans tout ce qu'il faisait, il était impossible de ne pas apprécier cette simplicité. La reine lui avait fait un accueil chaleureux. Personne dans cette famille ne semblait lui tenir rigueur de ses origines.

Après avoir passé des heures à étudier ce royaume, Tanila comprenait que le Ganthal, tout comme Baldine, devait vivre avec la crainte permanente d'une possible invasion. Elle avait étudié l'histoire et ne voyait que très peu de différences entre les deux royaumes.

En arrivant dans ses appartements, Tanila déverrouilla son grand coffre, qu'elle gardait au pied de son lit. Elle en sortit une armure qu'elle plaça méticuleusement sur le lit. Elle appela sa femme de chambre, qui arriva en courant, toujours vêtue de sa chemise de nuit. Elle regarda l'armure sur le lit et s'exclama :

— Ah non ! Pas encore !

— Oui, ma chère Kary. Ce matin, je vais m'entraîner, dit Tanila sur un ton volontaire.

— Mais, madame, si quelqu'un vous reconnaissait, vous auriez de gros problèmes, dit la femme de chambre tout bas pour ne pas être entendue.

— Dans ce pays, Kary, je ne suis pas la nièce du roi, je ne suis que moi. J'ai toujours voulu apprendre à me battre et mon oncle me l'a toujours refusé. Ici, la princesse a appris à se battre et pourtant les femmes n'ont pas les mêmes avantages que les hommes. Je ne vois pas pourquoi moi, je ne pourrais pas faire de même.

— Parce que si votre frère apprend cela, il va vous renvoyer tout de suite à Baldine, sans vous demander votre avis.

— Pff… il peut toujours essayer. De toute manière, tant qu'il ignore qui se cache sous cette armure, il ne peut rien faire. Allez, aide-moi, s'il te plaît, à m'habiller. Le prince s'entraîne très tôt tous les matins, et si je veux passer inaperçue, je dois y être en même tant que lui.

— C'est dangereux, ce petit jeu, madame. Je n'aime pas ça..., murmura Kary.

— Je sais, ne t'inquiète pas. Je serai prudente, dit Tanila pour réconforter son amie inquiète.

Kary aida Tanila à s'habiller. Puis elle la fit sortir de ses appartements par la porte réservée au personnel. Il était encore suffisamment tôt pour que personne ne la remarque. Elle sortit et s'en alla directement s'entraîner sur le mannequin de bois.

Le soleil n'était pas encore haut et la chaleur n'atteignait pas des niveaux accablants en cette fin d'automne. Tanila en remercia les dieux, car elle n'était pas certaine de supporter cette armure sous un soleil de plomb en plein été.

Elle commença à répéter les mouvements que le prince lui avait enseignés sur le mannequin. Ses muscles se réchauffaient lentement sous la répétition et l'effort. Lorsqu'elle se sentit en pleine possession de ses moyens, elle accéléra la cadence. Ses mouvements avaient de plus en plus de précision, et son équilibre, quoique encore imparfait, était de mieux en mieux.

À un moment, elle entendit quelqu'un parler derrière elle. Elle se retourna et vit le prince qui terminait de se préparer et qui la regardait. Il s'approcha et lui dit :

— Tu as fait des progrès depuis la dernière fois. Je pense que tu pourrais apprendre davantage en te battant avec un être de chair. Qu'en penses-tu ?

— Je... je... je ne sais pas, Altesse. Je pense que les soldats aguerris n'auraient aucun plaisir à s'entraîner avec un soldat débutant comme moi.

— Je vais m'entraîner avec toi. Mais pour éviter un accident, tu devrais enlever ce casque. Nous commencerons lentement. Je ne te viserai pas la tête.

– Je… je préférerais le garder, Altesse, si vous voulez bien, dit Tanila, qui s'était mise à transpirer à grosses gouttes tout à coup.

– Comme tu voudras. J'aimerais savoir une chose tout de même, dit le prince malicieusement.

– Oui, Altesse ?

– Es-tu si laid que tu préfères cacher ton visage ? demanda-t-il sur le ton de la plaisanterie.

– Non… euh… en fait, oui. Je préfère cacher ma laideur, dit Tanila en bégayant.

– Est-ce que tu te sentirais plus à l'aise de t'entraîner autre part ? demanda le prince.

– Non, non, je… eh bien… je… Ça va, Altesse. S'il vous plaît, supplia Tanila de plus en plus mal à l'aise.

– Je comprendrais que tu ne veuilles pas montrer ton visage aux autres soldats, mais, comme un jour ou l'autre, ils devront bien te voir si tu te bats à leurs côtés, il vaudrait mieux que tu te montres à eux.

– Je ne crois pas, Altesse, vous m'en voyez désolée. Je pense que je vais rentrer chez moi. Il me semble que mon visage vous dérange et je m'en voudrais de vous empêcher de vous entraîner comme il le faut, surtout en temps de guerre.

– Voyons, viens avec moi. Je vais te montrer quelque chose, dit le prince en attrapant Tanila par le bras.

Ils marchèrent vers la forêt. Pendant un moment, ils n'échangèrent pas un mot, mais le prince ne relâcha pas sa poigne sur le bras de la jeune femme. Comme s'il avait compris que s'il la lâchait, elle s'enfuirait. Ils arrivèrent à une clairière bien dissimulée par d'immenses bosquets. Le prince lâcha le jeune soldat et lui dit :

– Voilà, ici nous sommes seuls, tu peux enlever ton casque. Personne d'autre que moi ne te verra, dit Mika patiemment.

– Je… je ne puis faire cela, Altesse.

– Pourquoi ?

— J'ai peur de choquer Votre Altesse, dit Tanila.

— Je ne pense pas. Montre-toi, c'est un ordre, dit Mika de sa voix forte.

— Altesse, je vous en prie…, l'implora-t-elle dans un soupir.

— Montre-toi! ordonna le prince d'un ton sans appel.

Tanila n'eut d'autre choix que de retirer son casque. Elle pria les dieux que le prince ne lui en veuille pas.

Dès que le casque tomba par terre et que ses longs cheveux noirs se mirent à flotter autour de sa tête, Tanila se sentit presque nue. Le prince la regarda fixement, pendant un moment qui sembla durer une éternité. Il avait la bouche à demi ouverte et un petit sourire s'étirait lentement sur son visage. Puis il dit tout bas :

— Je m'en doutais…

— Comment? s'exclama Tanila.

— J'ai dit : je m'en doutais. Il y avait quelque chose chez ce soldat qui me semblait familier. Je comprends tout maintenant…

— Je m'excuse, Altesse, de ne pas vous avoir dit la vérité, mais je voulais vraiment apprendre à me battre et je ne pouvais pas le faire à visage découvert, sinon mon frère m'en aurait empêchée, dit Tanila dont les yeux se remplissaient de larmes.

— Je ne sais pas quoi vous dire, ma chère. Je pense vous avoir démontré depuis votre arrivée que je ne suis pas comme les autres et que je ne juge pas les gens aussi facilement. J'aurais aimé que vous me confiiez votre secret, mais je comprends, du moins, je pense comprendre pourquoi vous avez préféré vous taire, dit le prince.

— Mer… merci, Altesse, balbutia Tanila en essuyant une larme sur sa joue.

— Je me sens un peu… disons que c'est assez surprenant. Une petite partie de moi se sent légèrement… mystifiée, mais ça va. Tanila, sachez que je ne trahirai pas votre secret. Tant que vous ne le voudrez pas, je ne le dirai à personne, même pas à votre frère. Mais vous ne pouvez pas continuer à vous entraîner avec ce casque de guerre. Premièrement, parce que personne, à l'exception des cavaliers, n'en porte ; et deuxièmement, pendant un combat singulier, ce casque réduit votre champ de vision et vous nuit beaucoup. Il pourrait faire la différence entre la vie et la mort. Je vais vous enseigner ce que je sais, mais tôt ou tard, vous devrez, tout comme moi, vous entraîner avec des soldats expérimentés.

— Je comprends, Altesse, mais ce jour-là, mon frère saura ce que j'ai fait et il me renverra chez nous. Je ne pourrai rien faire pour l'en empêcher.

— Nous verrons cela quand nous y serons. Pour l'instant, si vous voulez toujours vous entraîner, nous allons le faire ici, dit le prince.

— C'est vrai ? Vous n'êtes pas fâché ?

— Non, je vous assure que non. J'aurais aimé que vous me disiez la vérité, mais comme nous ne nous connaissons pas beaucoup, je comprends votre réticence. Peut-être ai-je été trop impétueux avec vous pour...

— Non, non, pas du tout. Vous avez été très bien, même mieux que bien, mais je ne vous faisais pas encore suffisamment confiance pour vous révéler mon secret et j'avais peur de vous... décevoir, dit Tanila en regardant par terre, mal à l'aise.

— Je vois..., murmura le prince pour lui-même. Il se mit à marcher en tournant en rond. Il plantait son épée dans le sol, la ressortait et recommençait.

Tanila regardait le prince sans rien dire. Qu'aurait-elle pu ajouter à ce qu'elle venait de dire ? Elle se dit qu'elle l'avait très certainement blessé en lui avouant qu'elle n'avait pas eu confiance en lui. Elle fixa le sol avec obstination. Elle ne pouvait pas croiser son regard. Elle se sentait bien trop fautive pour cela. Elle voyait l'épée de Mika entrer et sortir du sol à intervalles réguliers et elle l'entendait marmonner. Puis il cessa son petit manège et vint se planter droit devant elle. Elle n'osa pas relever la tête. Il lui dit de sa voix charmante :

– Je comprends beaucoup de choses, madame. Plus que je ne devrais pour mon bien, à ce qu'il paraît. Je ne vous tiendrai pas rigueur pour ce que vous venez de me dire. Vous aviez parfaitement raison de ne pas me faire confiance, puisque aux yeux des habitants de votre pays, nous sommes l'ennemi, même si en ce moment, la plus grande menace pour Kianah, ce n'est pas nous...

– Je sais, Altesse, je suis vraiment désolée... Je ne sais pas quoi vous dire, dit Tanila d'une voix où perçait une grande détresse.

– Tanila, je comprends, ça va. Vous ne pouvez pas aller contre votre éducation tout entière en si peu de temps. De plus, c'est une preuve d'intelligence de ne pas se fier à tout le monde. Maintenant, nous allons passer à autre chose si vous le voulez bien, dit le prince d'un ton assuré.

– De quoi parlez-vous, Altesse? demanda Tanila, nerveuse.

– Nous allons vous entraîner. Nous sommes venus ici pour cela, je crois. Le temps est beau, nous allons donc en profiter, déclara le prince de sa belle voix grave avec un sourire sur les lèvres.

– Vous n'êtes pas fâché? Vous voulez toujours m'aider à m'entraîner? s'exclama Tanila, surprise.

– Bien entendu.

– Allons-y dans ce cas, dit la jeune femme, tout sourire malgré elle.

Le prince montra à Tanila comment tenir son épée pour lui éviter qu'elle ne lui glisse des mains. Puis il lui fit répéter les mêmes mouvements que la dernière fois qu'il l'avait vue. Il constata qu'elle avait pris de l'assurance et que ses mouvements avaient gagné en fluidité. Il décida de compliquer les choses. Il lui montra les combinaisons qui unifiaient les différentes attaques et défenses.

Tanila se montra une élève brillante et travaillante. Elle n'abandonnait pas lorsqu'elle ne réussissait pas du premier coup; au contraire, elle s'obstinait. Le prince trouva cette démonstration de volonté charmante. Il se contenta de la regarder travailler ses mouvements et, au moment où elle ne s'y attendait pas, il s'avança et bloqua un de ses coups. L'épée de Tanila percuta l'acier de celle de Mika. Le choc se répercuta dans ses bras et lui fit lâcher son arme. Elle regarda ses mains qui tremblaient et dit au prince :

— Pourquoi avez-vous fait ça ?

— Vous êtes très douée pour répéter les mêmes mouvements lorsque vous êtes seule ; je voulais voir si vous sauriez faire de même quand une autre épée frapperait la vôtre. J'ai eu ma réponse.

— Je vois. Je devenais trop sûre de moi, dit Tanila, penaude.

— Oui et non. En fait, je voulais voir ce que vous aviez dans le ventre. C'était un petit test. Vous avez perdu votre épée, car en répétant les mouvements dans l'air, vos mains se sont déplacées sur le manche. L'effet de surprise de mon geste aidant, vous avez appris à vos dépens ce que cela fait lorsqu'un adversaire vous frappe lorsque vous n'êtes pas prête.

— Mais vous, Altesse, vous n'avez pas perdu votre épée, mau-gréa Tanila.

— Non, parce que je m'attendais à ce qui s'est passé. Cela dit, votre force est surprenante. Nous allons répéter les mouvements que vous connaissez, mais cette fois, l'un contre l'autre. Ça va endurcir vos mains et vos bras.

— D'accord, dit la jeune femme en ramassant son épée.

— Prête ?

— Oui, affirma-t-elle d'une voix qu'elle voulait assurée mais qui sonna horriblement faux.

Le prince attaqua sans avertir. Tanila recula de surprise, mais se reprit très vite et para le coup. Le choc lui fit mal dans tout le corps et ses dents s'entrechoquèrent. Toutefois, elle réussit à ne pas lâcher son épée. Elle reprit de l'aplomb et attaqua à son tour. Le prince para facilement, mais elle réussit quand même à terminer sa combinaison. Le prince attaqua de nouveau et, cette fois, elle réussit à parer et à attaquer d'un même élan. Il parut surpris par son audace, mais ne dit rien.

Ils s'entraînèrent ainsi durant des heures. Tanila démontra une résistance physique surprenante. Elle était en nage et avait abandonné, depuis un certain temps, une bonne partie de son armure. Le prince aussi demeura en chemise, mais préféra enrouler un foulard sur sa lame, par sécurité. Lorsque le soleil fut très haut dans le ciel, Mika décida qu'il était temps de faire une pause. Tanila ne s'en plaignit pas. Lorsqu'elle lâcha son épée, ses mains lui donnèrent une vision d'horreur.

Ses paumes étaient recouvertes de cloques et de sang. Mika regarda, horrifié, la peau qui pendouillait et le sang qui gouttait. Il arracha un grand bout de tissu de sa tunique et conduisit Tanila à un ruisseau tout près. Il trempa un des bouts de tissu dans l'eau froide et se mit à éponger les mains de la jeune femme. Tanila ressentit immédiatement le bienfait de cette eau froide sur ses plaies. Elle sourit de gratitude au prince, qui, lui, avait le front plissé par l'inquiétude. Il lui dit avec colère :

— Vous auriez dû me dire que vous aviez les mains en charpies. Nous aurions arrêté bien avant.

— Je ne m'en suis même pas rendu compte. J'étais très concentrée, dit la jeune femme contrite et surprise par la soudaine animosité du prince.

— Ce n'est plus de la concentration lorsqu'on se retrouve avec les mains comme cela, c'est de l'obstination qui frise la stupidité, dit le prince qui ne décolérait pas.

— Je suis désolée, mais ne vous inquiétez pas pour moi. Je suis très maladroite. Ça ne va surprendre personne si j'ai les mains en mauvais état.

— Permettez-moi d'en douter. Il faut soigner cela comme il faut. Je pense que vous devriez rentrer au château. Allez voir Misak, il vous donnera des onguents.

— Mais, voulut rouspéter Tanila, mais Mika ne lui en donna pas le temps.

– Il n'y a pas de discussion, dit le prince d'un ton ferme. Vous rentrez maintenant. Si vous ne faites pas plus attention à l'avenir, je ne vous entraînerai plus. Et si vous voulez tenir une épée à nouveau, ne laissez pas ces plaies s'infecter. C'est clair?

– Oui, Altesse, mais…

– Pas de *mais*, madame! Rentrez maintenant ou je jure que je vous traîne de force s'il le faut, ordonna le prince.

– Bien, Altesse, maugréa Tanila en s'en allant, ramassant ses affaires au passage, furieuse de la façon dont le prince la traitait.

Dès qu'elle fut hors de vue, Mika se mit à frapper un chêne avec son épée. Il était en colère, pas seulement contre Tanila, mais surtout contre lui-même. Il aurait dû savoir qu'elle se retrouverait avec les mains dans cet état. Ne l'avait-il pas assez vécu lorsqu'il avait commencé à s'entraîner?

Dès son plus jeune âge, son oncle Éthan lui avait répété à maintes reprises que s'il désirait se battre comme un homme, il devait avoir les mains dures et solides d'un homme. «La peau tendre ne retient pas l'épée lorsque l'on est percuté par une autre lame», répétait inlassablement Éthan pendant les leçons.

Lors de son entraînement, la princesse Illah avait développé une endurance à la douleur que peu de gens auraient eue. Mika avait pratiquement égalé sa sœur dans ce domaine, et une fois que l'habitude est là, on ne la perd plus, au point de ne plus y penser. De ce fait, il avait oublié de surveiller les mains de Tanila. Les remords le tenaillaient. Bien sûr, elle aurait dû lui dire qu'elle avait mal, même si elle prétendait que ce n'était pas le cas.

Ces moments qu'il avait partagés avec la jeune femme lui laissaient maintenant un goût amer. Un bon professeur aurait pensé à vérifier derechef les mains de son élève. Mais il avait été si obnubilé par la jeune femme et son envie d'apprendre qu'il en avait oublié le plus important.

Mika ramassa ses affaires éparpillées autour de lui et s'en alla d'un pas rageur vers le château. Il n'était pas du genre à se fâcher facilement. En réalité, il n'était pas vraiment en colère. Il entra dans le grand hall du palais et laissa tomber son équipement sur le sol. Le vacarme du métal sur la pierre attira l'attention de Grégoire qui passait par là. Il alla au-devant du prince qui dérageait sur son armure en finissant de la retirer. Grégoire donna le temps au prince de terminer son massacre, puis il lui demanda :

– L'entraînement n'a pas bien été aujourd'hui, Altesse ?

– Oui, très bien, merci de vous en informer, répondit le prince sur un ton impérieux et sec que Grégoire ne lui connaissait pas.

– Je pense, Altesse, que si ça avait été aussi bien que vous le dites, vous ne seriez pas en train de briser les sangles de vos jambières, dit Grégoire calmement.

– En effet, murmura le prince en reprenant contenance. Puis-je faire quelque chose pour vous ?

– En fait, oui, Altesse. J'aimerais discuter avec vous de quelques petites choses.

– Nous n'allons pas discuter ici, Grégoire, la bienséance ne le permet pas, même à moi. Venez me rejoindre dans la bibliothèque. Je vais aller me changer avant.

– Bien, Altesse, dit Grégoire en s'inclinant devant le prince qui s'en allait d'un pas raide vers ses appartements, laissant un fouillis de métal derrière lui.

Grégoire sourit pour lui-même et se dirigea vers la bibliothèque.

Mika décida de rejoindre son invité sans le faire attendre. Il n'aurait pas été courtois de laisser Grégoire mariner trop longtemps, même si le prince ne se sentait pas vraiment d'humeur à discuter. Peut-être qu'un petit entretien avec le Baldinois lui ferait du bien, après tout.

Grégoire attendait le prince tout près de la cheminée. Lorsque ce dernier entra dans la vaste pièce, Grégoire s'inclina poliment et invita Mika à prendre place près de lui. Malgré leur différence d'âge, le Baldinois et le prince de Ganthal étaient sur la même longueur d'onde. Ce qui de prime abord avait surpris les deux parties.

Mika s'installa confortablement dans un grand fauteuil, laissant pendre ses longues jambes devant lui. Grégoire s'installa à ses côtés. Puis il lui demanda :

— Puis-je vous demander, Altesse, ce qui vous a mis dans une si grande colère tout à l'heure ?

— Vous pouvez demander, Grégoire, mais je ne suis pas certain d'avoir envie de répondre. Avec tout le respect que je vous dois, il y a certaines choses qui ne vous regardent pas, dit Mika d'un ton plus sec qu'il ne le voulait.

— Comme vous voulez. Si je désirais vous parler, ce n'était pas pour parler de vos humeurs, ne vous inquiétez pas.

— De quoi vouliez-vous me parler dans ce cas ? demanda le prince, qui commençait à retrouver son calme.

— J'aimerais savoir une chose. J'ai discuté avec votre mère. Elle a mis sur le tapis une idée qui, sur le coup, je dois le reconnaître, m'a paru totalement incongrue, mais qui, après réflexion, me semble être bien plus brillante qu'il n'y paraît.

— Je vous écoute, Grégoire, dit Mika patiemment en replaçant machinalement sa tunique brodée.

— Votre mère pense que vous avez une forte attirance pour ma sœur, laissa tomber le jeune homme d'un ton neutre.

Le prince de Ganthal se raidit perceptiblement. Comme si la seule mention de Tanila l'avait foudroyé. Plusieurs secondes passèrent avant qu'il daigne répondre à l'affirmation du Baldinois. Il lui dit de son ton le plus poli :

— Votre sœur est quelqu'un de très… comment dire… obstiné. De ce point de vue, elle ressemble beaucoup à ma propre sœur.

Grégoire éclata de rire, ce qui surprit le prince, puisqu'il n'avait jamais vu le jeune homme faire autre chose que sourire poliment. Cette gaieté lui sembla bizarre.

– Ma sœur, Altesse, est et a toujours été une forte tête, même si elle est très timide et qu'elle cache bien ce trait de caractère. Mais revenons à ce que je vous ai mentionné plus tôt. Êtes-vous attiré par ma sœur?

– Grégoire, avec tout le respect que je vous dois, encore une fois, je ne vois pas en quoi cela vous regarde, répondit le prince sur un ton dur.

– Je suis son frère, Altesse, je pense que vous comprendrez que je me préoccupe d'elle.

– Je peux comprendre cela, mais je ne vois pas en quoi mes sentiments personnels entrent en ligne de compte, dit le prince qui commençait à être agacé.

– Si vos sentiments personnels, Altesse, vous conduisent vers ma sœur, cela me regarde. J'aimerais que vous répondiez à ma question maintenant, dit le Baldinois avec fermeté.

– Si vous y tenez. Oui, votre sœur m'attire beaucoup. Satisfait?

– Oui et non.

– Bien. Y avait-il autre chose dont vous vouliez me parler, Grégoire? demanda Mika.

– Oui. Mais pas tout de suite. J'aimerais terminer avec ce sujet d'abord. Je comprends que vous ne désiriez pas étendre vos affaires privées sur la place publique. Je me dois toutefois de vous dire que si les choses devenaient sérieuses entre ma sœur et vous, je me verrais dans l'obligation d'en référer à mon roi et au vôtre.

– Et pourquoi cela, je vous prie? demanda Mika, piqué au vif.

– Altesse, je pense personnellement, et cela n'engage que moi, que nos deux nations auraient tout à gagner à une alliance de ce genre. Toutefois, j'aime ma sœur. Jamais je ne la laisserais s'impliquer sentimentalement avec quelqu'un sans savoir d'abord si ses sentiments sont partagés. J'ai maintenant la réponse à cette question. Je vous dis que je devrais en référer aux rois de nos pays respectifs, car advenant le fait que votre attirance pour ma sœur devienne une demande en mariage, je crois que nos rois respectifs devraient en être informés.

– Ah! Bien entendu, cela va de soi. Je vous tiendrai au courant, dit Mika, qui retrouvait lentement son calme.

– J'aimerais aussi discuter avec vous d'autre chose, Altesse, si vous le permettez.

– Du moment que cela n'implique pas ma vie privée, dit le prince.

– J'aimerais savoir si, parmi vos conseillers, quelqu'un s'était demandé quelles étaient les raisons de cette guerre contre le Zythor. Le roi Trévor dispose de ressources financières pratiquement illimitées, certes, mais il ne peut envoyer indéfiniment des hommes à la mort. Il va bien falloir qu'il arrête un jour. Sinon, il ne va plus y avoir d'hommes au Zythor!

– Je sais et je me pose cette question depuis un certain temps déjà, répondit le prince. Si vous avez une réponse à me donner, Grégoire, ne vous gênez surtout pas.

– Je n'ai pas de réponse précise, mais j'ai remarqué certaines choses.

– Comme?

– Par exemple, si Trévor voulait envahir le Ganthal, il lui aurait été aisé de le faire il y a dix ans. Or, pour une raison mystère, il ne l'a pas fait. J'ai l'impression qu'il ne fait que vous tenir occupé. Comme s'il essayait de garder votre attention à un endroit pendant qu'il joue ailleurs...

– Je suis arrivé à la même conclusion. Le problème, c'est qu'il est impossible de connaître les intentions de Trévor, dit le prince.

– Je pense que nous devrions commencer à étudier plus attentivement les cartes du continent et les rapports de guerre. Peut-être que quelque chose a échappé aux généraux, dit Grégoire en réfléchissant.

– Peut-être... effectivement, répondit Mika, se gardant bien de parler de l'idée de son père d'envoyer un espion au Zythor.

— Je vais vous laisser réfléchir à tout cela, Altesse, et si vous avez besoin de moi, je suis à votre entière disposition. De mon côté, je vais commencer à étudier les cartes géographiques de Kianah. Peut-être que nous aurons un indice, à défaut de réponses complètes.

— Bien. Merci de votre aide, Grégoire. Bonne fin de journée, dit le prince en se levant pour quitter la pièce.

Grégoire fit comme il l'avait dit. Il se mit à étudier toutes les cartes du continent que la bibliothèque recelait. Peut-être trouverait-il un début de réponse.

Mika, de son côté, se rendit au bureau de sa mère. Il trouvait l'idée de Grégoire brillante. Mais avoir accès aux rapports des généraux ne relevait pas de ses fonctions. Il allait devoir demander l'aide de la reine.

Iza-Mel était plongée dans la paperasse lorsque le prince entra dans son bureau. Elle le salua chaleureusement et l'invita à s'asseoir.

— Mère, je dois vous parler.

— Moi aussi, Mika, je dois te parler. Nous avons un gros problème, dit la reine en soupirant.

— De quoi s'agit-il?

— Eh bien, les mines d'or ne nous fournissent pas assez pour payer cette guerre qui s'éternise. Nous allons devoir soit trouver d'autres gisements, soit trouver de nouveaux mineurs, peut-être même les deux.

— C'est un problème, en effet, dit Mika. Pourquoi ne pas demander à un des conseillers de plancher là-dessus?

— Parce que les conseillers prennent trop de temps pour se décider, Mika, et que nous n'avons pas le temps d'attendre qu'ils trouvent la solution miracle. De toute façon, la seule solution que les conseillers connaissent est de taxer un peu plus les habitants. Je m'y refuse. Je ne vois pas pourquoi la population devrait payer encore plus pour cette guerre qu'elle ne le fait déjà.

– Mère, pourquoi ne pas prendre les prisonniers que nous avons incarcérés pour des délits mineurs et leur donner une chance de se reprendre en les envoyant travailler dans les mines pour le temps qu'il leur reste à faire en prison ?

La reine garda le silence pendant quelques secondes, signe qu'elle réfléchissait. Mika se garda bien de l'interrompre dans ses réflexions. La reine était de ceux qui ont besoin de penser avant d'agir. Iza-Mel regarda son fils et lui dit :

– C'est une bonne idée. Pour un temps, du moins. En attendant de trouver une meilleure solution.

– Parfait. Maintenant, je dois vous demander quelque chose, mère, et je sais que vous n'allez pas aimer ça.

– Dis toujours, nous verrons après, dit la reine avec calme.

Le prince raconta à sa mère la conversation qu'il avait eue avec Grégoire et il lui parla des idées de ce dernier. La reine, à la grande surprise de Mika, accepta sans condition de lui faire transmettre les rapports des généraux. Selon elle, si quelqu'un pouvait arriver à trouver un début de réponse à leurs questions, c'était bien Mika. Le prince laissa sa mère à ses papiers en la remerciant.

Il se plongerait dans les rapports dès qu'il les aurait en main. Pour une fois, depuis son retour du champ de bataille, il se sentait utile. Il décida d'aller prévenir Grégoire et, ensuite, ils pourraient ensemble, si les dieux étaient un tant soit peu avec eux, trouver quelque chose pour les aider.

CHAPITRE 7

Le froid mordant ne donnait aucun répit aux voyageurs. Illah et Alarik devaient sans cesse se mettre à bouger sur leurs chevaux pour ne pas geler sur place. Les mages qui les accompagnaient ne semblaient pas souffrir de ce froid mordant. Ils ne portaient pour tout vêtement que la toge de leur caste respective. Illah, qui s'était emmitouflée dans son grand manteau de fourrure, avait des frissons juste à les regarder. Alarik lui demandait régulièrement si elle allait bien. Il était très inquiet pour elle. Heureusement que les nausées n'étaient pas revenues, sinon le pauvre homme serait bien mort d'inquiétude.

Illah prenait méticuleusement la potion que Sybelle lui avait donnée. Elle ne tenait pas à être malade encore une fois. Les spasmes qui avaient secoué son corps lui avaient laissé l'impression que quelqu'un la battait de l'intérieur.

Le voyage était long mais supportable, si on ne tenait pas compte du froid.

Dès que la baie de Laguna fut en vue, les mages qui accompagnaient le couple firent une halte. Illah, sans le laisser voir, fut soulagée par cet arrêt. Son corps semblait se rebeller contre elle depuis quelques heures. Alarik l'aida à descendre de son cheval. Il en profita pour la serrer un peu dans ses bras. Depuis leur départ du château des mages, ils n'avaient pas eu beaucoup de moments seuls ensemble, et le jeune homme se surprit à repenser avec nostalgie à leur voyage pendant lequel ils avaient été tous les deux, pouvant discuter de tout et de rien. De plus, les mages les obligeaient à dormir séparés l'un de l'autre. La proximité de son épouse manquait plus au jeune homme qu'il ne voulait le reconnaître.

Plus les jours passaient depuis son mariage, plus son affection, voire son amour pour Illah grandissait. Jamais il n'aurait cru possible de tenir autant à quelqu'un. Sans qu'il s'en rende compte, elle était devenue le centre de sa vie, sa raison de vivre.

Illah profita, elle aussi, de cette étreinte volée. La distance que les mages les avaient obligés à mettre entre eux devenait un fardeau. Elle se serra contre le torse de son mari avec force. Elle rentra son visage dans le manteau de ce dernier et resta immobile. Elle aimait l'odeur de son époux. Une odeur rassurante. Alarik, de son côté, passa ses bras autour de la jeune femme et la serra pour lui transmettre un peu de chaleur. Il embrassa ses cheveux et lui murmura :

— Je t'aime.

— Moi aussi, je t'aime, répondit la princesse, ses paroles étouffées par le volumineux manteau de son époux.

— J'ai vraiment hâte que nous ayons fini toutes ces épreuves et que nous puissions avoir à nouveau du temps pour nous. J'ai l'impression que cela fait une éternité que nous n'avons pas été seuls.

— Je sais. Moi aussi, j'en ai marre. Bientôt, nous pourrons avoir à nouveau un peu de temps ensemble, répondit la princesse en levant le visage vers son mari.

— Princesse ! Alarik d'Ébal ! les interpella Faram avec dureté. Venez manger un morceau. Le temps des amours n'est pas encore arrivé.

— Monsieur, avec tout mon respect, je ne vois pas en quoi le fait que je désire prendre ma femme dans mes bras quelques minutes vous regarde, répondit Alarik avec colère, sans lâcher Illah pour autant.

— Mon devoir est de vous conduire au lieu où les épreuves vont commencer. Lorsque je serai reparti, vous ferez ce que vous voudrez. Mais d'ici ce temps, vous allez respecter mes règles. La première étant que la princesse et vous gardiez une distance respectable l'un de l'autre. C'est clair ? dit Faram dont la patience commençait à s'amenuiser.

— Très clair, répondit Alarik sur le même ton que le mage. Je ne touche pas ma femme tant que vous êtes là. Il y a toutefois une chose que vous ne pouvez pas m'empêcher de faire.

En disant cela, sur un ton provocateur, Alarik prit délicatement le visage de son épouse dans ses mains et l'embrassa avec passion. Puis il jeta un œil à Faram. Ce dernier semblait sur le point d'exploser. Alarik éclata de rire et dit fort pour être entendu de tous :

— Rien de tel que le baiser de son épouse pour remettre un homme de bonne humeur.

Puis il alla prendre une assiette et il s'assit sur une grosse pierre, sans quitter Illah des yeux. Cette dernière n'avait pas très faim, mais, pour une raison obscure, les mages qui les accompagnaient semblaient obsédés par son alimentation. Ils lui avaient donné à manger à maintes reprises, presque trop souvent. Ils la surveillaient en permanence. Elle avait de la difficulté à aller se soulager seule, tant leur présence était omniprésente.

Faram jetait des coups d'œil furtifs vers Alarik en permanence, comme s'il voulait être certain que ce dernier respectait les règles. Illah commençait à en avoir par-dessus la tête de se faire dire par tout le monde ce qu'elle devait faire. Ce mage têtu, qui semblait avoir une dent monstre contre Alarick, lui hérissait le poil. Elle lui aurait bien dit sa façon de penser, mais cela n'aurait pas été très utile.

Alarik semblait osciller entre la colère contre le mage et le plaisir de faire enrager ce dernier. Il trouvait toutes sortes de prétextes pour rejoindre Illah et lui voler un baiser. Faram était au bord de l'exaspération lorsqu'un vieil homme arriva et détourna son attention.

Faram s'approcha de l'homme qui marchait en se tenant sur un bâton. Il faisait nuit noire et Illah n'arrivait pas à voir son visage. Elle essaya d'entendre ce qui se disait lorsqu'elle reconnut la voix. Elle se leva d'un bond et s'élança vers le vieil homme. Elle poussa violemment Faram et prit le vieillard dans ses bras. Alarik, qui avait suivi son épouse, reconnut lui aussi le nouveau venu. Illah s'exclama d'une voix trop aiguë :

— Qu'est-ce que vous faites ici, Balthazar ?

— Je suis venu terminer ce que j'ai commencé, princesse. Je ne pouvais pas vous laisser comme ça, sans aide dans cette quête.

— Comment avez-vous pu arriver aussi vite ? demanda Illah qui ne lâchait pas le vieil homme.

— Sybelle m'a fait parvenir un message. Dès que j'en ai pris connaissance, j'ai su que je devais venir vous rejoindre, mes chers enfants.

— Mais il nous a fallu des semaines pour partir de Ganthal et arriver jusqu'ici. Comment avez-vous fait ? demanda Alarik en aidant le vieil homme à s'asseoir.

— J'ai des amis qui savent voyager très vite, dit l'homme avec une lueur mystérieuse dans les yeux. Avant que nous ne discutions de cela, j'aimerais m'entretenir avec Faram en privé. Ensuite, nous pourrons parler, vous et moi.

— Pas de problème, dit Illah. Je suis très heureuse de vous revoir. Je vous avoue que je ne pensais pas que cela fût possible étant donné que…

– Que je suis très vieux, termina Balthazar pour la princesse.

– Oui.

– Je ne pensais pas vous revoir, non plus, mais Sybelle a été très claire dans son message. Je devais venir ici.

– Je ne comprends pas, dit Illah.

– Vous allez comprendre plus tard ; laissez-moi quelques minutes avec Faram.

– D'accord, dit la princesse en se réfugiant dans les bras de son mari.

– Hé ! Non, non, non. Pas de ça ! s'exclama le mage guerrier en voulant séparer les deux jeunes gens. J'ai dit non !

– Laissez-les, Faram. Vous ne pouvez plus rien y faire de toute façon, dit Balthazar d'un ton qui laissait place à un sous-entendu.

– Mais les règles sont claires, et Sybelle a dit...

– Sybelle n'est pas ici, répondit le vieil homme d'un ton sans réplique. À partir de maintenant, c'est moi qui décide. Laissez-les tranquilles. La princesse est frigorifiée, ce n'est pas bon pour elle. Laissez son mari faire son devoir et la réchauffer un peu, par tous les dieux. Êtes-vous inquiet pour la vertu de la princesse ou pour votre honneur, Faram ?

– Bien. Si vous dites qu'il n'y a pas de problème. Vous semblez avoir des instructions que je n'ai pas. Allons discuter plus loin, si vous voulez bien.

– Bien entendu, dit le vieil homme en se levant péniblement de son siège de fortune.

Illah suivit Balthazar des yeux. Alarik resserra son étreinte autour d'elle et lui demanda :

– Tu comprends quelque chose, toi ?

– Non, pas du tout. Mais je pense savoir comment Balthazar est arrivé aussi vite, dit la princesse dans un murmure.

– Comment ?

– Je pense qu'il a eu l'aide de créatures qui volent...

– Des créatures qui volent ? s'interrogea Alarik.

— Oui, voyons, Alarik. C'est facile à deviner.

— Ah! s'exclama soudain le jeune homme tandis que la compréhension marquait son visage. Tu parles des dra…

— Chut! Ne le dis pas. Il y a assez d'oreilles indiscrètes autour de nous. Ils n'ont pas besoin de savoir, dit Illah en continuant de murmurer.

— D'accord, attendons de voir ce qui va se passer dans ce cas, dit Alarik en serrant Illah plus fort contre lui. Au moins, je peux te prendre dans mes bras autant que je le veux maintenant.

— Ce n'est pas moi qui vais m'en plaindre. Je suis complètement transie. Tu veux qu'on se rapproche du feu, s'il te plaît?

— Vos désirs sont des ordres, madame, dit Alarik avec amusement, avant de prendre Illah dans ses bras et de l'amener juste à côté du feu.

Il ne la déposa pas par terre, mais la garda sur ses genoux et essaya de la faire entrer dans son manteau avec lui, ce qui les fit éclater de rire tous les deux.

Faram revint avec Balthazar et déclara :

— Demain à l'aube, nous vous quittons, jeunes gens. Balthazar restera avec vous. Vous trouverez une vieille maison dans les bois à quelques kilomètres d'ici. Vous vous y installerez.

— D'accord. Et ensuite? demanda Illah.

— Ensuite? Eh bien, pour être honnête, princesse, je ne sais pas. C'est Balthazar qui décide à partir de là. Vous devrez faire ce qu'il vous dira.

— Bien, dit Alarik, content de se débarrasser du mage guerrier.

— Cette nuit, vous allez dormir où vous voulez. Il semble que mes règles n'ont plus lieu d'être, bougonna le mage.

— Parfait! s'exclama Illah. Je vais arrêter de passer toutes mes nuits à claquer des dents parce que j'ai froid.

Balthazar demeura assis sur son siège avec un sourire de satisfaction sur les lèvres. Faram, de son côté, ne cessait de bougonner.

Il marmonnait toutes sortes de mots que personne ne comprit. Illah trouvait le manège du mage très drôle.

Lorsque tout le monde alla dormir, la princesse se blottit confortablement contre son époux. Le sommeil la gagna presque immédiatement. Dès qu'elle se mit à ronfler, Alarik se mit à sourire. Même si ce son suffisait à réveiller un mort, le bruit des ronflements de son épouse lui avait manqué. Il ne saisissait qu'à ce moment précis à quel point.

*

Au matin, le soleil fit une pâle apparition. Pas assez, toutefois, pour réchauffer les dormeurs. Illah fut la première debout. Elle ralluma le feu et arpenta le campement. Balthazar ne se trouvait nulle part. Elle s'approcha de la falaise qui surplombait la baie de Laguna. C'est là qu'elle le trouva. Il se tenait bien droit, aidé de son bâton de marche. La jeune femme s'approcha lentement, ne voulant pas le faire sursauter. Le vieil homme lui dit de sa voix profonde :

— Approchez, princesse. Venez voir la baie magique…

— La baie magique ? interrogea Illah.

— Oui. Cet endroit est magique. C'est un des deux seuls endroits où les créatures magiques qui vivent dans l'eau peuvent avoir la paix. Les sirènes ne sont pas encore sorties de l'eau, mais cela ne saurait tarder. Bientôt, nous les entendrons chanter.

— N'est-ce pas dangereux ? demanda Illah.

— Non, répondit le vieil homme avec un sourire. Nous ne sommes pas des marins. De plus, les sirènes ne veulent pas de mal aux hommes, au contraire. Elles veillent sur eux et les protègent. Si vous tombiez dans l'eau ici même, vous retrouveriez le sol sous vos pieds bien vite. Elles ne laisseraient jamais la mère de l'enfant-dragon se noyer.

— Elles connaissent la prophétie ? s'étonna Illah.

– Les sirènes savent tout. Mais très peu d'entre elles parlent la langue des hommes, donc elles n'ont eu d'autre choix que de garder le secret.

– Je ne savais pas cela, dit Illah.

– N'ayez crainte, princesse. Si tout se passe comme prévu, vous ne serez pas en danger.

– J'aimerais savoir une chose, Balthazar.

– Oui, princesse. Je vous écoute.

– Pourquoi êtes-vous ici ? demanda Illah.

Le visage du vieil homme prit soudain une expression très sérieuse. Ce qui ne rassura nullement Illah. Balthazar prit une grande respiration, comme si la réponse qu'il allait donner à la princesse lui pesait. Il plongea son regard dans les yeux verts d'Illah et lui dit :

– Sybelle m'a demandé de voir à ce que tout se passe comme il se doit.

– Ça, je l'avais compris hier soir, bougonna Illah. Vous ne me dites pas tout.

– Non, en effet, princesse, dit le vieil homme en lui caressant la joue du bout des doigts. Je ne peux pas vous en dire plus pour le moment.

– Dans ce cas, vous allez tout de même me raconter votre voyage jusqu'ici, dit Illah d'un ton enfantin.

– Cela, je peux. Les dragons ont entendu la missive de Sybelle. Ne me demandez pas comment. Je ne le sais pas. Mais Galatée est venue se poser dans mon jardin dès que la nuit est tombée ce même jour où j'ai reçu le message du grand maître des mages. Je n'avais même pas terminé mes bagages, rigola le vieil homme. Ma nièce a eu la peur de sa vie. Galatée m'a dit qu'elle m'amènerait jusqu'ici, la baie de Laguna. Pour être honnête, sur le coup, j'ai pensé que je devenais fou. Les dragons ne sont pas des chevaux. Les hommes ne les montent pas. Pourtant, Galatée savait quoi faire. Elle a pris soin de ma vieille carcasse. Le voyage sur

132

le dos de la dragonne a été ce que j'ai vécu de plus... majestueux dans ma vie.

— Je n'en doute pas une seconde, murmura Illah, totalement absorbée par l'histoire de Balthazar.

— Galatée a dû sentir que la fin de ma longue vie approchait et que je ne serais pas en mesure de mener à bien la tâche qui venait de m'être confiée. Elle m'a conduit à son père. Fafnir a eu beaucoup de plaisir en me voyant devenu un si vieil homme. Je pense que le son qu'il a émis est ce qui se rapprocherait le plus pour nous d'un rire. Il m'a dit que ma mission recelait une importance cruciale. Moi qui croyais en avoir fini avec cette histoire, imaginez ma surprise. Le roi des dragons m'a fait boire quelques gouttes de la source qu'il protège. Mes vieux os ont cessé immédiatement de me faire souffrir. Je me suis senti mieux. Bien entendu, cela ne m'a pas redonné toutes mes jeunes années, mais j'ai été en mesure de supporter le voyage jusqu'à vous, princesse, et je pourrai accomplir ma mission.

— Cette mission dont vous ne pouvez pas me parler, c'est cela? dit la princesse.

— Oui. Je suis désolé de ne pas pouvoir vous en dire plus, mais, pour l'instant du moins, vous devrez vous contenter de cela et de ma présence.

— Je suis vraiment très heureuse de vous revoir, cela va de soi. Mais votre présence ici amène tout un tas de questions qui demeurent sans réponse.

— Je sais, murmura le vieil homme en regardant la princesse dans les yeux. N'ayez crainte. Ce ne sont pas de mauvaises nouvelles. Cela, au moins, je peux vous l'assurer.

— Je n'ai pas le choix d'attendre de toute façon, bougonna Illah. Si nous allions manger maintenant, qu'en pensez-vous?

— C'est une très bonne idée, ma chère enfant. Dans la mesure où ce n'est pas vous qui faites la cuisine, dit le vieil homme avec humour.

– Aucun risque. On ne m'a pas laissé faire quoi que ce soit depuis notre départ du château des mages, dit Illah.

– C'est une bonne chose, murmura le vieil homme, d'une voix qui sous-entendait autre chose.

C'est ensemble, la jeune femme réglant son pas sur le vieil homme, qu'ils regagnèrent le campement. Faram était debout et se préparait à partir. Les autres mages étaient déjà en selle. Il annonça qu'il avait laissé un cheval pour le vieil homme et des provisions. Puis, sans un mot de plus, il monta sur sa monture, la fit pivoter et s'en alla, suivi par les autres mages guerriers. Illah ne se formalisa pas de ce manque de manières. Le mage guerrier n'en avait pas eu depuis le début.

Alarik mangeait, confortablement assis près du feu. Il tendit une écuelle à Illah et une autre à Balthazar. Illah jeta un coup d'œil suspect à la nourriture. Cela ressemblait à… du vomi. Elle regarda son mari qui mangeait avec appétit. Cela la rassura un peu. Elle prit une gorgée de sa potion avant de commencer à manger, juste au cas où. Elle constata que la bouillie était délicieuse et sucrée. Elle l'engloutit comme une affamée.

Une fois toutes les affaires ramassées et les chevaux prêts, ils se mirent en route vers la maison abandonnée dont leur avait parlé Faram. Ils la trouvèrent assez facilement.

C'était une petite maison ne comportant qu'une seule pièce. Il y avait une énorme cheminée de pierre qui occupait pratiquement tout un mur. Une vieille table en bois, branlante et probablement pourrie d'un bout à l'autre, occupait une partie d'un autre mur. Il y avait aussi une couchette, qui sentait le moisi. Illah regarda la masure avec des airs de martyre. Elle aurait préféré dormir dehors au froid plutôt que dans cet endroit. Balthazar se montra très strict sur le sujet. Ils devraient dormir à l'intérieur. Illah décida que si elle n'avait pas le choix de l'endroit où ils s'installeraient, au moins, ce serait un peu plus propre. Elle envoya les hommes dehors pour ne pas les avoir dans les jambes.

Ensuite, elle enleva le matelas de paille pour le faire aérer dehors. En le soulevant, elle découvrit deux souris, et vivantes en plus. Elle poussa un cri à fendre l'âme et sortit en courant, lançant le matelas derrière elle. Elle n'arrêta sa course qu'à une distance plus que respectable de la maison. Balthazar et Alarick, qui discutaient devant la maison, la regardèrent avec stupéfaction. Ils lui demandèrent ce qui n'allait pas. Elle se contenta de pointer un doigt vers la masure et de crier :

— Des foutues souris !

Alarik entra dans la maisonnette et en ressortit avec les deux bestioles dans les mains. Il les envoya dans les bois avec un sourire. Puis il dit à son épouse en riant :

— Les petites bibittes ne mangent pas les grosses.

— Je supporte presque toutes les bestioles, sauf les souris, mon cher. Je déteste ça, dit Illah en colère contre son mari qui ne pouvait s'empêcher de rire à gorge déployée. Même le vieux Balthazar souriait plus qu'à l'habitude.

La colère d'Illah n'en devint que plus forte. Elle flanqua un coup de poing à son mari et lui dit :

— Ça suffit ! Arrête de rire ! C'est loin d'être drôle.

— Mais si tu avais vu ta tête quand tu es sortie, ça valait le coup d'œil, s'exclama Alarik qui riait de plus belle.

— Je vais retourner à l'intérieur, dit Illah en rageant. Et si je t'entends rire encore, Alarik d'Ébal, crois-moi, tu vas dormir par terre, très, très loin de moi. Compris ?

— Compris, ma chérie, dit le jeune homme en se mordant l'intérieur de la joue pour ne pas recommencer à rire.

Toutefois, dès que la jeune femme fut à l'intérieur et que la porte fut refermée, il ne put s'empêcher de rire à nouveau. Il dit à Balthazar sur le ton de la confidence :

— Avez-vous vu sa tête ? Oh, par tous les dieux ! Juste pour cela, ça valait la peine de l'épouser. Je n'ai jamais rien vu d'aussi hilarant de toute ma vie. Elle n'a pas peur des mages, elle n'a pas peur d'un homme qui lui met un couteau sous la gorge, elle n'a même pas peur des montagnes de Glace, mais une toute petite souris et c'est la catastrophe ! ironisa le jeune homme en riant de plus belle.

— Vous devriez faire attention, mon garçon. Elle est très en colère, dit Balthazar.

— Je sais. Mais je commence à la connaître. Elle ne sera pas fâchée bien longtemps.

— Vous pensez ? interrogea le vieil homme, sceptique.

— J'en suis certain. À moins qu'elle ne trouve d'autres petites bestioles. Là, peut-être que nous aurions un mini volcan en éruption, rigola Alarik.

— Vous feriez bien d'aller faire un petit tour d'inspection dans cette demeure avant qu'elle fasse une découverte qui la pousserait à aller dormir au sommet d'un arbre, dit le vieil homme le plus sérieusement du monde.

— Vous avez raison, approuva Alarik en se dirigeant vers la demeure.

Lorsqu'il entra, il trouva Illah en train de nettoyer les fenêtres. Le matelas de paille était resté en travers de la couchette, là où elle l'avait lâché précédemment. Alarik souleva discrètement le matelas et regarda dessous avec attention. Il ne trouva pas de trace de souris.

Il commença à faire le tour de la masure, ce qui ne lui prit que quelques minutes étant donné la petite taille de l'endroit. Illah ne lui adressa pas la parole. Elle s'obstina même à lui tourner le dos. Elle s'appliquait à frotter le rebord de la fenêtre. Alarik dut faire un effort pour ne pas la taquiner. Il s'approcha de son épouse et l'enlaça. Elle se raidit. Il embrassa ses cheveux. Elle demeura raide comme une statue. Il dut la retourner de force pour qu'elle soit face à lui. Elle fixa son regard sur le torse du jeune homme avec obstination.

Alarik prit le visage de son épouse entre ses mains, l'obligeant à le regarder en face. Les yeux de la princesse lançaient littéralement des éclairs. Il la regarda ainsi pendant une bonne minute jusqu'à ce qu'elle se débatte pour qu'il la lâche. Ce qu'il ne fit pas. Il inclina lentement la tête vers elle et déposa un baiser léger comme les ailes d'un papillon sur ses lèvres. Puis il observa son visage à nouveau. Elle avait les yeux clos et semblait attendre que le baiser se prolonge. Il ne se fit pas prier.

Lorsque enfin ils se séparèrent, Illah dit :

— Si tu te moques de moi encore une fois, je vais réduire une partie sensible de ton anatomie en bouillie, on se comprend ?

— Oui, ma chérie. Mais tu dois reconnaître que c'était vraiment drôle.

— Peut-être de ton point de vue. Pas du mien, dit Illah.

— D'accord. Je ferai attention de ne pas me moquer de toi à l'avenir, mais essaie de ne plus faire la tête que tu as faite lorsque tu es sortie, car, là, je ne sais pas si je pourrai me retenir.

— Tu es vraiment un grand bêta, dit Illah en enlaçant la taille de son homme.

— Je sais. Tu veux que je sorte cette chose dehors ? demanda le jeune homme en désignant le matelas.

— S'il te plaît, ce serait gentil. Et si tu pouvais trouver quelque chose qui ne sente pas le moisi pour nous faire un matelas convenable, là, ce serait parfait.

— À vos ordres, madame, dit le jeune homme en sortant le matelas dehors.

Illah continua son nettoyage avec application. Balthazar entra dans la masure et prit place sur l'unique petit banc qui se trouvait sous la table. Il regarda la princesse s'activer comme une petite fée du logis. À la voir récurer tout ce qui lui tombait sous la main, il était difficile de croire qu'elle était une princesse et qu'elle avait vécu dans le luxe toute sa vie.

Le vieil homme attendit qu'elle porte son attention vers lui et lui dit :

— Vous devriez apprendre à maîtriser votre colère, princesse. Cette facette de votre personnalité finira par vous jouer des tours.

– Je sais. Mon oncle Éthan me l'a répété cent fois pendant mon entraînement. Je suis une colérique obstinée, selon lui.

– Il n'a pas tort, dit le vieil homme.

– Est-ce que c'était aussi hilarant que cela, ma réaction? demanda tout d'un coup Illah.

– En fait, ma chère, oui, votre visage valait bien plusieurs pièces d'or, répondit honnêtement Balthazar avec un sourire.

– D'accord, je vois, dit la princesse en recommençant à frotter pour la troisième fois la table bancale.

– Si on ne vaut pas une risée, princesse, on ne vaut pas grand-chose, récita Balthazar.

– Je devais valoir très cher tout à l'heure, ironisa Illah.

– En effet, Princesse, en effet, murmura Balthazar. J'ai une question à vous poser, si vous me permettez.

– Ne vous gênez pas.

– Est-ce que vous prenez toujours la potion de Sybelle?

– Comment savez-vous cela? s'étonna Illah.

– Je le sais, c'est tout.

– La réponse est oui. Tous les jours. Sans exception, sinon je suis malade.

– Bien, c'est ce que je devais savoir, murmura l'homme.

– Vous deviez? Je ne comprends pas. Cela fait partie de ce que vous ne pouvez pas me dire, c'est cela?

– Oui. Vous m'en voyez désolé.

– Je vais m'y faire. Je n'ai pas le choix de toute façon, dit Illah. Nous devrions passer à des questions d'ordre pratique, si cela ne vous dérange pas. Comment allons-nous faire pour dormir tous ici en même temps?

– Je ne dors pas beaucoup, princesse. Et lorsque je le fais, je m'installe assis. C'est meilleur pour ma respiration, dit Balthazar.

– Ah! oh… d'accord. Je ne savais pas.

– Ne vous inquiétez pas pour moi, princesse. Dès que vous serez partis pour vos épreuves, je dormirai de la même façon. Ce lit n'est pas très utile en ce qui me concerne. Mais vous et votre mari devriez en profiter pour dormir comme il faut. Vous allez avoir besoin de toute votre énergie.

– D'accord, dit la princesse, au moment même où son mari entrait avec des branches de sapin.

Il en tapissa la couchette de plusieurs couches. Puis il ajouta des couvertures.

La journée s'achevait déjà lorsqu'ils purent s'installer à table et se restaurer un peu. Puis Illah bâilla à se décrocher les mâchoires. Elle prit le chemin de la couchette et s'enroula dans les couvertures. Il ne fallut pas longtemps avant que la petite maison se mette à résonner de ses ronflements.

Balthazar regarda le visage paisible de la jeune femme et dit à Alarik :

– Je dois vous parler, jeune homme. C'est important. Et ce que je vais vous dire, jamais vous ne devrez le dire à la princesse.

– Est-ce que cela aurait un rapport avec votre mystérieuse présence avec nous ?

– Oui, répondit le vieil homme. Promettez-moi de ne pas répéter à Illah ce que je vais vous dire. Il en va de votre vie.

– Je vous le promets, dit solennellement Alarik.

– Si je suis ici, c'est pour une raison précise. Je dois vous guider dans votre quête. À chaque étape de votre avancée, vous devrez venir me porter ce que vous aurez recueilli.

– C'est tout ? s'étonna Alarik, déçu.

– Non, ce n'est pas tout. C'est ce qui suit que vous ne devrez pas dire à la princesse. Un instant, dit le vieil homme en se tendant vers la couchette. Elle a cessé de ronfler.

– Ne vous en faites pas, elle va recommencer bientôt. C'est une pause. C'est fréquent. On s'habitue, dit le jeune homme avec un sourire.

Comme de fait, Illah recommença à ronfler encore plus fort qu'avant. Alarik échangea un regard entendu avec le vieil homme qui poursuivit ses confidences.

— Si je suis ici, c'est qu'il s'est produit quelque chose que personne n'avait prévu.

— Je ne suis pas certain de vous suivre, dit Alarik.

— La prophétie annonce la venue d'un enfant qui commandera aux dragons.

— Je sais cela.

— Eh bien, cet enfant est déjà en route, laissa tomber Balthazar de sa voix grave.

Le visage d'Alarik passa par plusieurs étapes : d'abord ce fut l'interrogation, puis ce fut la surprise et enfin la compréhension. Il s'exclama :

— L'enfant est en route ? Maintenant ? s'exclama-t-il en regardant Illah profondément endormie.

— Depuis le soir de vos noces, pour être franc, dit Balthazar.

— Mais nous n'avons fait cela qu'une seule fois, et Misak nous avait jeté un sort bien avant le mariage. Je ne comprends pas. C'est impossible.

— C'était impossible. Sybelle ne comprend pas, les autres mages non plus. Il faut croire que la magie qui opère dans cette histoire est plus forte qu'ils ne l'ont cru. Votre enfant viendra au monde. Il grandit dans le ventre de votre épouse au moment où je vous parle. Rien ni personne ne peut quoi que ce soit contre cela.

— Mais, si elle est enceinte, cela veut dire que les épreuves sont inutiles, dit Alarik.

— Au contraire. Si vous ne réussissez pas les épreuves, Sunèv n'acceptera pas votre union. La magie sera perturbée, grandement perturbée. Nous ne savons pas ce que cela fera à votre épouse et à l'enfant. Cela pourrait leur être fatal. C'est ce que Sybelle croit, c'est ce que tous les mages croient. J'ai discuté avec Fafnir sur la montagne

D'Or, et c'est ce qu'il croit, lui aussi. Il est *extrêmement* important que vous réussissiez les épreuves. Il en va de leur vie, à elle et à l'enfant.

— Mais pourquoi ne pas lui dire à elle, ce qui se passe dans son corps? Elle a le droit de savoir, s'obstina Alarik.

— Non, surtout pas. C'est là que vous intervenez. Vous allez pouvoir la surveiller, voir à ce qu'elle se nourrisse bien, qu'elle se repose suffisamment, mais en aucun cas, elle ne doit savoir qu'elle porte la vie. Sinon, elle pourrait perdre la motivation nécessaire à la réussite des épreuves. Si elle perd cette motivation, vous pourriez échouer, et cela, vous ne pouvez vous le permettre.

— Oui, je comprends, dit Alarik. Je ferai de mon mieux pour la protéger.

— N'en faites pas trop. Il ne faut pas éveiller ses soupçons. Si elle se doutait de quelque chose avant la fin, tout serait mis en péril.

— Je comprends. Pourquoi me le dites-vous si c'est si dangereux pour nous de le savoir?

— Parce que, contrairement aux mages, je pense que vous avez le droit de savoir, vous, jeune homme, et vous seulement. Si vous voulez faire ce qu'il faut au moment où il faudra, vous devez savoir.

— Donc, vous n'avez pas eu l'accord de qui que ce soit pour m'avoir dit cela ce soir.

— Non, au contraire. Si les mages savaient que je vous l'ai dit, je serais dans le pétrin.

— Personne ne va savoir, je vous en donne ma parole, dit Alarik.

— Allez dormir maintenant, jeune homme, demain sera une très longue journée.

— C'est une bonne idée, dit le jeune homme. Bonne nuit, Balthazar.

— Bonne nuit, Alarik, dit le vieil homme en prenant place sur le banc dans sa position pour dormir.

Alarik se blottit contre le corps chaud de son épouse. Il eut de la difficulté à trouver le sommeil. Il ne cessait de s'émerveiller du fait qu'il allait être papa.

Cette nuit-là, ses rêves furent peuplés de bébés et de femmes au ventre rond.

*

Dès les premiers rayons du soleil, Illah se réveilla. Elle aperçut Balthazar en train de remuer la même bouillie que la veille dans un chaudron devant la cheminée. Elle se glissa hors de l'étroite couchette en faisant attention de ne pas réveiller son mari. Elle approcha du vieil homme et lui murmura :

— Ça sent bon. Je meurs de faim. Vous avez bien dormi, Balthazar?

— Comme un loir. Je pense que je vais devoir me trouver un banc de ce genre pour mettre chez moi. C'est bien mieux que ma vieille chaise, dit le vieil homme avec un sourire.

— Vous êtes sérieux? demanda Illah, surprise.

— Oui, très sérieux. Prenez votre potion, princesse. Vous devez manger.

— Je sais. Je vais aller la chercher dans mes sacoches.

— Pas la peine. Votre mari s'en est occupé. Elle est là, dit le vieil homme en désignant la flasque sur le rebord de la fenêtre.

— Oh! c'est gentil de sa part. Il est très prévenant.

Balthazar servit un bol de bouillie à la princesse et ils mangèrent en silence. Alarik se réveilla peu de temps après qu'ils eurent terminé de manger. Il engloutit sa bouillie et alla seller les chevaux sans dire un mot, ce qui surprit Illah, car en général, Alarik était un vrai moulin à paroles.

Illah rejoignit son époux dehors et lui demanda :

— Est-ce que quelque chose ne va pas?

— Non, pas du tout, au contraire. J'ai hâte de partir.

– Pourquoi? Il n'y a pas d'urgence, dit la princesse.

– Pour moi, oui. J'ai hâte d'en avoir fini avec cette histoire, dit le jeune homme.

– Ah bon! Comme tu voudras. Je vais prendre mes affaires, dit Illah, en se dirigeant vers la maison.

– Non, laisse, je m'en occupe, dit Alarik en se précipitant à l'intérieur.

– Mais je dois parler à Balthazar avant de partir. Nous ne le reverrons pas avant un certain temps.

– Si tu veux, mais nous allons le revoir à chaque étape.

– Comment cela? interrogea Illah.

– Parce qu'il faudra venir porter ici tout ce que nous allons recueillir pendant notre quête.

– Oh! je ne savais pas cela. Toi, qui te l'a dit?

– Balthazar. Hier soir, pendant que tu dormais, dit-il.

– D'accord. Je vais lui dire au revoir et nous partons, dans ce cas.

– Soit, si tu y tiens, maugréa Alarik.

La princesse se rua à l'intérieur. Alarik termina de sangler les chevaux. Lorsqu'elle ressortit, Illah avait le visage triste. Lorsque son mari voulut savoir ce qui n'allait pas, elle éluda la question d'un geste de la main. Il n'insista pas.

Ils se mirent en route vers leur première épreuve. Ils devaient se rendre sur les terres des créatures magiques et trouver une licorne. C'était cependant bien plus facile à dire qu'à faire. Illah menait son cheval lentement, suivant plus ou moins de près celui de son mari. Il ne parlait toujours pas et semblait d'humeur maussade, comme si, durant la nuit, il était arrivé quelque chose. La princesse n'osait cependant pas lui poser de questions, puisque chaque fois qu'elle ouvrait la bouche, l'humeur de son époux semblait empirer.

Alarik tournait et retournait dans sa tête ce que Balthazar lui avait dit la veille. Il savait qu'il devait tenir sa langue et ne pas dire à Illah qu'elle attendait un enfant, mais il trouvait cela profondément injuste. Il avait décidé de ne pas trop parler à son épouse, quitte à ce qu'elle se pose des questions. Il devait décider de ce qu'il convenait de faire de cette information. Tout en lui lui disait de se taire, mais une petite partie de lui-même voulait dire la vérité. En se mariant, il s'était juré de ne jamais cacher quoi que ce soit à son épouse, et maintenant, il se retrouvait avec le pire des secrets à garder.

Illah ne se rendit pas compte, tellement elle était perdue dans ses pensées, qu'elle avait traversé la frontière du territoire des créatures magiques. Alarik, de son côté, stoppa net sa monture. Il attrapa les rênes du cheval de son épouse et lui fit signe de ne rien dire. Un silence oppressant régnait dans ces lieux sombres. Il n'y avait pas suffisamment d'arbres pourtant pour empêcher la lumière d'arriver jusqu'à eux ; toutefois, il faisait aussi sombre que si le soleil allait se coucher, ce qui était loin d'être le cas. Il y avait de très grands arbres éparpillés çà et là et des petites collines vertes et chatoyantes même dans cette lumière tamisée. Des amoncellements de pierres étranges, comme des petits monticules, étaient éparpillés autour des arbres si grands. L'herbe était très haute et grasse. Le temps, qui avait été glacial jusqu'à présent, était maintenant chaud et humide. Illah retira son manteau devenu un poids inutile. Elle le glissa dans un des sacs qui pendaient au flanc de son cheval. Alarik se mit à les faire avancer lentement, comme s'il avait peur qu'un galop précipité ne dérange cette nature si étrange. Il n'y avait aucun insecte, du moins pas autour d'eux, ni vent ni oiseaux. Rien. C'était le calme plat, le silence complet.

Illah ne se sentait pas très à l'aise dans cet environnement qu'elle ne connaissait pas et pour lequel elle n'était pas préparée. Personne ne lui avait parlé de ce coin du continent, à l'exception d'un précepteur pendant un cours de géographie, qui lui avait montré ce coin du continent, le désignant comme la terre des créatures magiques, sans plus. Il n'avait pas parlé du climat ni de quoi que ce soit s'y rattachant. Comme si le sujet était tabou.

La princesse aurait aimé pouvoir poser quelques questions à son époux, pour voir s'il en savait un peu plus qu'elle sur la question, mais elle ne voulait pas troubler le silence ambiant.

Après quelques minutes de route, Alarik décida de mettre le pied à terre et d'observer les environs. La lumière faible, la chaleur et le silence avaient de quoi inquiéter même les plus braves. Il aida Illah à descendre de cheval et lui murmura à l'oreille :

— Je ne sais pas ce qui se passe ici, mais évitons de trop nous faire remarquer. J'ai une drôle d'impression.

— Moi aussi. Que sais-tu de cet endroit ?

— Pas grand-chose. En fait, lorsque j'étais enfant, on nous a surtout dit que c'était un lieu réservé à des créatures spéciales, sans nous dire lesquelles, évidemment. Je ne m'attendais pas à cela, dit-il en désignant les alentours d'un vaste geste de la main.

— Moi non plus. Sais-tu où se trouvent les licornes ? demanda Illah avec un mince espoir.

— Non, pas du tout. Sybelle nous avait dit de faire des recherches là-dessus, mais nous sommes partis tellement vite…

— Je sais. Maintenant, nous sommes plutôt mal partis, en fait, dit Illah. Je ne comprends pas l'urgence de notre départ. Si on nous avait laissé le temps de faire quelques recherches, au moins…

— Nous allons réussir, je ne sais pas encore comment, mais ça va aller, dit Alarik en caressant la nuque de la princesse pour la calmer.

— De toute façon, nous n'avons pas le choix, si nous voulons avoir des enfants un jour…, murmura Illah.

Alarik s'abstint de tout commentaire. Ils continuèrent à marcher aux côtés de leurs chevaux pendant un moment sans échanger la moindre parole, chacun étant perdu dans ses pensées.

Le soleil demeurait pâle et curieusement immobile. Illah regardait ce ciel sans nuage, presque impossible à décrire, et se demandait comment il pouvait être possible qu'un endroit pareil puisse exister.

L'herbe était haute, si haute qu'à certains endroits, elle arrivait facilement à la taille d'Illah. C'est dans cette herbe sauvage que le premier son audible sur cette étrange terre leur parvint.

C'était une sorte de grognement. Comme si un cochon avait été dans les parages. Alarik cessa de marcher. Illah fit de même. Ils écoutèrent. Le silence se prolongea. Puis le grognement se fit entendre de nouveau, cette fois beaucoup plus près d'eux. Alarik dit d'un ton nerveux :

— Monte sur ton cheval, Illah. Je ne sais pas ce que c'est…

— Toi aussi, tu montes, Alarik, riposta la jeune femme avec vigueur.

— Oui, oui, si tu veux, dit-il en continuant de scruter les alentours.

Le grognement se fit de plus en plus fort, si bien que les chevaux se mirent à piaffer. Illah dut retenir le sien de toutes ses forces. Alarik se mit à tourner en rond autour de la jeune femme en cherchant la provenance de ce drôle de son. L'herbe se mit à s'agiter sur sa droite. Puis se dressa devant eux un petit homme, de la taille d'un enfant, avec une barbe très longue et les cheveux d'un roux vif. Il demanda d'une voix grave et enrouée :

— Qui êtes-vous ? Qu'est-ce que vous faites dans mon champ ?

Illah et Alarik se regardèrent pendant un instant, trop surpris pour répondre à la question du petit homme. Alarik, avec tout le doigté nécessaire, s'inclina respectueusement avant de parler.

— Je vous présente toutes nos excuses pour avoir passé dans votre champ ; pour être honnête, nous sommes perdus et…

— Comment cela, perdus ? riposta le petit homme d'un ton bourru. Comment est-ce possible de se perdre ici ?

— Euh, eh bien, je ne sais pas quoi vous dire, monsieur…

— Je m'appelle Vidir. Je suis le propriétaire de cette terre que vous piétinez sur vos licornes sans corne…

– Pardon, l'interrompit Illah, mais vous venez de dire *licornes sans corne?*

– Oui, je n'ai pas bafouillé, la géante, dit Vidir en s'adressant à Illah.

– Où peut-on trouver une licorne? demanda Illah.

– Êtes-vous sérieuse? Des licornes ici, il y en a partout. Il suffit d'ouvrir les yeux… Remarquez, étant donné que vous ne vous êtes même pas aperçus que vous étiez sur *mes* terres, je ne suis pas surpris que vous ne soyez pas capables de trouver une fichue licorne, même lorsqu'elles sont plus qu'évidentes…

Illah soupira de mécontentement devant l'attitude revêche, voire hostile du petit homme. Elle prit une grande respiration pour être certaine de garder son calme avant de s'adresser à lui.

– Je ne suis pas certaine de vous suivre, Vidir. Je pense que nous sommes partis du mauvais pied et…

– Quel mauvais pied? Vous avez peut-être un mauvais pied, la géante, mais moi, mes pieds vont très bien, bougonna le petit homme.

– Premièrement, je ne suis pas une géante, et deuxièmement, je voulais dire que nous sommes mal partis. Je me présente, je m'appelle Illah, dit la princesse après être descendue de son cheval.

– Tiens donc, la géante a un nom! rigola le petit homme. Je ne me présente pas puisque je vous ai déjà dit mon nom, la géan… désolé, Illah. L'autre là, avec vous, c'est qui?

– Mon mari; il s'appelle Alarik.

– Vous venez d'où, vous deux? demanda Vidir.

– De très loin à l'est, répondit Alarik en rejoignant Illah.

– C'est où, ça, loin à l'est? Je ne suis pas stupide, le grand. De quel coin de pays venez-vous? dit le petit homme d'un ton vindicatif.

– Je suis originaire d'Ébal, dit Alarik, et mon épouse vient de Ganthal.

– Ébal… Ganthal… attendez, ça me dit quelque chose, dit Vidir en se grattant la tête, tout en tripotant le devant de sa salopette verte.

– C'est très loin. Plusieurs semaines de voyage, dit Illah.

– Des semaines? s'exclama Vidir. Mais qu'est-ce qui vous prend d'aller aussi loin? Vous êtes fous?

– Non, dit Illah avec un sourire. C'est une très longue histoire.

– Je vois. Eh bien, puisque vous avez franchi mes terres sans permission, je me dois de vous demander soit de partir tout de suite, soit de me dédommager en me donnant un coup de main.

– Nous sommes pressés…, dit Alarik, vite interrompu par Illah qui dit :

– Nous serions très heureux de vous aider, dans la mesure de nos moyens.

– Bien, votre géant pourrait peut-être m'aider à rentrer les sacs de ma récolte. Il y en beaucoup et ma femme ne peut pas m'aider. Elle est enceinte…

– Ce sera avec plaisir, dit Alarik après qu'Illah lui eut jeté un regard lourd de sous-entendus.

– Suivez-moi alors, et faites attention où vos licornes sans corne marchent, je ne voudrais pas qu'elles abîment mes récoltes.

– Bien entendu, dit Illah en tirant son cheval derrière elle.

Ils marchèrent durant un bon moment. Le champ céda la place à un chemin de terre battue. Les arbres se firent de plus en plus présents. Lorsqu'ils arrivèrent à l'orée d'une petite forêt, ils découvrirent une charmante petite maison de bois, dont la cheminée laissait échapper un épais panache de fumée. Vidir se dirigea vers la maison et entra sans dire un mot, laissant Illah et Alarik seuls. Alarik en profita pour parler à son épouse.

– Nous n'avons pas le temps de donner un coup de main à ce nain, Illah, nous devons faire nos épreuves.

– Je sais que tu as hâte d'en terminer avec tout cela, mais nous n'avons pas eu le temps de faire un minimum de recherche avant notre départ, et ce petit homme semble connaître les licornes. Il serait peut-être possible d'avoir un peu d'aide de sa part. Pour cela, je pense qu'il faut montrer un peu de respect envers lui. Il a l'air, disons assez susceptible. Si tu lui donnes un coup de main, il acceptera peut-être de nous aider à son tour.

— Tu es retorse dans ton genre, dit Alarik en souriant avant d'embrasser tendrement son épouse.

— Retorse ? Non. Prévoyante ? Oui.

Le petit homme revint. Il était accompagné d'une femme encore plus petite que lui, aux cheveux tressés. Son ventre proéminent ne laissait planer aucun doute quant à sa grossesse. Elle avait un joli visage de chérubin souriant. Vidir s'approcha en tenant cette charmante petite personne par le bras et la présenta :

— Voici ma femme, Izel.

— Nous sommes enchantés, Izel, dit Illah.

— Moi aussi, madame, répondit la petite femme d'une voix douce, presque musicale. Mon mari me dit que vous venez de l'est, du Gant... Ganfal..., bégaya la femme.

— Ganthal, oui, dit Illah. Mon mari vient d'Ébal.

— Je sais où cela se trouve, je l'ai appris lorsque j'étais enfant, dit Izel. C'est complètement de l'autre côté du continent. Vous avez fait un très long voyage.

— C'est exact, dit Illah.

— Venez vous reposer un peu. Le travail peut attendre, dit la petite femme en jetant un long regard à son mari, qui baissa la tête, rouge comme une tomate.

— Merci beaucoup, madame, dit Illah en suivant Izel vers sa maison.

Alarik suivit le mouvement avec, sur les talons, Vidir qui bougonnait dans sa barbe.

Illah et Alarik durent se baisser pour passer la petite porte de la maison, conçue selon les dimensions de ses habitants. L'intérieur de la maison était simple et chaleureux. Les pièces étaient divisées selon un modèle circulaire. Des portes en arche ronde délimitaient les différentes pièces. Illah prit place sur une chaise désignée par Izel. Puis, la petite femme regarda Alarik, qui restait plié en deux pour ne pas se cogner la tête au plafond et lui dit :

— Je suis désolée, monsieur, mais je ne pense pas avoir de siège à votre taille. Je crois qu'il va falloir que soit vous restiez debout, soit que vous vous asseyiez par terre, dit la petite femme penaude.

— Je vais m'asseoir par terre, dit Alarik avec un sourire forcé.

— Prendrez-vous une tisane? demanda Izel.

— Avec plaisir, madame, dit Illah.

— S'il vous plaît, appelez-moi Izel et je vous appellerai Illah. Ça me gêne d'entendre *madame* par-ci, *madame* par-là, dit la petite femme.

— Bien sûr, Izel. Le bébé est pour bientôt? demanda Illah.

— Très bientôt. Je me demande d'ailleurs s'il ne devrait pas déjà être là, dit la femme avec un sourire.

— Oh! Est-ce que quelqu'un va venir vous donner un coup de main? demanda la princesse.

— Oh oui! bien sûr. Ma mère va venir. Elle habite le village. Ce n'est pas très loin.

— Il y a un village par ici? s'étonna Alarik.

— Bien entendu, répondit Vidir, toujours de mauvaise humeur. Pour qui nous prenez-vous?

— Euh... je suis désolé, dit Alarik en plongeant le nez dans la tasse de tisane fumante.

— Le village est à une courte distance vers le nord, dit Izel.

— Il y a beaucoup d'habitants? demanda Illah.

— C'est un petit village, et si vous ne savez pas exactement où il est, vous passerez à côté. Il est caché par de très grands arbres, dit la petite femme.

— Intéressant. J'aimerais savoir une chose, Izel.

— Bien sûr, demandez, ma chère.

– Pourquoi le ciel est-il aussi peu lumineux ?

– Oh… eh bien… c'est…

– Femme, tais-toi ! rugit Vidir. Tu vas nous attirer des ennuis.

– Mais… je ne vois pas où est le mal.

– Tais-toi, c'est tout. Ce sont des étrangers. Ils n'ont pas à savoir quoi que ce soit, dit le petit homme.

Illah et Alarik se jetèrent un regard qui en disait long. On leur cachait quelque chose.

Dès que les tisanes furent bues, Vidir fit signe à Alarik de le suivre. Ils sortirent sans un mot. Dès qu'ils furent hors de portée de voix, Izel dit à Illah sur le ton de la confidence :

– Le ciel est devenu comme cela il y a environ une lune. Un grand homme est venu. Il a fait le tour de tous les villages qu'il a rencontrés. Il a dit aux habitants que s'ils voulaient revoir le soleil, ils devraient faire quelque chose pour lui.

– Qu'est-ce qu'il voulait ? demanda Illah, très intriguée.

– Il a demandé de surveiller les étrangers. Un homme et une femme. Il a dit qu'ils seraient jeunes et beaux. Il a dit que si un étranger devait venir sur nos terres, nous devions allumer un bûcher sur une très haute colline. C'est le signal. Ensuite, eh bien, je ne sais pas quoi vous dire. Il a dit qu'il reviendrait et qu'il ferait ce qu'il faut. Si nous obéissons, nous pourrons peut-être sauver nos récoltes et le soleil reviendra. Dans le cas contraire, tout sera perdu et nous finirons par mourir de faim.

– Ouf ! Je vois, dit Illah. Cet homme, à quoi ressemble-t-il ?

– Je ne sais pas, je ne l'ai pas vu. C'est ma mère qui me l'a raconté. Elle a parlé d'un géant. Probablement quelqu'un comme vous ou comme votre mari. Il était vieux et son corps avait l'air… différent. Elle a dit qu'il avait l'air dur et fragile à la fois. Ses cheveux étaient noirs et ses mains avaient des ongles jaunes très longs. Il parlait avec un accent bizarre. Et toujours selon ma mère, ses yeux étaient ce qu'il y a de plus effrayant au monde.

– Que voulez-vous dire ? demanda Illah.

– Ils étaient rouges comme le sang et une drôle de lueur y dansait, comme une flamme de chandelle. Ma mère a dit que lorsqu'elle a vu ses yeux, elle a tellement eu peur qu'elle s'est enfermée chez elle. Et elle a *verrouillé* la porte. C'est très étrange car, par ici, nous ne verrouillons jamais nos demeures. Tout le monde est toujours le bienvenu. Nous n'avons de querelle avec personne.

– Que s'est-il passé ensuite ?

– Eh bien, à ce que j'ai entendu dire, cet homme est reparti, répondit la petite femme.

Illah garda le silence pendant un moment. Elle voulait réfléchir à tout ce qu'elle venait d'apprendre.

La description qu'Izel venait de faire de cet étrange personnage lui faisait penser à l'histoire de Balthazar. Si c'était le même homme… La princesse fut parcourue de frissons. C'était peu probable, mais on ne sait jamais. Balthazar avait parlé d'un mage noir. Et au vu de la couleur du ciel dans ce pays, il n'était pas tellement difficile de comprendre de quel type de magie il était question. Izel dit à Illah :

– Je ne voulais pas vous effrayer. Vous avez l'air terrorisée. Ne vous inquiétez pas. Je sais que vous êtes des étrangers, mais nous n'allumerons pas le bûcher. Je ferai ce qu'il faut pour que mon mari s'abstienne de parler de vous. Toutefois, vous devriez éviter les villages. Je ne peux pas garantir que tout le monde réagira comme nous. Il serait malheureux que vous deveniez, votre mari et vous, la cible de cet étrange homme.

– En effet… murmura Illah. Ce serait extrêmement fâcheux. Izel, lorsque vous avez étudié les royaumes du continent, avez-vous aussi étudié les habitants de ces différents royaumes ?

– Un peu. J'ai surtout étudié l'histoire d'un certain Galaad Constantin et de ses descendants. Pourquoi cette question ?

– Juste pour savoir, dit Illah. Avez-vous déjà entendu parler de la magie ?

– Illah, dit Izel, vous êtes sur les terres des créatures magiques. C'est difficile d'ignorer la magie dans ce contexte.

– Effectivement.

– Pourquoi cette question?

– Eh bien, cet homme dont vous me parliez, je pense que c'est un mage.

– Un mage? Comme ceux qui vivent au sud, à Oèva? demanda Izel.

– Oui et non. Je ne pense pas que ce mage-là vienne d'Oèva. Je pense qu'il vient d'El Allorock.

– El Allorock… El Allorock, ce nom me dit quelque chose. Ce ne serait pas une autre contrée très éloignée?

– Oui, très au sud de Kianah. C'est une péninsule.

– Je connais, oui, bien sûr. C'est encore une terre où il y a des mages, non?

– Oui, mais ce ne sont pas des mages comme ceux d'Oèva. Ils ont été corrompus par le côté néfaste de la magie. Ils pratiquent la magie noire et ils sont très méchants, dit Illah.

– Oh! Mais… dans ce cas… il peut *vraiment* nous faire du mal.

– Si je ne me trompe pas, et j'espère sincèrement me tromper, oui Izel, il peut vous faire du mal, dit Illah d'un ton d'où perçait la peur.

– Je ne sais pas quoi vous dire, Illah, les choses changent, dit la petite femme en caressant son ventre rond. Je pense que ce serait une bonne idée que vous me disiez ce que vous faites ici. Cela m'aiderait à prendre une décision sur ce que nous devons faire.

– Je suis ici à cause de mon mariage, dit Illah.

– Je ne suis pas certaine de comprendre.

– Pour votre bien, Izel, il y a des choses que je ne peux pas vous dire. Par contre, je peux vous dire que si nous ne réussissons pas ce que nous sommes venus faire ici, beaucoup de gens seront en grand danger.

— Ne pourriez-vous pas être plus précise? demanda Izel.

— Disons qu'en dehors de ce que je viens de vous dire, pour mon bénéfice personnel, si j'échoue ici, je ne pourrai jamais avoir d'enfant. Or, je veux des enfants. J'aime mon mari et je veux que nous puissions avoir des petits qui nous ressembleront. Je pense que vous êtes à même de comprendre cette raison très personnelle.

— Oui, je comprends, dit la petite femme avec un soupir. Je ne vais pas parler à mon mari de ce que nous nous sommes dit. J'aimerais que vous repassiez par ici avant votre départ. Comme cela, je saurai que vous ne risquez plus rien. Ainsi, je pourrai lui dire ce dont nous avons parlé sans vous mettre en danger. Et s'il vous était possible de ne pas trop traîner dans ce que vous avez à faire, ce serait vraiment très gentil, car je ne sais pas combien de temps Vidir va pouvoir tenir sa langue.

— Je vous le promets, Izel, dit Illah solennellement.

— Merci.

Des voix masculines se firent entendre dehors. Les deux femmes décidèrent de ne plus aborder ce sujet et se mirent à parler du bébé qui arrivait. Alarik entra dans la maison et dit à l'oreille de son épouse :

— Je sais où trouver les licornes. Vidir me l'a dit. Nous pouvons partir.

— Bien, il vaut mieux ne pas trop s'attarder, lui répondit Illah tout bas.

— Pourquoi? Qu'est-ce qui se passe?

— Je t'expliquerai en chemin, dit Illah.

— D'accord.

Izel arriva avec un petit sac contenant des vivres, qu'elle remit à Illah. La princesse enlaça délicatement la petite femme et lui murmura à l'oreille :

— Merci de votre gentillesse et de nous accorder un peu de temps. Je ne vous oublierai pas.

– Prenez soin de vous, Illah, et de votre géant, lui dit Izel.

Illah sortit de la petite maison avec le cœur lourd. Une peur sourde s'était insinuée en elle et refusait de la quitter. Alarik guida son cheval sur le chemin de terre battue et Illah le suivit sans se faire prier.

Lorsqu'ils furent à une bonne distance de la propriété de Vidir, Illah raconta sa conversation avec Izel. Alarik se montra très inquiet. S'il y avait un mage noir dans le coin, il valait mieux ne pas s'attarder. Il indiqua une étendue d'arbres gigantesques devant eux et dit :

– Les licornes sont dans la forêt que tu vois là-bas. C'est leur territoire. À ce que Vidir m'a raconté, elles sont plutôt gentilles, ces créatures, mais il faut faire très attention de ne pas leur déplaire, car, à ce qu'il paraît, elles peuvent devenir de vraies teignes.

– Nous ferons attention, dit Illah. Le problème, c'est qu'il va falloir en faire pleurer une. Je ne pense pas que nous allons nous faire beaucoup d'amis comme cela.

– Non, effet. Allons-y et finissons-en.

Ils avancèrent prudemment. La pénombre sous ces grands arbres semblait encore plus effrayante. Alarik regardait de tous les côtés à tout moment, comme s'il s'attendait à voir surgir quelque chose devant lui. Illah se contentait de chercher des yeux ce qu'elle pensait être une licorne. Elle n'eut pas à chercher bien longtemps. Lorsqu'ils débouchèrent sur une grande clairière, ils furent stupéfaits de trouver non pas une licorne, mais toute une famille. Elles étaient quatre. Toutes absolument magnifiques. Illah stoppa net son cheval. Alarik lui fit signe de mettre pied à terre. Mieux valait ne pas avoir l'air trop impérieux.

La princesse s'approcha lentement de la famille de licornes. La plus grande des créatures, probablement le mâle, vint vers la jeune femme. Il était d'un brun chatoyant, ses yeux étaient noirs comme la nuit, et sa corne, blanche comme de la neige, luisait comme si elle avait été parsemée de diamants. La créature s'arrêta à la distance d'un homme de la princesse. Elle semblait la jauger. Ses naseaux ne cessaient de s'agrandir et de se rétrécir au rythme de sa respiration. Illah ne bougeait pas. Son cœur battait si fort qu'il couvrait presque entièrement tout autre son. Elle se demandait si le mâle licorne pouvait l'entendre.

Finalement, après un moment qui sembla avoir duré des heures, le mâle licorne fit ce qui s'approche le plus d'une révérence, en avançant sa patte avant droit devant lui et en inclinant la tête presque jusqu'au sol. Illah le regarda, stupéfaite, se demandant ce qu'elle devait faire. Sa surprise ne fit qu'augmenter lorsqu'elle vit les autres licornes faire comme le grand mâle et s'incliner respectueusement devant elle.

Se sentant idiote de ne rien faire, la princesse décida de prendre un risque et elle s'inclina légèrement à son tour. Son geste ne parut pas déplaire au mâle. Il s'avança encore un peu plus près de la jeune femme et glissa son museau dans sa main, comme s'il voulait se faire caresser. Illah fut stupéfaite d'entendre une voix grave, un peu rauque, se glisser dans sa tête comme si on lisait dans ses pensées. La phrase prononcée était simple et claire :

Que faites-vous ici, princesse de Ganthal ?

Illah sursauta malgré elle. Comment pouvait-il savoir qui elle était ? Elle ne savait pas comment lui répondre. Devait-elle répondre à voix haute ou juste penser ce qu'elle devait dire ? La réponse à sa question lui résonna dans la tête : *Je lis vos pensées depuis votre arrivée sur nos terres. Tout ce que vous pensez en ce moment, je le sais et je l'entends.*

Comment savez-vous qui je suis ? demanda mentalement la princesse.

Ce que vous êtes, princesse de Ganthal, est inscrit jusqu'au plus profond de votre être. En lisant vos pensées, il m'était impossible de l'ignorer, lui répondit la voix dans sa tête.

Savez-vous ce que je suis venue faire ici ? demanda Illah.

Oui, je le sais. Je comprends. Vous ne nous voulez aucun mal. Vous devez recueillir nos larmes et, pour cela, vous pensez que vous devrez nous faire de la peine. Il n'en est rien.

Acceptez-vous de m'aider ? demanda la princesse mentalement.

Bien sûr, princesse. J'émets toutefois une condition, lui répondit la voix de la licorne.

Quelle est-elle ? demanda Illah.

Vos bêtes sans corne ne doivent pas aller plus loin sur notre territoire. Elles ne sont pas les bienvenues ici. Prévenez votre compagnon de les éloigner. Mon fils commence à être nerveux. Il aime la bagarre. Je ne voudrais pas qu'il arrive un incident regrettable.

J'y vais de ce pas, dit Illah en s'inclinant avant de se retourner vers son mari.

Alarik avait les traits figés par l'inquiétude. Il ne comprenait pas ce qui s'était passé. Illah lui résuma sa conversation avec le mâle. Le jeune homme comprit tout de suite ce qui se passait et éloigna les chevaux. Illah revint vers le mâle licorne. Elle lui tendit la main. Il y appuya sa joue, puis il lui dit :

Les larmes dont vous avez besoin doivent venir d'une licorne encore pure. Mon fils est bien trop impétueux pour l'être et mon épouse… eh bien, c'est une mère de famille : sa dignité l'empêche de pleurer devant une étrangère, surtout sur commande, dit la voix avec ce qui ressembla à un rire.

D'accord. Je ferai comme vous voudrez, dit Illah.

Ma fille va vous donner ce dont vous avez besoin. Elle est très jeune. Expliquez-lui votre histoire, ou plutôt, laissez-la voir par elle-même. Elle comprendra, c'est une petite très intelligente, dit le mâle.

Je lui ferai voir tout ce qu'elle voudra, acquiesça Illah.

Le grand mâle produisit un hennissement retentissant. La jeune pouliche, blanche comme sa mère, s'approcha docilement de son père. D'autres sons étranges furent échangés entre les deux créatures. Puis le mâle rejoignit celle qu'il avait désignée comme étant son épouse et un jeune étalon marron, qui piaffait avec énergie.

Illah approcha sa main doucement de la jeune pouliche et lui caressa la joue. La pouliche sembla apprécier, car elle poussa doucement sur la main de la princesse pour approfondir la caresse. Le poil de la licorne était plus doux que celui de son père.

Illah n'entendit pas une voix grave résonner dans son crâne, mais un son délicat, comme une douce musique. On aurait presque dit une berceuse pour enfant. Illah se concentra sur ce qu'elle devait montrer à la jeune pouliche. Elle tenait dans sa main libre le contenant qui lui permettrait de recueillir les larmes de la jeune licorne.

Des images passèrent à une vitesse effarante dans l'esprit de la princesse. Elle pensa à son mariage, à la prophétie, à son désespoir de ne pouvoir concevoir un enfant. La pouliche suivit le fil des pensées de la princesse sans aucune réaction apparente. Puis la voix musicale résonna dans son crâne. Elle lui dit :

Il manque quelque chose. Je ressens une impression bizarre. Où est ton compagnon ?

Avec nos chevaux, lui répondit Illah.

Va le chercher. C'est lui qui détient la clé, répondit la douce voix.

Illah se retourna, s'élança en courant vers les bois et trouva Alarik. Il la regardait avec interrogation. Elle lui expliqua ce qui s'était passé. Alarik attacha les chevaux à un arbre et suivit son épouse. Lorsqu'ils arrivèrent dans la clairière, la jeune licorne n'avait pas bougé. Alarik s'approcha lentement, de crainte d'effrayer la jeune et magnifique créature. Illah prit la main de son mari et la posa délicatement sur la joue de la licorne. Alarik sursauta comme s'il avait été frappé par la foudre. Il regarda sa main et la licorne tour à tour. Sans un mot il jeta un regard sur Illah, qui lui sourit pour l'encourager. Il reposa sa main sur la tête de l'animal. La musique qui résonnait dans sa tête le dérangeait. La voix douce de l'animal résonna comme un coup de fouet.

Cesse de me craindre. Je ne te veux aucun mal. Ta femme ignore certaines choses. Mais je sens quelque chose en elle. C'est petit et c'est vivant. Comme elle ne semble pas être au courant, je me suis dit qu'il valait mieux voir en toi, homme d'Ébal. Sais-tu ce qui est en ton épouse? dit la voix douce mais ferme.

Oui, répondit Alarik en pensée.

Dis-moi, homme d'Ébal. Je dois savoir. Je ne pourrai pas vous aider sinon, fit la jeune licorne.

Illah ne doit pas savoir, dit Alarik en baissant la tête.

Elle ne saura pas. Je t'en fais la promesse, assura-t-elle.

Elle est enceinte, confia Alarik. *Elle croit qu'elle ne peut pas avoir d'enfant. Si elle savait, sa vie serait en danger. Celle de l'enfant aussi. Je veux les protéger, mais je ne suis pas certain de savoir comment.*

Alarik se sentit soudain prisonnier de son pire cauchemar. Il ne cessait de voir défiler dans sa tête des images de ce qu'il craignait le plus. Il voyait Illah mourir, l'enfant à naître être pris par des créatures obscures sur lesquelles il n'arrivait pas à mettre un visage ou un nom. L'enfer de ses craintes déferla en lui comme un torrent en crue. La peine qui déchira ses entrailles lui arracha un hoquet de stupeur. La jeune pouliche ne perdit rien du fil de ses pensées et elle fut la première à mesurer l'attachement de jeune homme pour son épouse. Elle comprit que s'il devait arriver quelque chose à la princesse, il ne s'en remettrait pas. Il jouait les braves, mais il était terrorisé à l'idée de perdre celle qu'il aimait avec tant de force qu'il était douloureux juste d'y penser.

La jeune pouliche ne quitta pas des yeux le regard d'Alarik, devenu un abîme sans fond, noir comme de l'encre. Sa souffrance était impossible à maîtriser. La pouliche ne put retenir ses larmes. Tant d'amour et de souffrance dans le cœur de cet homme encore si jeune la blessait, la déchirait. Lorsque les premières larmes coulèrent sur les joues de la licorne, Illah s'approcha le plus doucement possible, évitant d'entrer en contact direct avec elle. Elle recueillit les larmes dans un récipient de verre de la taille d'une grande bouteille.

Lorsque la bouteille fut pleine, Illah la referma et se recula. La licorne pleura encore un peu, puis d'un accord tacite entre elle et Alarik, elle se recula et retourna auprès des siens. Le grand mâle s'approcha et toucha la main d'Illah. Elle entendit la voix grave lui dire :

Partez maintenant. La souffrance de votre époux devient pénible à supporter. Prenez soin de lui, mais surtout de vous, princesse. Cet humain ne survivrait pas s'il devait vous arriver malheur.

Merci de votre aide, dit Illah avant de s'incliner respectueusement devant le grand mâle. Il fit de même avant de retourner vers les siens.

Illah prit la main d'Alarik, qui ne bougeait pas, les yeux perdus dans un monde si sombre qu'il en avait perdu pied. La princesse le guida patiemment vers son cheval. Il sembla retrouver suffisamment de contenance pour monter. Illah suivit le mouvement, mais pour la première fois depuis leur arrivée sur cette terre inconnue, c'est elle qui guida son époux et sa monture.

Tout le long du chemin qui les ramena vers la masure occupée par Balthazar, Alarik ne put prononcer un mot. Il demeurait de pierre, le regard lointain. Illah ne posa pas de question. Elle n'était pas certaine de vouloir savoir ce qui s'était passé avec la licorne.

Il faisait presque nuit lorsqu'ils arrivèrent à la petite maison. Balthazar était assis dehors, comme s'il les avait attendus. Alarik descendit de son cheval et alla s'asseoir sur une pierre, tout près de la falaise.

Illah rejoignit le vieil homme. Elle lui remit le produit de leur première épreuve. Balthazar demanda comment cela s'était passé.

– En fait, pour moi très bien. Pour Alarik, par contre, je ne pense pas me tromper si je vous dis qu'il ne va pas bien du tout. C'est lui qui a obtenu les larmes de licorne. Je ne sais pas comment. Il ne m'a pas dit un mot de tout le trajet de retour, dit la princesse, très triste.

– Je vois. Je vais aller lui parler, dit Balthazar en se levant. Vous devriez aller dormir un peu, princesse. Vous êtes très fatiguée, ça se voit dans votre visage.

– Vous avez raison. Bonne nuit, Balthazar, dit la princesse en se dirigeant vers la petite maison.

– Bonne nuit, et ne vous tracassez pas, je vais m'occuper de votre mari.

– Merci, murmura-t-elle.

Le vieil homme approcha lentement d'Alarik. Puis il posa sa grande main ridée sur l'épaule raide du jeune homme. Ce dernier sursauta un peu, mais son regard resta perdu au loin. Le vieil homme s'assit sur la pierre aux côtés du jeune homme.

Balthazar était un homme patient de nature. Lorsqu'il vit des larmes couler silencieusement sur les joues de son compagnon, il lui dit :

– C'est dur, n'est-ce pas ?

Alarik sembla revenir sur terre à ce moment-là. Il s'essuya les yeux du revers de sa main. Puis il daigna répondre au vieil homme, dont le visage inquiet était masqué peu à peu par la nuit.

– Je... je ne sais pas quoi vous dire, Balthazar. Je savais que ce serait difficile. Tout le monde nous l'avait dit. Ce dont je ne me doutais pas, c'est que ces épreuves allaient mettre au jour des... p... peurs que je ne savais pas avoir.

– Racontez-moi, voulez-vous ? demanda le vieil homme.

– Si vous voulez, murmura Alarik.

Et il lui raconta. Tout. Le vieil homme ne l'interrompit pas. Il attendit patiemment que le récit soit terminé. Il ne fut pas surpris par la nature très spéciale des licornes. Il ne le fut pas non plus lorsqu'il sut ce qui s'était passé dans la tête du jeune homme. Lorsque Alarik se tut, Balthazar garda le silence, pendant un long moment. Puis il dit de sa belle voix grave :

– Alarik, je ne peux pas te promettre que tu ne souffriras plus. Ce serait un mensonge et tu le sais très bien. Ce que tu as vu, ce sont toutes tes plus grandes peurs. Au moins, toi, tu as la chance de savoir que ces peurs existent avant d'avoir à y faire face. Maintenant, tu sais. Peut-être aurais-tu préféré ne pas savoir, mais il est trop tard.

– Qu'est-ce que je dois faire, Balthazar ? Je suis complètement démoli.

– Oh non ! pas de ça, dit le vieil homme d'une voix dure. Tu vas te reprendre tout de suite. Si tu t'écrases à la première difficulté, comment feras-tu pour soutenir ton épouse lorsqu'elle aura besoin de toi ? Je te pensais plus solide que cela, Alarik.

Alarik ne répondit pas, se contentant de baisser la tête par dépit. Balthazar lui prit le bras et se mit à le secouer si fort que les dents du jeune homme se mirent à claquer ensemble. Il se libéra du vieil homme et lui cria :

– Ça suffit ! Qu'est-ce qui vous prend ?

– J'aime mieux ça, au moins tu réagis. Écoute-moi bien, Alarik d'Ébal. Tu vas devoir assumer une grande responsabilité et aussi vivre avec tes peurs. Tu n'es pas un enfant. Soutiens ton épouse. Elle en a besoin. Tu *dois* être fort dans cette histoire. Regarde-moi.

Le jeune homme leva les yeux sur le vieil homme. Les yeux de Balthazar jetaient des éclairs bien visibles sous la lune qui éclairait son visage. Alarik se sentit soudain très mal d'avoir aussi mal réagi.

– Alarik, tu es le père de l'enfant-dragon. Ta vie ne sera *jamais* facile. Soit tu l'acceptes et tu fais ce qu'il faut dès maintenant, soit tu t'écrases et tu laisses la femme que tu prétends aimer de tout ton cœur, se débrouiller toute seule. Choisis. Maintenant ! dit le vieil homme d'un ton rempli de colère.

— Je choisis ma femme. Je choisis de l'aimer, de la protéger et de la soutenir dans les épreuves que nous traverserons, récita Alarik, comme au jour de son mariage.

— Bien. Maintenant, va la rejoindre et repose-toi. Demain sera encore une très longue journée.

— Oui, vous avez raison. Bonne nuit, Balthazar.

— Bonne nuit, Alarick.

Le vieil homme demeura assis sur la pierre à contempler la lune blanche. Soudain une odeur qu'il aurait reconnue parmi mille autres vint lui chatouiller le nez. Il dit de sa voix douce :

— Approche, je sais que tu es là et que tu as tout entendu.

Les arbres se séparèrent pour céder la place à une immense créature dont les yeux vert émeraude brillaient dans la noirceur de la nuit. Ses pas faisaient vibrer le sol sous les pieds de Balthazar. N'importe qui se serait déjà sauvé, mais pas lui, pas l'homme qui connaissait si bien la créature qui approchait. Une voix magnifique et puissante lui dit :

— Belle nuit, n'est-ce pas, mon cher Balthazar ?

— En effet, Galatée, en effet. Que me vaut l'honneur de ta visite ?

— Je suis venue voir comment se passent les épreuves. J'ai senti beaucoup de peur et de désolation dans le cœur du jeune homme.

— Tu ne t'es pas trompée. Ne t'inquiète pas, j'ai fait ce qu'il faut pour le remettre dans le droit chemin, dit Balthazar.

— Tu es sage, humain. Je me demande si l'autre, le jeune homme, n'est pas trop faible pour la tâche qui lui est confiée.

— Il est fort et brave, Galatée. Il ne le sait pas encore, c'est tout, dit Balthazar.

— J'espère qu'il ne tardera pas trop à l'apprendre, dit la dragonne. La balance penche un peu trop du côté du mal en ce moment. Le ciel est très sombre sur la terre des créatures magiques.

— Je sais, Alarik l'a mentionné, répondit Balthazar.

— C'est l'œuvre de Juok, dit Galatée sans laisser paraître la moindre émotion.

— Cela aussi, je m'en doutais un peu. Il ne peut faire sortir le grand mal qu'il a créé d'El Allorock, il doit juste faire quelques mauvais tours, dit Balthazar.

— Ces mauvais tours peuvent avoir des conséquences sur les habitants de cette contrée. Il faut que les parents de l'enfant-dragon accélèrent la cadence. J'ai bien peur que ce mage ne connaisse son existence. Il ne sera en sécurité qu'une fois qu'il sera au monde.

— Je sais, murmura Balthazar.

— Transmets mes paroles à tes protégés, vieil homme. Et lorsque nos jeunes amis se rendront au marais de Sunèv, tu iras avec eux. Je t'y attendrai, dit Galatée.

— Comme il te plaira, ma chère, dit Balthazar en inclinant respectueusement la tête.

— Bonne nuit, vieil ami. Nous nous reverrons bientôt, dit la dragonne avant de déployer ses ailes et de s'élancer dans le ciel nocturne.

Balthazar se leva de son siège et rentra lentement dans la petite maison. Il s'installa confortablement sur son banc de bois et s'endormit aussitôt. Ses rêves furent peuplés de magnifiques dragons qui volaient en dansant dans les cieux.

*

Lorsque le soleil se leva au petit matin, pour une très rare fois, Alarik fut le premier levé. Même Balthazar dormait toujours, assis sur son banc, la tête inclinée sur le côté. Illah ronflait de ce son que personne ne pouvait ignorer. Alarik sortit. L'air était frais. Les oiseaux commençaient leur chant matinal. Le jeune homme se rendit à un petit ruisseau et s'aspergea le visage. Il était parfaitement conscient que son attitude de la veille avait été stupide et inutile. À quoi cela servirait-il de se torturer avec des possibilités contre lesquelles il ne pouvait rien ?

Il ramassa du petit bois en marchant, ce qui lui laissait le temps de réfléchir. La préparation de la prochaine étape était cruciale. Ils devaient se rendre chez les elfes. À sa connaissance, personne n'était jamais allé chez les elfes. Comment se passerait cette rencontre plus qu'incongrue ? Comment seraient-ils reçus par ces créatures mythiques ? Toutes ces questions tournaient en boucle continue dans sa tête.

Lorsqu'il entra dans la masure, il trouva Balthazar en train de préparer le repas du matin et Illah assise sur le bord de la petite couchette, la tête au-dessus d'une chaudière, en train de vomir sans arrêt. Le vieil homme jeta un œil inquiet vers Alarik, qui se précipita vers son épouse. Elle avait le teint blanc comme du lait et se tenait le ventre à deux mains.

Alarik lui demanda :

— Est-ce que tu as pris ton remède ce matin ?

— Oui, bougonna la princesse en se massant l'estomac. Je suis malade quand même. Mais qu'est-ce qui m'arrive ? s'écria-t-elle ensuite.

Personne ne répondit à sa demande. Balthazar dit à la princesse :

— Les elfes connaissent beaucoup de choses et comme ils sont votre prochaine étape, vous pourrez leur demander leur aide. Peut-être sauront-ils mieux vous aider que les mages ne l'ont fait...

— Je l'espère, dit la princesse avant de vomir à nouveau.

Alarik lui caressait le dos en lui répétant des paroles réconfortantes. Il essayait de ne pas paraître inquiet. Il savait, pour avoir entendu les femmes parler lorsqu'il vivait à Ébal, que les maux de cœur étaient courants au début de la grossesse. Il ne savait pas qu'ils pouvaient être aussi violents, par contre. Pour Illah, qui ne savait rien de sa condition, cela devenait un vrai problème, car elle s'inquiétait pour quelque chose dont elle ignorait l'existence. Ce fut difficile pour Alarik de se taire à ce moment-là. Pourtant, il se tut. Il le faisait pour elle, pour son bien.

Illah regarda son mari et lui dit d'une voix épuisée :

— Comment est-ce que je vais supporter le voyage jusqu'à la forêt des elfes ? C'est à des jours d'ici, si je me souviens bien.

— Nous trouverons un moyen, ne t'inquiète pas de ça pour l'instant, lui dit Alarik d'une voix douce.

— Je sais comment vous emmener vers les elfes très vite, mais il va falloir me faire confiance, dit Balthazar.

— Comment ? demanda à l'unisson le jeune couple.

— Je vais demander l'aide d'une amie, dit le vieil homme.

Puis, sans rien ajouter, le vieil homme sortit dans la fraîcheur matinale. Alarik ne put le suivre pour savoir de quoi il parlait, car Illah recommença à vomir en se tordant de douleur, les mains crispées sur son ventre.

Balthazar retourna à la grosse pierre sur laquelle il était assis la veille avec Alarik et sortit, des replis de son vêtement informe, une flûte de bois minuscule. Il la porta à ses lèvres. Pour l'oreille humaine, ce son était inaudible, mais le vieil homme savait très bien qu'il serait entendu. Dès qu'il eut terminé sa mélodie silencieuse, il entendit le bruit caractéristique de grandes ailes qui battent l'air. Il entendit ensuite comme le craquement d'un arbre qui tombe au sol. Puis la magnifique créature aux yeux verts se présenta devant lui.

— Que me veux-tu, vieil homme ? Il est un peu tôt pour aller au marais de Sunèv, il me semble.

— Nous n'allons pas au marais ce matin, ma chère Galatée. J'ai une faveur à te demander, dit Balthazar.

— Dis-moi.

— La grossesse de la princesse la rend très malade, dit le vieil homme.

— Je sais, les mages nous l'ont fait savoir. Ils lui ont donné un remède pour cela, non ?

— Ça ne marche plus, Galatée. Elle est en train de se vomir le corps entier au moment où je te parle. Elle ne supportera pas le voyage vers les elfes sur un cheval. C'est certain, dit Balthazar.

– Je vois. Donc…

– Donc, je voudrais savoir s'il te serait possible de la porter, elle et son mari, jusqu'aux elfes ; ils pourront peut-être l'aider, dit le vieil homme plein d'espoir.

– Je ne sais pas si je peux, vieil homme. La prophétie n'a jamais mentionné qu'un dragon aiderait les parents de l'enfant-dragon à faire leurs épreuves, dit la dragonne.

– La prophétie n'a jamais dit non plus que la mère serait enceinte avant d'avoir terminé ses épreuves. Les circonstances ont changé, Galatée, les règles aussi, dit Balthazar avec conviction.

– Peut-être… murmura la dragonne. Je fais un pacte avec toi, vieil homme.

– Je t'écoute, ma chère amie.

– Je vais aller sur la montagne D'Or consulter mon père. S'il est d'accord, je ferai ce que tu me demandes. Toutefois, s'il est contre, je n'agirai pas dans son dos. Les parents de l'enfant-dragon devront se débrouiller seuls.

– Est-ce que j'ai le choix ? demanda Balthazar.

– Non. C'est ma condition et elle n'est pas négociable. C'est à prendre ou à laisser, dit la dragonne en s'étirant le cou pour se donner un air solennel.

– Bien, dit le vieillard. Si je n'ai pas le choix, je vais attendre ton retour avec l'espoir que ta réponse sera positive.

– Au revoir, Balthazar. Je serai de retour un peu avant le coucher du soleil. Rejoins-moi ici. Je te donnerai ma réponse.

– Bon voyage, Galatée.

La dragonne prit son envol avec force et puissance. Le vieil homme attendit qu'elle disparaisse, puis il retourna à la petite maison, où la princesse dormait à présent. Alarik jetait le contenu du seau derrière la maison, lorsqu'il vit le vieil homme.

— Il faut faire quelque chose, Balthazar. Elle ne peut pas être malade comme cela trop longtemps. Elle va s'affaiblir et…

— Je sais. J'ai fait ce que je pouvais. J'ai demandé une faveur. Nous saurons ce soir ce qu'il en est. Il faut attendre, dit Balthazar.

— Attendre… avons-nous le choix ?

— Je crains que non, dit le vieil homme plus inquiet qu'il ne le montrait.

Ils patientèrent donc toute la journée. Alarik s'occupa d'Illah autant qu'il lui était possible. Il lui faisait boire de l'eau dès que ses spasmes se calmaient, mais elle ne gardait rien. Balthazar entrait et sortait de la maison de façon sporadique, comme s'il venait vérifier quelque chose à l'intérieur avant de disparaître dehors aussitôt.

Alarik trouvait le manège du vieil homme presque drôle. Lorsque Illah s'endormit, il en profita pour espionner un peu le vieillard. Il était assis dehors, sur une grosse bûche de bois, et scrutait le ciel comme s'il attendait de le voir lui tomber sur la tête.

Lorsque le soleil fut en train de disparaître derrière les grands arbres, Balthazar disparut dans la forêt. Alarik le suivit des yeux jusqu'à ce qu'il ne le voie plus. Il aurait bien voulu le suivre, car il était intrigué, mais Illah se réveilla et se remit à vomir aussitôt, ce qui accapara toute son attention.

Balthazar s'installa sur la grosse pierre et attendit. Les battements d'ailes ne se firent pas attendre et Galatée se posa directement devant lui cette fois, sans se soucier le moins du monde des arbres qu'elle détruisait sur son passage. Elle dit au vieil homme :

— Amène-moi à la femme. Mon père est d'accord pour que je les emmène aux elfes. Il faut le faire durant la nuit. Personne ne doit me voir.

— Suis-moi, dans ce cas, dit le vieil homme qui se dirigea le plus vite possible vers la petite maison.

Lorsqu'il fit irruption dans la petite maison, le vieil homme trouva Illah en train de vomir encore une fois. Il dit à Alarik d'un ton impérieux :

— Habille-la chaudement, vous partez vers la forêt des elfes.

— Maintenant ? Mais c'est impossible !! Elle n'arrête pas de vomir, elle ne se tient même pas sur ses jambes ; comment pensez-vous qu'elle supportera un aussi long voyage ? s'écria le jeune homme en colère.

— Le voyage ne sera pas long, dit le vieillard. Fais ce que je te dis sans poser de question.

— Mais…, voulut rouspéter Alarik, interrompu par la voix brisée de son épouse.

— Alarik, s'il te plaît, fais ce qu'il te dit. Je n'en peux plus. Il faut que je voie les elfes et qu'ils m'aident, car je ne pense pas pouvoir supporter cela encore très longtemps.

— D'accord. Allons-y, dit le jeune homme après lui avoir enfilé le gros manteau de fourrure.

— Toi aussi, jeune homme, couvre-toi : il va faire très froid durant le voyage, dit Balthazar.

Le jeune homme fit comme on lui disait en marmonnant des paroles incompréhensibles. Puis, avec la plus grande douceur, il prit Illah dans ses bras. Elle se blottit contre lui. Lorsqu'ils sortirent dans la fraîcheur de la nuit, Galatée les attendait. Alarik sursauta. Il n'avait jamais vu de dragon auparavant. Il resta figé sur place, la bouche ouverte, tellement surpris que lorsque la dragonne lui parla, il ne l'entendit même pas. Balthazar lui balança une grande claque derrière la tête, ce qui le ramena derechef à lui. Il regarda la dragonne avec attention. Elle était grande, très belle et très imposante. Lorsqu'il croisa son regard, il fut saisi. Elle avait les mêmes yeux qu'Illah. Dès cet instant, il ne put que faire confiance à cette immense créature. Illah dormait. Elle ne vit pas la dragonne et ne s'en rendit même pas compte lorsque son mari la déposa sur le cou de leur monture. Il s'installa derrière elle pour la tenir. Puis la dragonne lui dit de sa voix puissante :

— Je ferai mon possible pour ne pas trop vous secouer, mais il vaudrait mieux que tu te tiennes bien.

— Que je me tienne à quoi ? demanda Alarik, complètement décontenancé.

— À ça, lui répondit Balthazar en lui tendant des rênes attachées au cou de la dragonne.

— Je ne te conseille pas d'essayer de me diriger comme un cheval, jeune humain. Tu perdrais ton temps.

— Ça ne me serait même pas venu à l'esprit, dit Alarik encore surpris.

— Bon voyage, jeunes gens, dit le vieil homme. Prenez soin d'elle, Alarik.

— Je vous le promets, Balthazar, dit le jeune homme en serrant Illah un peu plus fort contre lui.

La dragonne prit son envol sans un mot. Alarik faillit être projeté dans les airs par la puissance du déplacement. Puis ce fut le calme ; seul le battement des ailes de la dragonne donnait un léger mouvement. L'air glacial fouetta le visage des passagers avec violence. Ce qui réveilla Illah. Elle murmura de sa voix endormie :

— Ferme la fenêtre, Alarik, j'ai froid.

Puis, elle ouvrit les yeux. Et ce fut comme si le ciel se déchirait. Illah poussa un cri de pure terreur. Elle ne voyait pas le sol, seulement le ciel constellé d'étoiles. Lorsqu'elle aperçut la dragonne sur laquelle elle se trouvait, elle poussa un autre hurlement. La dragonne lui dit :

— Calmez-vous, princesse de Ganthal. Tout va bien. Nous vous emmenons chez les elfes.

Illah regarda Alarik avec les yeux remplis à la fois d'étonnement et de peur. Puis elle dit tout bas :

— Elle parle ! Les dragons parlent ! Est-ce que je rêve ?

— Non. C'est la plus pure des réalités. Tu voles sur le dos d'un dragon.

— Je fais quoi ? s'écria Illah.

Sans donner à son mari le temps de répondre, elle se mit à se tortiller pour voir tout autour d'elle. Elle ne put que constater qu'elle ne rêvait pas et que tout ce qui se passait était bien réel. La panique finit par s'estomper et elle dit à son mari :

– Au moins, nous y serons plus vite. Je pense que je vais essayer de dormir encore un peu, je ne voudrais pas que mes nausées reviennent et que je vomisse sur ce dragon...

– Je ne vous le conseille pas, princesse, en effet, dit la dragonne qui n'avait pas perdu un mot de la conversation.

Illah se camoufla le visage dans le manteau de son mari, qui la tenait toujours serrée contre lui, et elle s'endormit. La dragonne poursuivit sa route vers le nord, où la terre des elfes était située, là où la deuxième épreuve allait commencer.

Il fallut environ deux heures pour arriver à la forêt des elfes. La dragonne avait dû faire de multiples détours pour ne pas attirer l'attention. Elle se posa dans une clairière. Elle dit à Alarik qu'ils se trouvaient dès à présent en plein centre de la forêt des elfes. Le jeune homme ne voyait pas grand-chose étant donné la noirceur. Il déposa Illah par terre, après lui avoir fait une couche sommaire à l'aide de son manteau. Il alluma ensuite un feu, même si la température ambiante était très confortable. La dragonne s'éloigna un peu du jeune couple, tourna en rond sur elle-même comme un chien et s'allongea.

Alarik lui demanda :

– Comment puis-je vous remercier ?

– En me laissant dormir jusqu'au matin. J'ai passé la journée à voyager. Je suis épuisée, dit la dragonne sans se donner la peine d'ouvrir les yeux.

– D'accord. Que ferons-nous si les elfes arrivent cette nuit ?

– Ils ne viendront pas cette nuit, dit la dragonne. Juste au cas où tu ne le saurais pas, jeune homme, la plupart des gens, même les créatures magiques, dorment la nuit. Va te reposer et laisse-moi dormir.

– Bonne nuit, dit Alarik.

– C'est ça, murmura la dragonne qui dormait presque déjà.

171

Alarik s'étendit avec Illah, juste à côté du feu. Il enroula son bras autour de sa taille et il s'endormit en l'écoutant ronfler.

Ce fut la dragonne qui réveilla le jeune couple. Elle les secouait avec son museau aussi doucement que possible. Toutefois, étant donné la taille de la créature et sa force, ce qu'elle pensait être un geste très doux devenait presque un tremblement de terre. Alarik fut sur ses pieds en un rien de temps.

De son côté, Illah ouvrit lentement les yeux. Elle vit le ciel ombragé de la terre des créatures magiques et sut immédiatement qu'elle n'avait pas rêvé la veille. Elle avait bel et bien voyagé sur le dos d'un dragon. Elle se retourna lentement sur elle-même pour voir si la créature était encore dans les parages. Elle poussa un cri à réveiller les morts lorsqu'elle la découvrit à moins d'un mètre d'elle.

Alarik vint immédiatement à côté de son épouse et lui dit pour la rassurer :

— Illah, ça va. Tout va bien. Je te présente Galatée.

— Galatée ? Ce nom me semble vaguement familier, dit la princesse en se levant péniblement.

— Je suis la fille de Fafnir, dit la voix puissante de la dragonne.

— Vous connaissez Balthazar... Oui, ça me revient maintenant, dit Illah dont la tête tournait.

— Vous devriez rester couchée, princesse, dit la dragonne. Vous êtes très pâle. Les elfes vont bientôt arriver.

— Comment le savez-vous ? demanda Alarik, qui aidait Illah à se recoucher.

— Je suis allée les prévenir de votre arrivée, dit Galatée.

— Ne devrions-nous pas essayer de les trouver ? demanda naïvement Alarik.

— Vous pouvez toujours essayer, mais s'ils ne veulent pas que vous les trouviez, vous passerez à côté d'eux sans les voir. Les elfes sont très particuliers. Et au vu de l'état de la princesse, il vaut mieux attendre qu'ils viennent à nous. Ils sauront quoi faire pour l'aider, dit gentiment la dragonne pour rassurer le jeune homme.

– Vous leur avez dit qu'Illah est malade? Ils savent *exactement* ce qu'elle a? demanda Alarik, suspicieux.

– Oui, ils savent tout. Ils feront ce qu'il faut, ne vous inquiétez pas. Les elfes connaissent bien la médecine des hommes et ils ont de grands pouvoirs magiques. Ils n'en font simplement pas étalage. Vous verrez.

– Bien, si vous le dites, dit le jeune homme en jetant un œil à Illah qui s'était allongée, sa tête tournant trop pour lui permettre de garder un certain équilibre.

Les elfes ne se firent pas attendre très longtemps. Lorsqu'ils mirent le pied dans la clairière, même l'air sembla tout à coup différent. Alarik les regarda, fasciné. Ils étaient un petit groupe de dix individus. Ils avaient presque tous les cheveux blonds, très longs, à l'exception du grand homme qui marchait devant tous les autres. Il marchait avec dignité, ses cheveux bruns plus courts lui balayant le visage à chacun de ses pas.

Ils étaient tous très grands, minces, et leur déplacement dans l'air semblait si léger qu'Alarik se demanda s'ils touchaient le sol ou s'ils le survolaient. Ils portaient tous de longs vêtements faits d'un tissu que le jeune homme n'avait jamais vu. Leurs yeux scrutaient les alentours avec curiosité. Lorsqu'ils furent à quelques pas d'Illah, le grand brun s'avança. Lorsqu'il parla, Alarik fut surpris de la douceur de sa voix.

– Soyez les bienvenus. Je suis le roi Sarhaan. Nous vous attendions.

– Je suis Alarik d'Ébal, et voici mon épouse, la princesse Illah de Ganthal. Je pense que vous connaissez déjà Galatée.

– En effet, dit le roi des elfes en jetant un rapide coup d'œil à la dragonne, qui ne bougeait pas de son coin.

Illah essaya de se lever, mais ses jambes se dérobèrent sous elle. Elle tomba lourdement au sol. Alarik se rua vers elle pour la soutenir. Elle était consciente, mais très faible. La jeune femme jeta un regard plein de tristesse aux elfes et leur dit de sa voix faible :

— Je m'excuse de ne pouvoir me présenter comme il se doit devant un monarque, mais je crois que mon corps ne me supporte plus.

— Nous sommes ici pour vous aider, princesse de Ganthal, dit le roi en s'approchant doucement du visage blanc d'Illah. Nous avons emmené notre guérisseur. Il fera ce qu'il faut. Ne vous inquiétez pas.

— Merci, dit Illah dans un murmure.

— Delhakim, aide-la, elle ne va pas bien du tout, dit le roi des elfes d'une voix ferme.

Delhakim, un jeune homme blond et fluet, à l'allure d'un adolescent, s'approcha de la princesse avec empressement. Le roi prit Alarik par le bras et lui dit :

— Venez avec nous, Alarik d'Ébal. Votre épouse est entre de bonnes mains. Delhakim a beaucoup d'expérience.

— Mais il est si jeune ! s'exclama le jeune homme circonspect.

— Ne vous fiez pas aux apparences, jeune humain. Delhakim était notre guérisseur à l'époque de votre grand empereur Galaad Constantin.

— Oh… euh… désolé, je ne savais pas. Vous semblez tous si jeunes, c'est assez… disons surprenant.

— N'est-ce pas ? dit le roi en souriant. Venez, nous allons nous installer sous ce grand arbre là-bas, vous pourrez voir tout ce qui se passe. Cela devrait vous rassurer. Je dois vous parler.

— Faites donc, l'invita Alarik aussi poliment que possible.

Il ne pouvait oublier qu'il s'adressait à un monarque même si ce roi avait l'air d'un adolescent.

— Selon ce que j'ai compris, il y a eu quelques petits imprévus depuis votre union. La princesse porte votre enfant alors que cela devrait être impossible.

– C'est exact. Je ne pense pas que qui que ce soit ait compris ce qui se passait ni pourquoi les choses sont allées aussi vite, dit Alarik, qui ne quittait pas des yeux son épouse.

– Je vais être honnête avec vous, Alarik. Je ne comprends pas très bien non plus, mais je pense que les choses se sont passées ainsi parce qu'il y avait une raison. Kianah est en péril. Peut-être que le danger est plus imminent que nous l'avions d'abord supposé. Nous savons tous que ce qui se passe en ce moment sur le continent est l'œuvre autant d'un tyran que d'un mage noir. Peut-être que la balance de la magie du bien et du mal a agi. Je n'en suis pas certain toutefois, ce ne sont que des hypothèses.

– Allez-vous entrer dans le conflit, Altesse? demanda Alarik.

– Seulement si nous n'avons pas le choix. Tant que le combat reste en dehors de nos terres et que nous ne sommes pas menacés directement, je ne mettrai pas mes sujets en danger. Si la menace devient trop grande, je prendrai les mesures qui s'imposeront. Cela répond à votre question? demanda le roi des elfes.

– Oui. Vous savez sûrement que le ciel obscurci est l'œuvre d'un mage, non?

– Je m'en doutais un peu, dit le roi avec un demi-sourire énigmatique. Les mages noirs ont toujours eu des passe-temps qui sortent de l'ordinaire.

– Un passe-temps? Êtes-vous sérieux? s'exclama Alarik.

– Ne vous inquiétez pas, jeune homme. Ce n'est pas la première fois que les mages noirs essayent leurs petits tours sur nos terres. Ils finissent toujours par laisser tomber, car ils savent que cela ne sert à rien. Ils ne peuvent que faire de petites choses, la plus grande partie de leur magie étant retenue par le marais de Sunèv à El Allorock. La menace n'est pas très grave.

– Et les récoltes? Et la peur des gens, qu'en faites-vous? demanda Alarik.

– Les gens se calmeront lorsqu'ils verront que ce sera sans conséquence.

175

– Lorsque nous étions plus au sud de ce territoire, nous avons rencontré des nains, et eux avaient vraiment peur, dit Alarik.

Puis il raconta au roi des elfes ce qu'ils savaient sur la menace et le chantage dont les nains étaient victimes. Cette nouvelle ne sembla pas perturber le roi des elfes. Il n'était même pas surpris. Il regarda la dragonne, toujours allongée de l'autre côté de la clairière et dit à Alarik :

– La magie est puissante depuis quelque temps. Les mages noirs doivent sentir que quelque chose de très fort se prépare. Ils se doivent de réagir, il en va de leur mode de vie, comme il en va de tous les modes de vie de toutes les créatures de Kianah. C'est normal, de défendre ce qui nous tient à cœur, même si dans certains cas, c'est au détriment des autres. Ce n'est pas la première fois qu'il se passe des choses qui sortent un peu de l'ordinaire ici ; nous allons vivre avec, comme nous l'avons toujours fait. Il serait dommage pour les nains qu'ils perdent leurs récoltes, je le reconnais ; toutefois la vie continuera. Les nains ont connu bien pire. Et s'ils cèdent au chantage du mage noir, ils connaîtront encore pire que cela.

– Je vois. Savez-vous pourquoi nous sommes ici, à l'exception de l'état de santé de mon épouse ? demanda le jeune homme.

– Oui, Alarik d'Ébal, je suis au courant de vos cinq épreuves. Je sais ce que vous voulez. Nous nous occuperons de cela lorsque notre guérisseur soignera votre épouse.

– Bien entendu, dit Alarik avec respect.

L'apparente jeunesse du monarque rendait Alarik nerveux. Il avait tendance à oublier que l'elfe était beaucoup plus vieux que lui. Il reporta son attention sur son épouse. Le guérisseur lui faisait boire une potion qui fit grimacer la jeune femme. Alarik sourit devant la mimique de son épouse. Puis il tourna son attention vers le roi des elfes qui commença à lui raconter une vieille légende de son peuple. Alarik écouta patiemment l'histoire du monarque en laissant son esprit vagabonder.

Illah se laissait docilement soigner. Elle n'avait pas le choix ; ses forces l'avaient abandonnée il y avait déjà un moment. Elle fixait son regard sur le jeune elfe qui prenait soin d'elle. Il avait l'air plus jeune que son frère, même si ce n'était bien entendu pas le cas.

La princesse laissa son esprit vagabonder pendant que des mains agiles massaient doucement son abdomen pour le soulager des tensions dues aux vomissements. Puis un autre breuvage à l'aspect douteux fut porté à ses lèvres. La couleur verte et l'odeur répugnante firent grimacer la jeune femme. Un seul regard sévère et contraignant de la part de l'elfe soigneur convainquit toutefois Illah de boire sans rechigner. Le goût était aussi terrible qu'elle l'avait craint, mais elle avala toute la boisson sans broncher. Puis l'elfe lui dit de sa voix musicale et douce :

— Vous ne serez plus malade à présent, princesse. Nous allons vous laisser dormir, et demain matin, vous serez sur pied comme si rien ne s'était passé. Vous devrez ménager vos efforts pendant quelque temps et vous reposer dès que cela sera possible.

— Promis, dit la jeune femme en fermant les yeux.

— Je vais rester avec vous jusqu'à demain matin. Il se peut que vous vous réveilliez cette nuit. Si ce devait être le cas, je vous redonnerai une potion qui vous fera du bien. Il se peut aussi que vous ayez un peu de fièvre.

— C'est rassurant, ironisa Illah.

— Ne vous inquiétez pas, princesse, dormez. Demain, vous irez mieux, je vous le promets.

Déjà Illah sombrait dans un profond sommeil. Le jeune elfe demeura à ses côtés comme il l'avait promis. Alarik vint s'installer près d'elle, mais ne la toucha pas, sur les recommandations du guérisseur. Le jeune homme grogna un peu devant cette exigence, mais ne dit rien. Il s'allongea et s'endormit, lui aussi.

*

Au petit matin, alors que l'air était encore lourd et chargé de l'humidité de la nuit, Illah ouvrit les yeux. Elle ne bougea pas tout de suite, attendant de voir si ses nausées étaient bel et bien parties. Constatant que rien ne venait, elle se leva avec de multiples précautions. Elle vit que son mari dormait à poings fermés non loin d'elle. Elle aperçut aussi le jeune elfe guérisseur, qui dormait lui aussi, roulé en boule à même le sol. Elle chercha du regard les autres elfes. Elle les repéra non loin d'eux, tous allongés sur le sol, sous un grand arbre, profondément endormis. La princesse fut soulagée de constater qu'elle était la seule réveillée. Son soulagement fut de courte durée. Elle entendit un profond soupir derrière elle, le genre de respiration que seul un très gros animal pourrait produire. La princesse se retourna et tomba presque nez à nez avec Galatée. La dragonne la regardait de ses immenses yeux vert émeraude. Illah s'approcha lentement de la majestueuse créature. Puis elle lui murmura :

— Vous êtes magnifique ! C'en est presque choquant.

La créature émit un son qui ressemblait presque à un rire. Puis elle dit à la princesse :

— Je vous remercie, Altesse. Venant de la mère de l'enfant-dragon, c'est un compliment. Comment vous sentez-vous aujourd'hui ?

— Bien. Bizarrement, je suis en pleine forme. Et j'ai faim, dit Illah avec conviction en regardant autour d'elle pour trouver les sacs de nourriture.

— Les elfes ne vont pas tarder à se réveiller, Altesse. Ils vous nourriront, dit la dragonne avec humour.

— Je l'espère, répondit la princesse.

— Princesse, vous souvenez-vous de ce que vous êtes venue faire ici ? demanda Galatée.

— Oui. Je viens chercher une épée pour mon enfant.

— Exact. Les elfes vous la remettront en main propre. Ensuite, vous monterez sur mon dos et nous retrouverons Balthazar. Et je pourrai rentrer chez moi.

— Votre montagne vous manque? demanda Illah.

— Oui, beaucoup. Que savez-vous des dragons, princesse?

— Pas grand-chose, en fait. Seulement que vous vivez sur la montagne D'Or et que vous avez un grand rôle à jouer dans la prophétie dont je fais partie. Balthazar m'a parlé de vous évidemment, mais pas suffisamment pour bien connaître votre monde ni qui vous êtes, dit la princesse sur un ton d'excuse. De plus, j'aimerais vous remercier de nous avoir emmenés ici, Galatée. Sans vous, je ne sais pas comment nous aurions fait. J'étais si malade… je ne comprends pas pourquoi, d'ailleurs. Je n'ai pratiquement jamais été malade de ma vie. C'est frustrant. Je ne comprends pas ce qui m'arrive.

— Vous comprendrez tôt ou tard, dit la dragonne dans un murmure à peine audible. J'aimerais vous expliquer certaines choses, Altesse, si vous le permettez. Car sachez que si vous ne m'avez rencontrée pour la première fois qu'il il y a peu de temps, nous nous reverrons. Votre destin, le mien et celui de l'enfant-dragon sont intimement liés.

— Je ne suis pas certaine de vous suivre, dit Illah.

— Je ne peux pas trop en dire. J'en suis désolée. Sachez toutefois que vous pourrez toujours compter sur moi.

— Merci, dit la princesse.

— Voulez-vous savoir pourquoi j'ai besoin de retourner à la montagne? demanda la dragonne.

— Oui, bien sûr.

— Eh bien, si vous avez entendu certaines histoires sur les dragons, vous avez sûrement entendu celles qui parlent de notre besoin d'un lit d'or pour dormir.

— En effet, il me semble avoir entendu cela lorsque j'étais enfant, dit Illah.

— C'est en partie vrai. Ce n'est pas un lit d'or à proprement parler qu'il nous faut, mais de l'or, tout simplement. Nous dormons n'importe où, mais tôt ou tard, nous devons dormir sur de l'or, sinon nous perdons notre force, notre énergie et notre puissance. C'est la première fois que je ne dors pas chez moi, dit la dragonne, qui semblait gênée de le dire. Le sommeil est une nécessité pour nous. Il nous permet de refaire le plein d'énergie, mais pas de la même façon qu'un humain. Vous avez besoin de repos, nous avons besoin de nous... Je ne sais pas très bien comment le dire. Disons simplement que si nous passons trop de temps sans dormir, nous perdons notre magie. Si cet état devait durer très longtemps, cela finirait par nous être fatal. C'est notre point faible.

— Il fallait bien que vous en ayez un, dit Illah avec un sourire. Comment faites-vous pour vous déplacer sur de très longues distances ?

— Nous emportons un peu de notre demeure avec nous lorsque nous n'avons pas le choix. C'est assez complexe, et je ne crois pas avoir le droit d'en parler avec un humain, je m'en excuse.

— Je comprends et je respecte cela, Galatée. Vous êtes des créatures de légende. Pour que cela reste ainsi, vous devez garder un peu de mystère. C'est normal.

— Princesse, je crois que nous avons réveillé les elfes, dit la dragonne en pointant du museau derrière Illah. Ils semblent attendre quelque chose. Vous devriez aller les rejoindre. Je ne bougerai pas d'ici.

— D'accord.

Illah voulut rejoindre les elfes, mais elle s'arrêta d'abord pour réveiller son mari qui ronflait encore. Elle le secoua vigoureusement. Il sursauta, regarda son épouse, tout surpris de la trouver si près de lui et en si bonne forme.

— Qu'est-ce qui se passe ? Tu vas bien ? Tu es encore malade ?

— Non, je vais très bien. Les elfes sont de très bons guérisseurs. Il faut que tu te lèves maintenant. Je pense qu'on nous attend, dit la princesse en désignant la délégation d'elfes qui se tenaient immobiles telles des statues d'albâtre, à l'orée des bois.

Alarik fut sur pied en un rien de temps. Il suivit Illah vers les créatures magiques si magnifiques qui les attendaient. Illah s'arrêta à une distance respectable des elfes et fit une profonde révérence. Puis de sa voix claire et d'un ton formel, elle se présenta.

— Je suis la princesse Illah de Ganthal, fille du roi Ondier et de la reine Iza-Mel. Je me présente à vous officiellement ce matin, puisque je n'étais pas en état de le faire avant. Je tiens à vous remercier pour votre aide. Je me sens très bien à présent.

— Princesse de Ganthal, dit le roi des elfes en avançant vers elle, je suis Sarhaan et comme je vous l'ai dit hier, je suis le roi des elfes.

— Majesté, dit Illah, je suis ici avec mon époux, Alarik d'Ébal, parce que j'ai une requête à formuler.

— Faites donc, princesse, l'invita le monarque.

— Roi Sarhaan, je suis ici en tant que future mère de l'enfant-dragon, l'enfant de la prophétie. Je viens vous réclamer l'épée qui a été forgée par votre peuple, l'épée que mon enfant tiendra dans ses mains lors de la grande bataille pour la victoire du bien sur le mal.

— Princesse Illah de Ganthal, commença le roi dont les prunelles étaient devenues deux fentes noires opaques, c'est avec respect que je vais vous remettre ce que vous me demandez. Sachez que seul l'enfant-dragon pourra utiliser cette arme pour faire la guerre. Si un autre humain l'utilisait pour prendre une vie, il se figerait à jamais dans la pierre. Me suis-je bien fait comprendre?

— Oui, Altesse, absolument, dit Illah, fixant les prunelles noires du roi des elfes.

— Bien, dit le roi dont les yeux étaient redevenus normaux. La requête de l'arme devait être faite par vous, princesse, mais c'est votre époux qui doit prendre l'épée. Vous ne pourrez toucher à cette arme qu'après avoir mis l'enfant-dragon au monde. Avant, cela vous est interdit. Les règles de mon royaume ne me permettent pas de vous expliquer pourquoi.

— Très... très bien, bégaya Illah.

— Alarik d'Ébal, présentez-vous devant moi, ordonna le roi des elfes.

— Oui, Altesse, dit le jeune homme en s'avançant vers le monarque.

— Prenez cette épée, père de l'enfant-dragon. Elle a été forgée par nos soins et porte le nom de Gragdar, qui signifie «pour toujours» dans notre langue. Dès à présent, Gragdar est entre vos mains et sous votre responsabilité. Prenez-en soin, Alarik d'Ébal. Trop de choses dépendent de cela, dit le roi d'un ton presque désespéré.

Alarik prit la magnifique épée dans ses mains. Il la détailla du manche à la pointe.

Elle brillait dans la lumière blafarde du soleil intentionnellement masqué par la magie. Le pommeau sculpté avec soin était une tête de dragon, dont le corps faisait la poignée et les ailes recourbées, la garde. La lame, gravée d'inscriptions que le jeune homme ne pouvait lire, étincelait de mille feux. Un jeune elfe remit à Alarik un fourreau d'argent sculpté, lui aussi, de dragons magnifiques. Alarik inséra l'épée à l'intérieur et la fixa à sa ceinture, du côté où il ne portait pas d'arme. Le roi des elfes dit alors de sa belle voix :

— Maintenant que tout a été fait dans les règles, nous allons partager tous ensemble un bon repas. Après vous pourrez partir.

— Merci, Majesté, dirent en chœur Illah et Alarik.

— Ce n'est rien, venez, dit le roi qui invita d'un geste de la main les deux jeunes gens à le suivre.

Le repas fut un délice, même si la majorité des aliments étaient inconnus de la princesse de Ganthal et de son époux. La conversation fut légère et amusante. Le roi semblait avoir toujours quelque chose d'intéressant à dire. Illah l'écoutait tout en dévorant tout ce qui lui tombait sous la main. Alarik écoutait d'une oreille distraite, trop content de regarder son épouse manger avec appétit.

Un jeune elfe fit un commentaire dans la langue des elfes, qui fit rire le monarque. Alarik l'interrogea. Le roi lui dit :

— Mon fils me dit qu'il se demande où votre épouse met toute cette nourriture, elle est si menue qu'elle doit avoir une réserve cachée.

Alarik éclata de rire, lui aussi. Illah ne parut même pas s'en occuper, trop accaparée par toute la nourriture qu'on lui offrait.

Le temps des adieux vint trop vite au goût du jeune couple qui se sentait à l'aise avec ces merveilleuses créatures. Le roi ne leur laissa pas le temps de s'épancher et les salua poliment avant de se retirer dans la forêt avec sa suite. Le jeune couple se dirigea vers la dragonne, qui n'avait pas bougé de sa place, comme elle l'avait promis. Alarik installa son épouse aussi confortablement que possible, puis il monta sur le dos de la monture, juste derrière Illah. Puis, il passa ses bras autour de la princesse, attrapa les rênes, qui ne servaient pas à grand-chose, et dit à la dragonne :

— Rentrons, s'il te plaît, Galatée. La vraie lumière du soleil me manque.

— C'est parti. Tenez-vous bien.

Puis la dragonne, d'une forte poussée de ses pattes arrière, sauta dans les airs. Ses ailes prirent le relais à ce moment, et c'est avec le vent de l'altitude qu'Alarik et Illah retournèrent vers la petite masure, là où Balthazar les attendait.

*

Le vieil homme regardait en bas de la falaise, confortablement assis sur son siège de fortune constitué d'une grosse pierre et rendu confortable avec une épaisse couverture pliée avec soin.

Lorsqu'il était seul, l'esprit du vieil homme prenait le temps de se reposer. Il pensait à l'époque où il avait été père de famille, à ces moments heureux, au sourire de sa fille, aux yeux de sa femme.

Lorsqu'il se concentrait bien, il lui arrivait même quelquefois d'entendre leurs rires. Il chérissait ces précieux souvenirs, même si, chaque fois qu'il pensait à elles, son cœur souffrait comme s'il lui avait été arraché. Mais aucune souffrance ne pourrait démolir son désir de ne jamais oublier ces visages, ces sourires et tous ces merveilleux moments qu'ils avaient vécus ensemble tous les trois, il y avait de cela si longtemps.

Les battements d'ailes lui parvinrent bien avant qu'il puisse voir la dragonne.

Cette dernière se posa à son emplacement habituel, faisant encore tomber quelques jeunes arbres au passage, ce qui arracha un bref sourire à Balthazar. Le vieil homme s'approcha des arrivants. Illah souriait de toutes ses dents. Elle était échevelée, un peu rouge, mais semblait proche de l'euphorie. Elle dit au vieil homme dès qu'elle le vit :

— C'est incroyable ! Voyager sur le dos de Galatée est la plus merveilleuse chose qui m'ait été donnée de faire dans toute ma vie. C'est si…, bafouilla-t-elle en cherchant ses mots tant elle était excitée, c'est si extraordinaire ! Si je le pouvais, je passerais toutes mes journées sur son dos.

— Heureuse que cela vous ait plu, Altesse, dit la dragonne.

— C'est dommage que je n'aie pas pu profiter autant du voyage à l'aller, poursuivit Illah. Je suis partante pour un autre voyage comme cela quand vous voulez, Galatée.

— J'en prends bonne note, Altesse, dit la dragonne, amusée.

— Avez-vous réussi votre deuxième étape ? demanda Balthazar dont le visage avait retrouvé son sérieux coutumier.

— Oui, dit Alarik. Je porte en ce moment Gragdar sur moi. Je vais déharnacher notre chère Galatée et vous la remettre.

— Bien, dit le vieil homme. Galatée, je te remercie de ton aide. Je pense que tu dois avoir envie de rentrer chez toi, à présent.

— En effet, dit la dragonne ; si vous avez besoin de moi, jouez ma musique, je viendrai aussi vite que possible.

— Merci. Va te reposer. Tu dois en avoir besoin, dit Balthazar, en caressant le museau de la dragonne.

— En effet, j'ai bien hâte de dormir chez moi, dit finalement la dragonne en faisant ce qui ressemblait à un clin d'œil à Illah, qui lui répondit par un sourire.

La dragonne s'envola dès qu'Alarik eut terminé de lui enlever le harnais. Ensuite, ils se dirigèrent vers la petite maison dont la cheminée laissait échapper un mince filet de fumée. Illah se laissa tomber sur la petite couche qu'elle partageait avec son époux. Ses yeux brillaient comme un soleil. Elle avait *adoré* son voyage à dos de dragon. Elle rêvait tout éveillée à présent, un sourire béat sur le visage.

Alarik profita de l'inattention de son épouse pour remettre l'épée à Balthazar. Il la sortit lentement de son fourreau et la regarda attentivement. Alarik raconta à Balthazar d'une voix basse tout ce qui s'était passé chez les elfes. Le vieil homme écouta attentivement, puis dit :

— Je vois… Nous devrons être très prudents.

— En effet. Les règles sont claires, dit Alarik.

— Nous allons faire ce qu'il faut, mon cher, ne vous inquiétez pas, dit le vieil homme. Maintenant, venez manger un morceau avec moi.

Le vieil homme se leva et lui servit un bol d'une bouillie fumante et à l'odeur très alléchante. Illah ne bougea pas de sa place, trop béate de son voyage et pas affamée du tout, vu ce qu'elle avait avalé avec les elfes.

Les deux hommes mangèrent en silence, chacun réfléchissant à la suite des événements. Même si leurs cerveaux respectifs analysaient la situation de façon différente, leurs pensées se rejoignaient sur un point : qu'est-ce qui pouvait encore leur arriver ?

CHAPITRE 8

En ce beau matin de fin d'automne, sur le champ de bataille, de bien sombres pensées tourmentaient le roi. Il n'avait pas dormi de la nuit. Cela devenait de plus en plus fréquent ces derniers temps. Il passait ses nuits à arpenter la tente de long en large. C'était devenu une vilaine habitude, si bien que son aide de camp demanda à dormir autre part. Le roi avait accepté, comprenant que ses activités nocturnes empêchaient le pauvre homme de dormir.

Le roi relut encore une fois la lettre de son fils qu'il tenait à la main. Il ne comprenait pas ce que Mika essayait de lui dire. La lettre était courte, pas très claire, pleine de sous-entendus. Le manque de sommeil commençait à se faire sentir chez le roi de Ganthal, qui avait de la difficulté à mettre ses idées en place.

Il reprit la lettre depuis le début une fois de plus. L'écriture de Mika était petite, quoique plutôt nette, mais les yeux du roi n'étaient plus ce qu'ils étaient. Il dut donc plisser les yeux pour bien saisir ce qui était écrit.

Mon cher père,

J'espère que ce courrier vous trouvera en bonne santé. Je vous écris pour vous informer de ma visite dans les plus brefs délais. Je dois vous entretenir d'un sujet qui, je le crois, vous intéressera au plus haut point. Je ne peux malheureusement trop en dire dans cette missive, puisque, bien que j'aie entièrement confiance en mon messager, il peut toujours lui arriver malheur. Sachez, père, que je me suis joint à Grégoire, notre invité, et qu'ensemble nous avons fait plusieurs recherches. Nous pensons avoir trouvé, en partie du moins, la réponse à une question que vous vous posez depuis un certain temps déjà. Je vous expliquerai plus en détail dès mon arrivée.

Toutefois, je vais vous dire ceci, père : comme vous me l'avez dit si souvent, la lecture peut se révéler une source d'informations inépuisable face à une situation qui, jusqu'à tout récemment, demeurait incompréhensible.

Je vous imagine bien en ce moment, vous devez avoir mille questions en tête. Je vais y répondre, je vous le promets. Je vous demande seulement de ne pas faire d'attaque importante contre le Zythor. Les derniers rapports que vous avez fait parvenir à mère allaient en ce sens. Ayez confiance en moi, père, et attendez, s'il vous plaît. Vous ne le regretterez pas.

Prenez soin de vous,
Votre fils bien-aimé,
Mika

Le roi fixa le courrier pendant plusieurs secondes. La demande de son fils arrivait au pire moment. Les généraux étaient tous tombés d'accord sur une attaque des premières défenses de Zythor, sur la rive opposée du fleuve Taïka. Il était temps selon eux de prendre une revanche.

Le roi Ondier avait, bien entendu, un droit de veto sur toutes les décisions qui se prenaient en ce qui avait trait à la guerre. S'il le voulait, il pouvait très bien interdire aux généraux d'attaquer, mais il lui coûtait de le faire. Il était d'accord avec eux : il fallait donner une petite leçon à Trévor. La décision était très difficile à prendre, et le roi ne disposait pas de beaucoup de temps pour réfléchir. L'attaque était prévue dans les deux jours à venir.

Cela donnait le temps à son fils de venir le rejoindre. Ondier laisserait l'armée se préparer pour l'attaque, mais la retiendrait pendant ces quelques jours. Si l'idée de Mika était mauvaise, rien n'empêcherait le roi de donner l'assaut.

Le roi se sentit légèrement soulagé. Suffisamment pour faire une petite sieste. Il s'allongea sur sa couche et ferma les yeux. Il ne put cependant se laisser aller au sommeil dont il avait tant besoin. Un jeune soldat entra dans la tente, essoufflé et rouge, et cria au roi :

— Majesté, on nous attaque !

Le roi fut debout en un rien de temps. Il remit la ceinture à laquelle était suspendue son épée et sortit en trombe de la tente. Le froid extérieur lui fouetta le sang. L'envie de sommeil était, dès à présent, chose du passé. Ondier se rua aussi vite que possible sur le mur de pierre, armé et protégé par l'invention de son fils. Le roi comprit, en arrivant au sommet du mur, ce qui se passait. Des soldats de Zythor débarquaient en masse sur le rivage et se ruaient en hurlant, l'épée brandie. Le roi ordonna aux archers de tirer à volonté. Les deux cents arcs se bandèrent presque d'un seul mouvement gracieux. Les flèches décollèrent et sifflèrent dans l'air avant de retomber dans la foule ennemie qui avançait. Les cris des soldats ennemis qui étaient touchés se mirent à résonner comme une musique macabre.

Curieusement, les soldats ne venaient pas avec des échelles pour surmonter le mur de pierre. Ils couraient comme des déchaînés jusqu'au mur pour ensuite le longer par les côtés. Le roi ne mit qu'une seconde à comprendre et s'écria :

– Ils vont essayer de prendre les côtés! Bloquez les accès est et ouest sur-le-champ! Personne ne doit passer. Et tuez ces hommes qui utilisent notre muraille pour se protéger.

Les archers furent remplacés par des soldats transportant des pierres. Ils se mirent à faire pleuvoir ces pierres sur la tête des hommes qui se trouvaient en dessous d'eux. Plusieurs tombèrent assommés, d'autres eurent le crâne fracassé sur-le-champ. Les corps se mirent à s'empiler. Les soldats ennemis ne cessaient de débarquer et continuaient de s'agglutiner le long du mur. Ils n'essayaient même pas de se protéger des flèches ou des pierres. Ondier remarqua aussi qu'ils étaient très peu vêtus pour la saison et que leurs armes semblaient en mauvais état. Il ne comprenait pas pourquoi Trévor envoyait autant d'hommes à la mort sans but précis. Il se mit à scruter le large. Ce qu'il vit le stupéfia.

Les bateaux qui avaient emmené les soldats de Zythor repartaient sans attendre le retour de leurs hommes. Ils allaient rejoindre des navires plus grands qui mettaient toutes voiles dehors et filaient vers la grande mer.

Ondier ne comprit pas. Que signifiait ce stratagème? Lorsqu'il ne resta presque plus personne devant le mur, le roi ordonna de cesser le tir. Il envoya une compagnie rechercher des survivants pour les interroger.

Les généraux regardaient la marée de corps empilés au pied de la muraille avec stupeur. Ils ne comprenaient pas non plus ce qui venait de se passer. En très peu de temps, environ une centaine d'hommes avaient été tués.

La compagnie de soldats qui était partie à la recherche de survivants revint très vite. Le sergent responsable dit au roi:

– Majesté, je suis désolé, mais les quelques survivants que nous avons trouvés se sont donné la mort dès que nous les avons approchés. Il ne reste personne en vie.

– Évidemment! grogna le roi, dont la colère faisait saillir les veines sur le front.

– Majesté, dit un archer, puis-je parler franchement ?

– Vas-y, dit le roi sans le regarder.

– Cette attaque n'en était pas une, j'en suis certain.

– C'est une évidence, jeune homme, répondit le roi d'un ton sec avant de se retourner et de s'en aller. Le jeune soldat le retint en lui disant :

– Ils ne voulaient pas se battre, ces gens, Majesté !

– Ah oui ? Et comment sais-tu cela ? Tu leur as parlé, soldat ? se moqua le roi dont la colère commençait à poindre dangereusement.

– Oui, Majesté, dit le jeune homme d'un ton assuré.

Le roi se retourna et fit face au jeune archer. C'était un très jeune homme, presque un enfant, aux cheveux roux vif et au visage couvert de taches de rousseur. Lorsqu'il vit le roi s'approcher de lui à grands pas, les traits durs, il riva son regard au sol et se mit à rougir jusqu'à la racine des cheveux. Les autres soldats aux alentours se mirent à glousser en silence. Le roi leur jeta un regard noir qui les rabroua aussi sec. Puis il dit au jeune archer :

– Tu prétends avoir parlé à ces hommes ? Est-ce bien ce que tu me dis ?

– Oui, Majesté, répondit le rouquin sans lever les yeux.

– Tu es un archer, tu aurais dû être trop occupé dans la dernière heure pour avoir le temps de bavarder avec l'ennemi, dit le roi.

– En fait, Majesté, je ne suis que deuxième remplaçant de l'archer le plus à l'ouest du mur. Même lors d'une attaque, je n'ai pas grand-chose à faire, dit le jeune homme de sa voix juvénile.

– Je vois. Et tu prends le temps de bavarder…, murmura le roi.

– En fait, Majesté, je n'ai pas vraiment bavardé, dit le jeune homme d'une toute petite voix presque inaudible.

– Explique-toi, archer, tu m'égares. Tu me dis que tu as parlé à ces soldats ennemis et, maintenant, tu dis que non. Je ne te comprends pas.

– En fait, Majesté, lorsque vous avez donné l'alerte de l'invasion par les côtés, je suis descendu du mur et…

— Tu as quoi ? s'écria le roi en colère.

— Euh… eh bien… euh… je suis descendu du mur, Majesté, dit le jeune homme en piétinant le sol nerveusement. Je connais un endroit à l'autre bout de l'enceinte, là où la forêt et la falaise devraient nous servir de rempart. J'y vais souvent, Majesté, pour réfléchir. Donc, lorsque l'attaque a commencé et que vous avez ordonné de protéger les côtés, je me suis glissé à cet endroit. J'avais peur qu'un soldat ennemi ne passe par là. C'est un point faible, Majesté. J'en ai parlé à mon sergent lorsque je l'ai découvert, il m'a dit de me mêler de mes affaires, mais je m'égare… Donc, je suis allé à cet endroit. Il n'y a pas beaucoup d'espace, Majesté. Un homme de votre stature ne pourrait pas passer par là. Moi, je suis petit et fluet, je me faufile partout. Lorsque je suis arrivé à la petite saillie où je vais m'asseoir, j'y ai trouvé deux jeunes garçons, presque des enfants, maigres et sales, vêtus de haillons, armés d'épées tellement émoussées qu'elles n'auraient même pas coupé du beurre. Ils tremblaient de tous leurs membres. J'ai bandé mon arc pour les tuer avant qu'ils décident de s'en prendre à moi. J'étais seul, ils étaient deux. Mais lorsqu'ils m'ont vu faire, ils se sont mis à hurler et ils ont lancé leurs épées en bas de la falaise, au-delà des arbres. J'ai arrêté mon geste avant de tirer. Puis je leur ai demandé ce qu'ils faisaient là. Ils m'ont répondu qu'ils attendaient la nuit. J'ai demandé pourquoi. Ils ont dit qu'ils essaieraient de rentrer chez eux à la nage. Je ne comprenais pas. J'ai demandé pourquoi ils n'attaquaient pas comme les autres. Ils m'ont dit : « Pour quoi faire ? Ce n'est pas une vraie attaque. Nous ne sommes ici que pour mourir. On nous a enlevés de force sur notre ferme et mis sur un bateau qui nous a amenés ici. Nous sommes des fermiers, rien de plus. Nous ne voulons pas nous battre ni faire la guerre. Nous voulons seulement rentrer chez nous et revoir notre mère. » Ensuite, ils se sont mis à pleurer. Je ne suis pas arrivé à leur faire dire quoi que ce soit de plus.

– Qu'as-tu fait d'eux, archer? demanda le roi, plus calme à présent.

– Je les ai attachés à un arbre, sur le bord de la falaise. Puis je les ai laissés là et je suis venu vous voir, Majesté, mais on m'a empêché de vous parler.

– Je vois, dit le roi en caressant sa barbe qui devenait de plus en plus blanche. Prends des hommes et va chercher ces deux gamins. Je veux leur parler.

– Oui, Majesté, dit l'archer.

Le jeune fila en courant, faisant signe à trois autres hommes au passage, qui le suivirent. Le roi prit une grande respiration, puis jetant un regard noir à tout le monde autour de lui, il dit :

– Qui est le soldat qui a empêché ce jeune homme de venir me voir?

Personne ne bougea ni ne dit un mot. Tout le monde, même les généraux, gardaient les yeux au sol. La colère du roi n'en fut qu'accentuée. Il s'écria :

– QUI EST L'IMBÉCILE QUI A EMPÊCHÉ CE JEUNE HOMME DE ME PARLER?

La voix puissante du roi résonna comme un coup de tonnerre dans le campement. Tout le monde suspendit ce qu'il était en train de faire et regarda le roi, surpris. Ondier ne se mettait que très rarement en colère, mais tous savaient ce qui arrivait lorsque c'était le cas. Il valait mieux ne pas être dans les parages dans ces moments-là.

Un soldat d'une trentaine d'années s'avança vers le roi, la tête basse. Il s'agenouilla devant Ondier et dit :

– C'est moi, Majesté, qui ai retenu l'archer. Je ne pensais pas que ce petit merdeux... que ce soldat, deuxième remplaçant, puisse savoir quoi que ce soit digne d'intérêt pour Votre Majesté. Je suis désolé.

– Tu peux l'être, espèce de crétin sans cervelle! Tu es un archer, toi aussi, pas vrai?

193

— Oui, Majesté, dit le soldat.

— Eh bien, tu ne l'es plus dès maintenant. Tu es rétrogradé aux écuries, tu nettoieras le crottin des chevaux. C'est une activité qui ne demande pas trop de jugeote, tu devrais y arriver. Et je ne veux plus jamais te voir. Disparais de ma vue! dit le roi avec autorité.

— Oui, Majesté, dit le soldat, humilié.

Le roi se détourna et s'en alla vers sa tente à grandes enjambées. Les généraux le suivirent aussi vite que possible. Lorsqu'ils entrèrent dans la tente royale, ils le trouvèrent assis dans un fauteuil, penché en avant, se tenant la tête à deux mains. Les deux généraux s'échangèrent des regards interrogateurs, mais ne dirent rien. Ils devaient attendre que le roi daigne leur parler. Ce qu'il fit d'un ton froid, cassant, presque méprisant.

— Il n'est pas très surprenant que Trévor nous fasse la guerre depuis aussi longtemps sans que nous n'en connaissions la raison. Notre armée compte bien trop d'imbéciles. Il va falloir y voir, messieurs, et vite. Je ne crois pas être capable de me retenir de frapper le prochain petit crétin qui va faire une erreur comme celle dont nous venons d'être témoins. Faites ce qu'il faut pour cela, sinon je vous jure, messieurs, que je ne réponds pas de mes actes.

— Oui, Majesté, répondirent en chœur les généraux.

— Bien, laissez-moi, je vais attendre ce petit archer et ses deux miraculés.

— Désirez-vous que nous vous assistions pendant l'interrogatoire? demanda le général Adrian.

— NON! s'écria le roi. Est-ce que vous m'écoutez quand je parle? Je viens de vous dire quoi faire. Faites le ménage dans les rangs, je ne veux plus voir de petits crétins faire la guerre alors qu'ils devraient ramasser la merde que nos chevaux font tous les jours. Remettez-leur la tête à la bonne place et ne me décevez pas, sinon ce seront vos têtes que vous perdrez. MAINTENANT!!!

— Oui, Majesté, dirent les généraux en quittant la tente précipitamment.

Le roi se reprit la tête dans les mains. Mais qu'est-ce qui pouvait bien se passer avec cette armée? Même les généraux avaient de la difficulté à suivre les ordres. Éthan entra à ce moment-là. Il regarda son frère en silence pendant un bon moment, puis il dit :

— Puis-je parler à mon frère, Majesté?

— Qu'est-ce que tu veux, Éthan? Ce n'est pas le moment de venir me faire… Ah! et puis laisse tomber. Qu'est-ce qu'il y a?

— Je viens d'entendre parler de ce qui s'est passé tout à l'heure.

— Tu étais où *tout à l'heure*? demanda le roi, irrité.

— J'étais avec mon aide de camp, il a été blessé.

— Par quoi, veux-tu bien me dire? demanda ironiquement le roi.

— Une pierre, Ondier; un des soldats a laissé tomber un chargement de pierres, et mon aide de camp l'a reçu sur la jambe. Elle est d'un beau bleu maintenant, et je pense qu'elle est cassée.

— Bande d'incompétents…, murmura le roi pour lui-même. Éthan, nous avons une armée de crétins à diriger, et je ne crois pas avoir la patience de le faire. Il y a des gens qui meurent dans cette guerre, trop de gens, des pères, des frères, des fils, et cela des deux côtés. Il faut que cela cesse. Il faut savoir pourquoi cette guerre dure depuis si longtemps. Tu as vu les navires de Zythor qui partaient vers la grande mer?

— Oui. C'était difficile de les ignorer, étant donné qu'ils nous sont passés sous le nez.

— As-tu une idée de ce qui se passe chez l'ennemi? demanda le roi sans lever les yeux sur son frère.

— Non. Il n'y avait qu'une dizaine de bateaux, pas très gros; ce n'était pas une armada, mais ce n'étaient pas non plus des bateaux marchands. Je suis intrigué, je dois le reconnaître, dit Éthan.

— Moi aussi. Tu voudrais rester ici encore un moment? J'attends des visiteurs, dit le roi.

— Oui, j'ai entendu parler de cela aussi, dit le général.

— Tu vas les interroger, toi ; moi, je n'ai pas la patience, je pourrais leur faire du mal, ce qui ne nous avancerait pas.

— Si tu veux, dit Éthan en haussant les épaules.

C'est à ce moment que le jeune archer revint avec ses deux prisonniers. Il les poussa devant lui dans la tente. Puis il se retourna pour s'en aller, mais le roi le retint.

— Non, petit, reste, tu as gagné le droit d'être ici, bien plus que des gradés que je ne nommerai pas. Écoute et apprends, tu es plus malin que tu en as l'air. Tu as un bel avenir dans l'armée, à mon avis. Si tous les soldats avaient la moitié de ta rapidité à agir, nous serions débarrassés de cette guerre depuis longtemps. Assis-toi et écoute.

— M... me... merci, Majesté, dit le jeune homme, tout surpris de la faveur que le roi venait de lui faire.

Ondier ne bougea pas de son siège, mais scruta les deux garçons de Zythor, attachés l'un à l'autre. Ils étaient sales à faire peur et empestaient. Ils avaient les cheveux brun foncé, mais ils étaient ternes, pleins de terre et de feuilles mortes, et ils étaient pieds nus tous les deux.

Leurs grands yeux noirs effrayés ne quittaient pas le roi et ils tremblaient de tous leurs membres. Le bruit de leurs dents qui s'entrechoquaient rendait le silence qui régnait dans la tente oppressant. Le roi fit un imperceptible signe de tête vers Éthan, qui n'attendait que cela pour commencer son interrogatoire. Ce dernier se plaça derrière les deux jeunes gens effrayés, puis il dit de sa voix puissante :

— Je vais vous poser des questions, et vous allez y répondre. Vous allez dire la vérité, il en va de votre vie. Lorsque vous répondrez à mes questions, vous regarderez le roi Ondier, ici présent. Jamais vous ne le quitterez des yeux, sauf si je vous dis le contraire. Je suis Éthan de Ganthal, général en chef de l'armée de ce royaume que vous venez d'attaquer. Jusqu'à maintenant, vous me suivez ?

Les deux jeunes gens étaient bien trop terrorisés pour répondre de vive voix. Ils se contentèrent d'acquiescer vivement de la tête. Éthan poursuivit.

— J'aimerais connaître vos noms et votre âge pour commencer.

Les deux garçons échangèrent un long regard, qui leur valut une grande claque derrière la tête de la part d'Éthan. Il pointa le roi du doigt et dit :

— Répondez au roi et ne me faites pas répéter, je ne suis pas connu pour ma patience.

Le plus petit des deux garçons dit d'une voix trop aiguë, du genre de celle qui n'a pas encore mué :

— Je m'appelle Igor et lui, c'est mon frère Sleven. J'ai douze ans et mon frère, presque quatorze.

— Bien, dit Éthan. Continuons.

— M... m... monsieur le général, il faut que v... vous sachiez quelque chose, bégaya Igor.

— Oui ? Je t'écoute.

— Mon frère... il... il... il ne peut pas parler, général.

— Pourquoi cela ?

— Les... les soldats, ils lui ont coupé la langue, lorsqu'il était plus p... p... petit. Vous pouvez v... v... vérifier si vous voulez.

Le garçon nommé Sleven jeta un regard noir à son frère, mais devant le regard suppliant de ce dernier, il ouvrit la bouche aussi grand que cela lui était possible. Éthan découvrit des dents blanches et droites, mais pas de langue. Le gamin disait la vérité. Il continua donc à poser des questions.

— Pourquoi a-t-on coupé la langue de ton frère ?

— Il... il a dit des mauvais mots aux soldats qui sont venus chercher notre père, pour l'emmener de force faire la guerre.

— Quel genre de mauvais mots ? demanda Éthan patiemment, sur le ton de la conversation.

— Il a... il les a maudits. Chez nous, c'est la p... p... pire des insultes. Un grand soldat, horriblement dé... dé... défiguré... il...

il a pris mon frère par le bras, l'a emmené av… avec lui derrière la maison et lui a cou… cou… coupé la langue. Il m'a obligé à regarder. P… p… puis, quand mon frère est tom… tombé sans connaissance par terre avec…, poursuivit-il en déglutissant comme s'il allait vomir, avec beau… beaucoup de sang qui lui sortait de la b… bou… bouche, il m'a ordonné de t… ten… tendre les mains en avant. Je… je… je ne voulais pas, mais il m'a forcé. Il m'a remis la lan… la lan… la langue de mon frère. Puis il m'a dit d'être sage, si je ne voulais qu'il m'arrive la même chose.

— Je vois, dit Éthan pour lui-même.

— C'est courant chez vous, ce genre de pratique ? demanda le roi.

— Assez, oui, Ma… Majesté, dit le garçon, impressionné que le roi lui adresse la parole.

— C'est barbare et inutile selon moi, mais bon, continuons si tu veux bien, Igor, dit Éthan.

— Oui, général, dit le garçon.

— Sais-tu pourquoi tu t'es retrouvé dans ce pays ?

— Les soldats qui… qui… qui nous ont enlevés, chez nous, sur la ferme, ils nous ont dit que nous allions avoir une importante mission.

— Quelle mission ? demanda Éthan.

— Ils ont dit que nous allions aider à… à… ssss… sss… sauver notre pays d'une invasion de la part du roi le plus cru… cru… cruel qui existe sur Kianah, vous, Ma… Ma… Majesté. Je ne les ai pas crus.

— Pourquoi ? Il aurait été normal de croire ce que l'armée de ton pays te raconte, dit le roi.

— Majesté, avec tout le… le respect que je vous dois, je ne suis pas stu… stu… stupide, jeune peut-être, sans aucune ins… ins… instruction très certainement, mais pas stu… stupide, dit le garçon avec vigueur.

— Explique-toi, petit, dit Éthan.

– Lorsque... les soldats sont venus chez nous p... p... pour la p... p... première fois, ils ont pris mon père et l'ont emmené de force. Ils nous ont dit que nous le re... re... reverrions bientôt. Nous ne l'avons jamais revu. Gé... gé... général, co... comment pourrais-je faire confiance à des hommes qui ont cou... cou... coupé la langue d'un petit garçon juste parce qu'il... qu'il... a... a dit quelque chose qu'il ne fallait pas ?

– En effet, c'est logique, dit Éthan, surpris par la vivacité de l'intelligence de ce jeune garçon.

– Quand ils nous ont emmenés, poursuivit Igor, ils ont mis le feu à notre maison et... à la gr... gr... grange, puis ils ont p... p... pris notre mère, lui ont attaché les mains et les p... pieds et l'ont jetée sur un ch... ch... cheval. Ils ont dit qu'elle... euh... qu'elle ferait l'af... l'affaire des hommes pour un c... cer... certain temps. Je pense avoir compris de quoi ils p... p... parlaient, mais je p... p... préfère ne pas trop y penser. Je vais rrr... re... retrouver ma mère et la s... s... sauver. Il le faut.

– J'aimerais, si tu veux bien, que nous revenions à cette mission que les soldats voulaient vous confier. Raconte-moi ce qu'ils vous ont dit, dit Éthan.

– Ils nous ont mis sur un ba... ba... bateau, avec plein d'autres garçons c... c... comme nous, des fermiers, des jeunes, des v... v... vieux, des éclopés, tous ceux qu'ils ne p... p... prendraient jamais dans l'armée. Ils nous ont donné des... épées toutes rouillées, tor... tor... tordues et émouss... émoussées. Ils ont dit que... que... lorsqu'on dé... débarquerait du b... b... bateau, il faudrait c... c... courir vers le grand mur. Sans nous arrêter. Puis, il faudrait le longer jusqu'au b... b... bout et passer de l'autre côté, si nous étions encore vi... vi... vivants pour cela.

– Ensuite ? demanda Éthan.

– Euh, il y en a un qui a dit que... que... que de toute façon, nous ne venions pas ici pour nous b... b... battre, juste pour mourir, que cela vous occuperait un moment.

— Nous occuper pourquoi ? demanda Éthan.

— Un des soldats a dit le mot « di… di… div… diversion ». Je ne suis pas certain de savoir ce que c'est, dit Igor.

— C'est bien ce que je craignais, dit le roi. Donc, tu dis que vous saviez que vous alliez mourir avant même de toucher terre, c'est cela ?

— Oui, Majesté. Mon frère et moi, nous avons… couru, aussi vite que p… po… possible, mais les f… flèches tombaient de tous les côtés. Nous nous sommes servis de quelqu'un de…, dit-il en hésitant sur le mot, de quelqu'un de m… mort pour nous protéger des flèches. Ensuite, nous avons trouvé un endroit pour nous c… cacher et nous avons attendu. C'est là que votre soldat nous a trouvés.

Le silence se fit dans la tente. Le roi se mit à réfléchir à toute vitesse. Une diversion. Pourquoi ? Soudain, ce fut clair. Ondier se frappa le front avec le plat de la main à plusieurs reprises, puis il se leva d'un bond et s'écria :

— Mais oui ! C'est évident. Ces gens ont été envoyés ici pour nous occuper pendant que les soldats filaient avec les bateaux que nous avons vus. Je ne sais pas pourquoi ils ont fait cela, mais nous devons savoir.

— J'en conviens, mon frère, dit Éthan, mais pour l'instant, la solution à ce problème n'est pas ici.

— C'est vrai. Éthan, nous devons parler en privé. Libère ces deux jeunes enfants. Donne-leur à manger et renvoie-les chez eux, dit le roi.

— Mais, Ondier, ils pourraient aller trouver le roi Trévor et lui raconter ce qu'ils ont vu ici, dit Éthan. Je pense qu'il serait plus sage de les tuer tout de suite.

— Tu as probablement raison, dit Ondier en lui jetant un regard de biais, amusé : ils testaient les garçons, attendant une réaction.

— Avec tout… mon… respect, Majesté, je p… p… peux vous garantir que nous n'irons p… pas voir le roi Trévor, même s'il était la dernière p... p... personne en vie sur t... t... tout le continent, dit Igor avec assurance.

— Comment puis-je en être sûr? demanda Ondier.

— Parce que... c... c... contrairement à la nobl... nob... noblesse de Zythor, qui ne jure que par le roi, les p... p... paysans détestent Trévor, qui les garde sou..., bafouilla-t-il en cherchant le bon mot, soumis, à la limite de l'esclavage. Je vais t... t... trouver ma mère et, ensuite, nous allons nous enfuir de ce pays.

— Comment feras-tu cela? demanda Éthan.

— Je ne s... sss... sais pas encore, général, mais je v... v... vais trouver.

— Où iras-tu, petit? demanda le roi avec sollicitude.

— Ça non plus, je ne... le... sais pas, répondit le garçon.

— Je te propose un marché, si tu veux, dit le roi.

— Je vous écoute, Ma... Ma... Majesté, dit le garçon, solennel.

— Retourne chez toi, trouve ta mère et reviens au Ganthal. Vous pourrez certainement trouver du travail ici. Ce n'est pas cela qui manque.

— Merci, Ma... Ma... Majesté, mais c... c... comme je vous l'ai dit tout à l'heure, je ne suis pas s... ss... stupide. Votre pro... pro... proposition est intéressante, je le reconnais, mais il n'y a pas de fu... fu... fumée sans feu. Vous avez p... p... parlé d'un marché. Que voulez-vous en échange? demanda le garçon avec de la méfiance dans les yeux.

Le visage du roi se fendit d'un grand sourire, puis il éclata tout bonnement d'un rire franc, secouant les deux garçons qui échangèrent un regard interrogateur. Ondier dit à Éthan :

— Je l'aime bien, ce gamin. Il est intelligent.

— En effet, très intelligent.

— Igor, si tu reviens au Ganthal, ce que je souhaite très sincèrement, tu vas me ramener toutes les informations que tu vas trouver à propos de tout et de n'importe quoi. Même la plus petite information me sera utile. Si tu dois chercher ta mère, tu devras te déplacer beaucoup, tu entendras des choses, tu verras des choses. Je te demande de ne rien oublier. Et si je te revois un jour, tu me diras tout cela, absolument tout ce que tu as vu. Ce sera un échange. Je te prouve ma bonne foi aujourd'hui en vous laissant la vie, à toi et à ton frère. J'espère que je ne fais pas d'erreur. Si je devais me rendre compte un jour que tu t'es joué de moi, je te promets, petit, que Kianah ne sera jamais assez grand pour que tu puisses te cacher sans que je ne te retrouve. Et ma vengeance sera terrible. Je suis toujours reconnaissant envers les gens qui m'aident, mais je suis aussi très rancunier envers ceux qui me trahissent. Suis-je clair?

— Oui, Ma… Ma… Majesté, ne vous in… in… inquiétez pas, si tout se p… p… passe comme je l'espère, nous nous reverrons.

Le roi sourit au gamin avec compassion.

— Détache-les, Éthan, qu'ils rentrent chez eux. Donne-leur de la nourriture et des vêtements, et surtout des chaussures. Pas d'uniforme ni rien de trop ressemblant, ils se feraient tuer sur-le-champ.

— Oui, Majesté, tout de suite, dit Éthan.

— Sois prudent, petit, dit le roi en parlant à Igor. Si je te revois un jour, demande-moi si le soleil se lève toujours sur le Ganthal, je saurai qui se trouve devant moi.

— Oui, Ma… Majesté, dit le gamin en s'inclinant maladroitement devant le roi dès qu'il fut détaché.

— Au revoir, dit le roi. Archer!

— Oui, Majesté, dit le jeune soldat qui n'avait pas dit un mot de tout l'interrogatoire, se contentant de bien écouter.

— Accompagne-les et donne-leur ce dont ils ont besoin. Je te fais confiance, jeune homme. Moi, je vais dormir un peu.

— Oui, Majesté, dit le jeune soldat, touché par la considération du roi à son égard.

— Au fait, soldat, quel est ton nom? demanda le roi.

— Maël, Majesté, dit le soldat.

– Eh bien, Maël, reviens me voir demain, je pense que je vais avoir du travail pour toi bien plus intéressant que de rester assis sur une muraille sans même avoir le droit de tirer une flèche, dit Ondier avec un sourire.

– Merci, Majesté, dit le jeune soldat avant de sortir de la tente.

– Tu viens de lui faire très plaisir, à ce jeune homme, dit Éthan à son frère.

– Je sais, je tiens à ce que l'intelligence soit récompensée comme elle le mérite. La stupidité, par contre, devra être éliminée de nos rangs. J'aimerais que tu ailles trouver nos généraux, pour voir comment avance le petit « ménage » que je leur ai demandé.

– Bien entendu, Majesté, dit Éthan.

– Merci, mon frère. Je vais essayer de dormir maintenant ; avertis la garde de ne pas me déranger, sauf si nous sommes de nouveau attaqués.

– Sans problème. Repose-toi, tu en as besoin. Il me semble que tu vieillis plus vite ces derniers temps, dit Éthan pour le taquiner.

– Quel propos réconfortant venant d'un homme dont les cheveux blanchissent aussi vite que les miens alors que je suis le plus vieux ! rigola le roi en s'allongeant sur son lit.

– Dors, Ondier, je m'occupe de tout, dit Éthan en sortant de la tente.

Le général se dirigea vers la tente des officiers. Il avait une idée en tête pour remanier les troupes correctement. C'est avec un sourire avenant qu'il entra dans la tente.

Une dizaine de têtes se tournèrent vers lui en même temps dès qu'il eut rabattu le battant de l'entrée.

Éthan dit à tous ceux présents :

– Messieurs, nous avons du pain sur la planche. Il semble que notre roi ne soit pas content de certains de nos soldats. Voici comment je vois les choses…

Le général en chef prit les choses en main comme lui seul savait le faire. Les choses allaient changer, pour le meilleur, il en était dès à présent convaincu.

CHAPITRE 9

L'hiver ne semblait pas trop pressé de s'installer à la limite des terres des créatures magiques, bien qu'il fît plutôt froid. Illah marchait dans les bois entourant la petite maison qu'elle partageait avec son mari et le vieux Balthazar. Elle avait besoin de réfléchir.

Les épreuves devenaient de plus en plus difficiles à mesure qu'ils avançaient dans leur quête. Illah se demandait presque ce qu'elle était venue faire dans ce coin de pays, puisqu'à la première épreuve, c'était Alarik qui avait recueilli les larmes de licorne et c'est à lui que les elfes avaient remis l'épée. Et elle n'avait même pas le droit d'y toucher! C'était le comble. D'un autre côté, au moins, jusqu'à maintenant, ils avaient réussi. Cette fois, c'était avec les fées qu'ils allaient devoir s'arranger.

La princesse croisa les doigts et souhaita de tout son cœur que cette épreuve se passe bien, comme les deux précédentes. Mais à la perspective de ce qui l'attendait, le cœur d'Illah se mit à battre un peu plus vite. Elle se mit à faire des exercices de respiration pour se calmer. Même si les nausées avaient disparu, elle ne voulait pas tenter le sort en laissant la pression inhérente aux épreuves la gagner.

Illah rejoignit la grosse pierre sur laquelle Balthazar allait souvent s'asseoir. Elle contempla la falaise et la baie tout en bas. Cet endroit l'apaisait bien plus qu'elle ne l'aurait pensé au départ.

Soudain, des craquements de branchages se firent entendre juste derrière elle. D'un geste souple et rapide, la princesse empoigna la dague qu'elle gardait sur elle en permanence, mais ne se retourna pas. De grandes mains se posèrent à plat sur la pierre de chaque côté de son corps. Elle les reconnut instantanément et rangea la dague. La voix mielleuse de son époux lui murmura à l'oreille :

— Tu ressembles à une magnifique statue comme nous en avons vu à l'entrée du manoir des mages d'Oèva.

— Merci, dit la princesse en rougissant un peu, avant de se retourner et de faire face à son mari.

— Mais de rien, ma chère. Tu es très belle, et je ne me lasse pas de te regarder.

— Arrête tes flatteries, j'ai l'impression que tu vas me demander une faveur, dit Illah, méfiante.

Le jeune homme se redressa et son visage devint soudain très sérieux. Ses yeux n'étaient plus rieurs non plus. Il croisa les bras sur sa poitrine. Il avait l'air déçu.

— Est-ce que j'ai besoin d'un motif aussi puéril qu'une faveur pour te dire que je te trouve belle ? dit-il d'une voix plus sèche qu'il ne l'avait souhaité.

— Euh… non, admit la princesse. Mais depuis quelque temps, lorsque tu me fais ce genre de compliments, c'est soit pour me remonter le moral parce que je suis malade, soit pour me demander une faveur.

— Je vois ; eh bien, aujourd'hui, c'est juste pour te faire un compliment, dit le jeune homme. Et maintenant, tu devrais rentrer avec moi, nous devons nous préparer à partir.

– Déjà ? Il me semble que nous venons tout juste d'arriver, dit la princesse dont le front se plissa légèrement.

Alarik tendit la main vers son épouse, il la guida vers la petite maison d'un bon pas.

À leur arrivée, ils trouvèrent Balthazar en train de sangler les chevaux. Illah, selon son habitude, ne put s'empêcher de vérifier les sacoches qui pendaient sur les flancs de la bête. Puis, après avoir jeté un œil sur le vieil homme pour être certaine qu'il ne la regardait pas, elle vérifia toutes les sangles de son cheval. Elle avait une grande confiance en Balthazar, mais même lorsqu'elle était au château d'Èrèmonta, elle vérifiait toujours ce genre de chose. Son oncle Éthan lui avait appris que l'on n'est jamais si bien servi que par soi-même.

Alarik discutait avec le vieil homme sur le meilleur chemin à prendre. Il ne vit pas le petit manège de la princesse. Puis elle se hissa sur le dos de son cheval et s'écria :

– Eh bien, si nous sommes pressés, pourquoi ne partons-nous pas ?

– Euh… d'accord, dit Alarik, surpris.

– Eh bien, monte et partons. À bientôt, Balthazar.

– Soyez prudente, princesse, lui dit le vieil homme. Et n'oubliez pas de ne pas brusquer les fées pour avoir leur fleur. Elles n'apprécieraient pas.

– Je sais. Je vais être une parfaite petite princesse bien éduquée, ne vous inquiétez pas. Dans peu de temps, nous reviendrons avec une Salil.

– Bien, acquiesça le vieil homme. Je vous souhaite un bon voyage, dans ce cas.

– Merci, dit Illah.

Puis elle lança son cheval au galop, suivie par Alarik. Ils galopèrent un bon moment, puis ils traversèrent la frontière de la terre des créatures magiques. La lumière se fit beaucoup moins vive, comme ils s'y attendaient, et la chaleur oppressante. Comme la fois précédente, la princesse retira son grand manteau et le jeta en travers de la selle de son cheval sans s'arrêter. Son époux fit de même. Ils passèrent les terres cultivées des nains et une belle forêt d'arbres bleu-vert immenses. Alarik ralentit son cheval et regarda autour de lui. Il semblait chercher quelque chose. Puis il fixa son attention sur un dolmen de pierres immenses, à la lisière de la forêt.

Illah regarda les pierres sans comprendre, mais lorsque son mari se dirigea vers elles, elle n'eut d'autre choix que de le suivre. Lorsqu'ils eurent franchi une première rangée de pierres immenses, placées en cercle, la princesse sentit des frissons la parcourir des pieds à la tête. Alarik descendit de son cheval et invita son épouse à en faire autant. Ils laissèrent les chevaux et avancèrent à pied. Les pierres étaient gigantesques. Elles devaient faire la hauteur de dix hommes, facilement, peut-être plus. C'était difficile à dire, vu d'en bas.

Le jeune couple avança lentement dans cet espace dont la magie imprégnait les lieux. Il y avait un deuxième cercle de pierres à l'intérieur du premier. Encore une fois, les pierres étaient immenses, sauf qu'elles étaient plus pâles que les premières. Illah s'avança et franchit le deuxième cercle, en tenant la main d'Alarik dans la sienne. Un bruit sourd commença à bourdonner dans les oreilles de la princesse. Elle demanda à son époux :

— Tu entends ça ?

— Oui. C'est comme si on entrait dans une ruche d'abeilles.

— D'où est-ce que cela provient ? s'exclama Illah, dont la peur faisait prendre à sa voix des tons très aigus.

— Je ne sais pas. Balthazar m'a parlé de cet endroit et m'a indiqué comment m'y rendre, mais il ne m'a pas parlé de ça. J'avoue que je suis un peu confus, dit Alarik.

— Génial, on est deux dans ce cas, répondit la princesse, ironique.

Ils continuèrent d'avancer. Un troisième cercle de pierres, blanches comme de la craie cette fois, se tenait devant eux. Ils y avancèrent ensemble, d'un pas incertain. Le bourdonnement sourd devint assourdissant dès qu'ils eurent franchi le troisième cercle. Illah porta ses mains à ses oreilles dans l'espoir d'atténuer le bruit. Ce ne fut pas le cas. Le son venait de partout, même d'elle. Elle regarda Alarik dont les yeux exprimaient de la terreur pure et simple. Il voulut attraper son épouse et l'emmener hors de cet endroit, mais la jeune femme se déroba à lui. Elle déambula telle une personne ivre, jusqu'à une pierre noire en plein centre du cercle. La pierre était plate et dépassait à peine le niveau du sol. Elle avait la circonférence d'une table assez grande pour qu'une personne puisse s'y allonger. La princesse s'y laissa tomber, et dès cet instant le bruit qui lui vrillait l'intérieur du crâne cessa. Elle essaya de descendre de la pierre, mais quelque chose d'invisible la retenait dessus. On aurait presque dit un mur, mais qui n'était pas visible à l'œil nu. Alarik se dirigea vers son épouse et se laissa tomber à son tour sur la pierre noire. Le bourdonnement avait été encore plus pénible pour lui que pour son épouse. Un peu de sang coulait de ses oreilles et la tête lui tournait. Illah épongea le sang du revers de sa manche, puis elle regarda autour d'elle. Il n'y avait que les trois cercles de pierres. Elle essaya à nouveau de quitter la pierre noire, sans succès. Alarik demeura allongé sans bouger, attendant que sa tête cesse de tourner. Illah lui demanda :

— Tu entends toujours le bruit ?

— Non.

— Moi non plus. Ce qui est une bonne chose. Toutefois, nous avons un nouveau problème, dit la princesse.

— Lequel ?

— Nous ne pouvons pas quitter cette maudite pierre, lui répondit-elle avec colère.

— Hein ? Euh…, souffla le jeune homme avant de se laisser tomber sur le dos.

— Ça ne va pas, Alarik ? demanda Illah en lui passant une main sur le visage, inquiète.

– Je suis juste… étourdi. Dès que je me lève, tout se met à tourner. Ça va passer. Attendons un peu.

– D'accord. De toute façon, nous n'avons rien d'autre à faire puisque nous sommes coincés ici, maugréa la princesse.

Les heures passèrent lentement. Le jeune couple se contenta de regarder les nuages défiler dans le ciel obscurci par la magie. Le seul son audible était celui de leurs respirations. Illah caressait le dos de la main de son époux, suivant du bout du doigt chaque veine saillant sous la peau. Il avait les yeux fermés, mais il souriait.

Le bourdonnement qui les avait assourdis reprit brusquement, mais sans être trop puissant. Juste assez pour être agaçant. Alarik réussit à se mettre debout sans que la tête lui tourne. Illah en fit autant, et ils regardèrent autour d'eux, cherchant la source du bruit. Ils n'attendirent pas longtemps. Des créatures de la taille d'un enfant, volant au-dessus du sol à l'aide de petites ailes dans leur dos, avançaient vers eux. Dès qu'elles furent plus près, Illah prit le temps de bien les observer.

Ces petites créatures avaient les cheveux pâles, soit blond vénitien, soit blancs comme neige. Elles avaient le teint rose pâle et les yeux bleu cristallin. Ce qui frappa la princesse, ce furent leurs lèvres. Elles étaient pulpeuses, presque surdimensionnées, et d'une couleur rose, presque rouge, éclatante. Leurs vêtements étaient blancs ou beiges, faits de multiples couches semi-transparentes superposées. Elles ne portaient pas de chaussures et leurs petits pieds, potelés comme ceux des bébés, se balançaient dans le vide. Elles étaient nombreuses et chacune semblait connaître sa place dans les rangs.

Dès qu'Illah vit qu'une des créatures portait une couronne d'argent sur ses cheveux blancs, elle s'inclina avec respect. Alarik mit une demi-seconde pour comprendre et fit de même. La reine des fées s'approcha des deux humains avec méfiance. Illah releva la tête en prenant garde de ne pas fixer cette reine qu'elle ne connaissait pas.

– Bienvenue sur mes terres, humains, dit la voix magnifique mais autoritaire de cette créature mythique. Relevez-vous.

Illah se leva avec la grâce que confère l'habitude. Alarik se releva lui aussi et ne dit rien. La bienséance voulait que ce soit les monarques qui parlent les premiers et qui posent les questions. Donc, c'est avec une impatience dissimulée qu'Illah attendait. La reine des fées s'approcha de la princesse et lui demanda :

– Qui es-tu, jeune humaine ?

– Je suis la princesse Illah de Ganthal, fille du roi Ondier de Ganthal et de la reine Iza-Mel.

– Une princesse… murmura la reine en direction de ses suivantes. Intéressant. Et qui est ce grand jeune homme derrière toi ?

– Mon époux, Majesté ; il se nomme Alarik d'Ébal, dit Illah avec une grande fierté.

– Dites-moi, humains, depuis combien de temps êtes-vous unis ?

– Presque deux lunes, Majesté, répondit Illah.

– Je vois… Et que venez-vous faire sur mes terres ? demanda la reine.

– Majesté, nous sommes ici pour demander une faveur, dit Illah, espérant ainsi flatter l'orgueil de la reine des fées.

– Une faveur, murmura la reine avec une lueur de malice dans les yeux. Suivez-moi, humains. Nous allons nous rendre à mon palais. Il sera plus aisé de discuter là-bas qu'ici, à la porte de mon royaume.

– Avec plaisir, Majesté, dit Illah qui avança un pied pour franchir la ligne imaginaire séparant la pierre noire du champ alentour.

Son pied heurta encore une fois l'obstacle invisible. Alarik voulut avancer, lui aussi, mais demeura prisonnier de cette maudite pierre noire. Illah s'écria :

– Nous ne pouvons vous suivre, Majesté. Nous sommes prisonniers !

— Mais bien entendu que vous l'êtes, répondit la reine avec sécheresse. C'est le cas de tous les humains qui franchissent les portes de mon royaume sans y avoir été invités.

— Que devons-nous faire pour être libérés ? demanda Illah, dont l'impatience transperçait le ton poli qu'elle désirait conserver.

La reine des fées ne daigna pas lui répondre, se contentant d'observer la princesse avec intérêt.

— Majesté, s'il vous plaît ! s'écria Illah. Je sais très bien que nous n'avons pas été invités sur vos terres. Je m'en excuse, d'ailleurs ; mais certaines circonstances sont exceptionnelles, et nous n'avons pas eu le choix de pénétrer ici, chez vous, sans votre permission, puisque nous ne savions pas qu'il nous en fallait une.

— Je ne connais pas votre façon de procéder au Ganthal, princesse, mais chez nous, nous avons la courtoisie de demander avant d'entrer chez les gens.

— Chez nous aussi, Majesté, répliqua la princesse avec rudesse. Et au Ganthal, nous n'emprisonnons pas les visiteurs, ne vous en déplaise, poursuivit Illah avec une pointe d'irritation que ne put ignorer la reine des fées.

— Chaque peuple a ses coutumes, j'imagine, dit la reine avec dédain. Puisque vous n'êtes pas en mesure de nous suivre jusqu'au palais, nous allons devoir discuter ici. Si vous avez quelque chose à dire, dites-le et, ensuite, partez. Les humains tels que vous, jeunes gens, ont déjà fait suffisamment de mal à mon peuple.

— Je ne suis pas tout le monde, Majesté, dit Illah.

— Non, en effet. Vous êtes une drôle de créature, dit la reine avec humour.

Puis la reine éclata de rire. Un rire froid, qui fut accompagné par toutes les autres fées, créant une cacophonie suraiguë très désagréable aux oreilles de la princesse et de son époux.

Illah, dont le tempérament bouillant ne tolérait pas que l'on se moque d'elle aussi ouvertement, perdit son sang-froid. C'est avec vigueur et colère qu'elle dit à la reine :

– Faites-nous sortir d'ici, Majesté! Immédiatement!

– Un ordre! s'exclama la reine des fées. Vous me donnez un ordre, princesse?

– Oh! que oui, Majesté, je vous donne un ordre...

– Illah, calme-toi, murmura Alarik à l'oreille de son épouse.

– Non, non et NON! J'ai été polie, gentille et tout, mais on se moque de moi. Ça suffit! J'en ai marre.

– Illah... murmura Alarik avec désespoir.

Illah ferma les yeux et prit de grandes respirations comme le guérisseur des elfes lui avait dit de faire. Elle réussit à retrouver un semblant de calme avant de s'exprimer avec toute la grâce dont elle était capable.

– Majesté, nous devons discuter avec vous de sujets très importants et très graves.

– Faites donc, jeune princesse caractérielle, je vous écoute. Je déciderai ensuite si je vous laisse sortir de votre cage.

– Non. Vous devez nous laisser sortir d'abord. C'est une question de bonne foi et de politesse. Nous ne sommes pas une menace pour vous, dit Illah avec conviction.

– Cela, je n'en suis pas aussi certaine que vous, dit la reine. Mais vous avez raison, il serait plus poli de vous laisser sortir de cette cage.

La reine leva les mains, paumes ouvertes vers le ciel. Elle récita quelque chose que la princesse ne comprit pas, puisque c'était dans une langue inconnue. Dès que l'incantation fut terminée, la pierre noire qui se trouvait sous leurs pieds disparut.

Illah s'avança vers la reine des fées. Cette dernière, qui ne s'était pas posée au sol depuis son arrivée, mit pied à terre. Illah eut la courtoisie de s'asseoir par terre devant la reine. Alarik fit de même. La princesse regarda les fées qui restaient en vol tout autour d'eux et demanda à la reine :

– Pouvons-nous parler seuls à seule, Majesté?

– Non. Je prends un grand risque en vous laissant sortir de votre cage. Je ne peux pas faire plus. Mais ne vous inquiétez pas, elles n'écouteront pas ce que vous me direz, elles ne parlent pas votre langue. Je suis la seule dans ce royaume à connaître les diverses langues des hommes, dit la reine.

– D'accord, dit Illah. C'est une longue histoire qui nous a menés jusqu'à vous, Altesse. Si vous le permettez, je vais vous la raconter. Vous serez ensuite à même d'accepter ou de refuser de nous aider.

– C'est équitable, acquiesça la reine.

– Toutefois, comme je ne sais pas si j'ai le droit de vous dire tout ce que je vais vous dire, vous devrez me promettre de garder cette histoire pour vous. C'est crucial, dit Illah.

– Je vous le promets, princesse. Racontez-moi votre histoire, ma curiosité est piquée, dit la reine en croisant ses petites mains devant elle avec grâce.

Illah raconta à la reine des fées sa très longue histoire. Elle n'omit rien. La petite fée demeura de glace et écouta jusqu'au bout sans l'interrompre. Alarik gardait le silence, observant les autres fées qui voltigeaient autour d'eux. Une partie de lui demeurait aux aguets. Il était arrivé trop de choses depuis quelques jours pour que le jeune homme ne soit pas méfiant.

Illah termina enfin son récit. La reine regarda autour d'elle. Elle fit signe à une petite fée aux cheveux très longs tressés sur la tête. Elle lui murmura quelque chose à l'oreille. La petite fée s'éloigna, emmenant avec elle toutes les autres créatures.

La princesse resta surprise devant ce curieux repli, mais elle se garda bien de poser des questions à la reine. Cette dernière comprit, en voyant l'expression sur le visage d'Illah, qu'elle s'interrogeait. Elle lui sourit pour la première fois, de façon sincère, avec chaleur. La transformation du visage austère de la reine fut instantanée. Elle devint magnifique. Puis elle dit au jeune couple de sa belle voix :

— Les Salils sont sacrées pour mon peuple. La légende qui dit que seules les fées peuvent les cueillir est en partie vraie, seulement en partie, tint à préciser la reine.

— Je ne suis pas certaine de comprendre, Majesté.

— Ce ne sont pas les fées qui peuvent cueillir la fleur dont vous avez besoin, seulement la reine. Ces fleurs m'appartiennent. C'est l'héritage des monarques.

— Je ne savais pas cela, dit Illah en échangeant un regard avec son époux.

— Évidemment que non, puisque c'est un secret que nous gardons depuis des siècles. Je vais vous donner cette fleur dont vous avez tant besoin.

— Merci, Majesté, dit Illah en baissant humblement la tête.

— Ce n'est rien. Toutefois, si vous voulez que la fleur soit encore en vie à la fin de vos épreuves, je vais devoir l'enfermer dans un bocal. Ce bocal ne devra pas être brisé, sinon la fleur disparaîtra comme de la poussière dans l'air. N'ouvrez pas le bocal. Gardez-le en sécurité, toujours bien enveloppé. La lumière trop vive pourrait être fatale à la fleur. Si vous deviez la perdre, sachez que je ne vous en redonnerais pas d'autres. Suis-je claire ? demanda la reine.

— Oui, Majesté, dit Illah avec conviction.

— Bien. Attendez-moi ici. Là où je vais, les humains ne peuvent aller. Ce serait trop dangereux pour vous.

— Comme il vous plaira, Majesté, dit Illah en s'inclinant devant la reine, alors que cette dernière s'envolait vers un lieu qu'elle seule connaissait.

Dès que la fée fut hors de portée de voix, Alarik dit à son épouse :

— J'ai hâte d'être parti d'ici. Je n'aime pas du tout cet endroit. Il me donne la chair de poule. Je ne sais pas pourquoi, d'ailleurs. C'est magnifique et paisible, mais quelque chose est… je ne sais pas… c'est bizarre.

– Je sais, moi aussi, j'ai une drôle d'impression. La reine semble sur ses gardes en permanence et pas seulement à cause de nous. On dirait qu'elle est… nerveuse, dit Illah.

– Exactement, approuva Alarik. Dès qu'elle revient, nous prenons notre butin et nous filons. Pas le temps de faire plus ample connaissance, compris ?

– Oui, bien entendu, dit Illah.

Ils attendirent en silence, écoutant les bruits environnants. Curieusement, il n'y avait pas de chants d'oiseaux ni de vent pour faire frémir les feuilles des arbres. Tout était immobile. Il n'y avait que des voix, lointaines, probablement les fées qui s'étaient éloignées plus tôt.

Soudain, un léger battement d'ailes se fit entendre et la reine revint. Elle tenait dans ses mains un sac de tissu rond comme un ballon. Elle se posa par terre et sortit le contenu du sac.

Illah retint une exclamation de stupeur. La fleur nommée Salil était bleu vif, éclatante, presque dure à regarder. Sa tige et ses feuilles étaient translucides, comme un glaçon. Elle était plantée dans le fond du contenant rond comme une grosse balle, dans ce qui ressemblait à de la terre, mais qui était rose bonbon et qui scintillait en reflétant la lumière. Illah tendit la main pour toucher le récipient. Elle était subjuguée par la beauté de cette fleur mystique. Elle se sentait attirée vers elle comme un aimant. C'était plus fort qu'elle, plus fort que tout ce qu'elle connaissait. Son univers se limita à cette seconde, à cette seule chose, la Salil si magnifique. La reine, de sa voix autoritaire, lui dit :

– N'y touchez pas, princesse. Je sais que c'est pénible, mais sachez que si la fleur mourait à votre contact, vous aussi.

– Comment ? s'exclama Alarik qui se plaça derechef entre le bocal contenant la précieuse fleur et son épouse.

– Elles sont venimeuses. Pas pour les fées, bien entendu, mais pour les humains, elles sont mortelles. Un seul contact et vous mourrez.

– Pourquoi ne pas nous l'avoir dit avant? demanda Alarik avec colère.

– Parce que je n'aurais pas cru que la magie de la fleur agirait de façon aussi forte sur votre épouse. C'est une fleur qui piège les gens. Elle vous attire à elle par sa beauté percutante, et dès que vous la touchez, vous mourez. C'est comme cela.

– Très bien. Je vais prendre le bocal, Majesté, si vous le permettez. Et nous allons partir, dit Alarik qui faisait toujours barrage à son épouse avec son corps.

– Tenez, jeune homme, murmura la reine en lui remettant le bocal, soulagée que le jeune homme fût insensible à la magie de la fleur. Et ne vous inquiétez pas trop pour l'enfant, il se porte à merveille.

La petite reine envoya un clin d'œil vers la princesse, qui était encore hypnotisée par la Salil.

– Comment? s'interloqua Alarik.

– Elle est enceinte et elle l'ignore, mais vous, jeune homme, vous savez. J'ai compris cela à la minute où je l'ai vue, dit la reine avec un sourire. Partez, la pierre noire va réapparaître et vous retournerez là où vous êtes arrivés.

– Merci, Majesté. Est-ce que mon épouse va rester comme ça encore très longtemps?

– Non. Dès que vous aurez dissimulé la fleur à sa vue, elle va retrouver ses sens, le rassura la reine. Partez maintenant.

– Oui, Majesté, au revoir et merci de votre aide, dit le jeune homme tout en cachant le contenant rond dans le sac de tissu que la reine lui tendait.

La reine des fées s'envola vers la forêt sans un regard en arrière. Alarik attrapa Illah par le bras et se dirigea vers la pierre noire qui était réapparue à l'endroit exact où elle se trouvait précédemment. Il posa le pied dessus avec précaution. Voyant que rien de catastrophique ne se passait, il tira Illah vers lui. Dès qu'ils eurent tous les deux les pieds bien ancrés sur la pierre, le bourdonnement assourdissant qui leur avait fait si mal aux oreilles reprit, mais il ne dura que quelques secondes. Dès que cela cessa, le jeune homme tira son épouse derrière lui et ils quittèrent le centre du cercle de pierres.

Illah commençait à reprendre contenance lorsqu'elle arriva à la hauteur de son cheval. Alarik ne lui laissa pas le temps de faire quoi que ce soit. Il mit son précieux fardeau dans une sacoche qui pendait au flanc de son étalon, puis d'un geste rapide, il lança ni plus ni moins son épouse sur l'autre cheval. Il lui tendit les rênes, qu'elle prit docilement, se demandant ce qui s'était passé et ce qui l'avait mise dans cet état de béatitude, ce qui ne lui ressemblait pas du tout.

Lorsque Alarik donna le signal du départ, la princesse le suivit. Elle ajusta la vitesse de son cheval sur celui de son époux. Elle essayait de se rappeler ce qui s'était passé après qu'elle eut aperçu la magnifique fleur, mais tout ce qui lui restait en mémoire était une brume épaisse. Elle décida d'attendre. Les réponses à ses questions viendraient plus tard. Il valait mieux rapporter leur précieux paquet au plus vite et ne pas s'éterniser en ces lieux.

Le galop ininterrompu des chevaux permit à leurs cavaliers d'arriver à la petite maison avant le coucher du soleil. Ils avaient fait l'aller-retour entre les terres des fées et leur résidence temporaire en une seule journée. Balthazar sembla surpris de les voir revenir aussi vite, mais dès qu'il connut l'histoire de la plante, il comprit. Il ne demanda pas à voir la précieuse fleur, car il ne connaissait pas l'effet qu'elle aurait sur lui. Illah entra dans la maisonnette sans dire un mot, sous le regard scrutateur des deux hommes. Elle se dirigea directement vers la couchette et s'y laissa choir. Il ne lui fallut que quelques minutes pour s'endormir.

Alarik prit soin de mettre leurs précieux chargements dans plusieurs sacs insérés l'un dans l'autre. Puis il rangea le paquet dans ses bagages. Il ne le remit pas au vieil homme comme le reste de leur cueillette.

Balthazar servit sa perpétuelle bouillie d'avoine sucrée au jeune homme et écouta son récit de leur journée. Il ne fit aucun commentaire. Il désirait y réfléchir lorsqu'il serait seul durant la nuit.

Alarik alla rejoindre son épouse et il s'endormit, lui aussi, d'un lourd sommeil.

Balthazar profita de cette solitude pour se rendre sur la grosse pierre qui donnait sur la falaise. Il sortit sa flûte et entama la musique qui ramènerait vers lui son amie Galatée. Il avait besoin d'elle pour la prochaine étape du voyage des jeunes gens. De plus, il désirait connaître son avis sur ce qui s'était passé chez les fées. Il n'était pas inquiet du pouvoir d'attraction de la Salil, puisqu'il connaissait bien la légende s'y rapportant. Ce qui le dérangeait était la drôle d'impression qu'Alarik avait eue pendant qu'il se trouvait chez les fées et dont il lui avait parlé. Il était anormal de ressentir de l'animosité sur les terres de créatures aussi pacifiques et douces que l'étaient les fées.

La magie utilisée par les mages noirs sur la terre des créatures magiques commençait peut-être à avoir des effets néfastes. Le mal par la peur qu'il inspire s'en trouve renforcé. L'équilibre entre les deux forces devenait précaire. Ce n'est pas ce que la prophétie racontait. Il devait se produire quelque chose que personne n'avait prévu.

Le vieil homme laissa son regard se perdre dans la nuit. La lune reflétait ses rayons blancs sur l'eau en bas de la falaise. Le bruit lointain des vagues qui viennent se briser sur les rochers accompagnait le chant des criquets. Balthazar n'était pas un homme qui s'énerve facilement, pas avec toutes les épreuves que la vie lui avait fait traverser. Pourtant, ce soir, une certaine agitation qui ne lui était pas coutumière faisait frémir ses vieux os.

Quelques heures passèrent ainsi, dans l'immobilité que seule la nuit peut apporter, avant que les battements d'ailes familiers de la dragonne ne se fassent entendre au loin. Le vieil homme fut surpris de la rapidité de son amie, il ne l'attendait pas avant le matin.

Galatée se posa à son endroit habituel, sans tout détruire sur son passage cette fois, puisqu'il n'y avait plus grand-chose à cet endroit. Elle s'approcha du vieil homme avec prudence, évitant de le faire sursauter.

– Qu'est-ce qui se passe, Balthazar? demanda la dragonne en s'étendant paresseusement par terre comme l'aurait fait un chat devant la cheminée.

– Illah et Alarik ont réussi leur troisième épreuve.

– Bien. Ils progressent.

– En effet, acquiesça Balthazar.

– Tu ne m'as pas fait traverser Kianah de part en part seulement pour me dire cela, vieil homme, je le sais, je te connais. Qu'est-ce qui ne va pas? demanda Galatée en plongeant ses splendides yeux verts dans ceux de son ami.

– Je vais t'expliquer.

Puis, de sa voix rocailleuse et usée par la vie, Balthazar raconta tout ce qu'il savait sur les derniers événements. Il lui parla de son inquiétude. Galatée l'écouta sans l'interrompre. Puis il lui demanda :

– J'aimerais avoir ton avis. Je pense qu'il se passe quelque chose sur les terres des créatures magiques et pas seulement un sort pour obscurcir le ciel. C'est plus grave. J'en suis persuadé.

– C'est possible.

– Je me demandais si tu avais entendu parler de quelque chose.

– Non, mais on ne me dit pas tout, Balthazar, tu dois bien t'en douter. Mon père garde pratiquement tout pour lui. Il dit qu'il fait cela pour me protéger… bougonna la dragonne dans un mouvement de frustration, ce qui surprit le vieil homme, ne connaissant pas ce côté de sa personnalité.

– Donc tu ne sais rien et tu n'as pas vraiment d'idée sur ce qui se passe, dit Balthazar.

– Oui et non. Je pense qu'il se passe quelque chose d'anormal, comme toi. Le jeune Alarik vient d'une lignée de mages, même s'il ne le sait pas. Il a probablement un don pour sentir les ennuis avant qu'ils arrivent. Peut-être qu'il se prépare quelque chose. J'irai aux nouvelles dès que je rentrerai chez moi, dit la dragonne.

– J'ai un service à te demander avant que tu partes, Galatée, dit le vieil homme.

– Demande-moi, mon ami, dit la dragonne en faisant ce qui pouvait le plus ressembler à un sourire de la part d'une créature aussi impressionnante.

– J'ai besoin de tes services de monture encore une fois.

– Pour les jeunes ? demanda Galatée.

– Oui et pour moi, si tu peux. Je dois aller avec eux dans la forêt de verre. Je connais bien cette forêt et ces arbres…

– Moi aussi, je les connais, ces arbres, dit Galatée. Tu penses que ta présence pourra les aider ?

– Oui, en fait, j'en suis certain. Le plus grand d'entre eux, Mastek, me doit une faveur depuis bien longtemps, dit le vieil homme.

– Je vois… dit la dragonne, donc tu vas te rendre là et solliciter une faveur à un arbre, le plus vieux et le plus têtu de tous. Tu ne manques pas d'ambition, vieil homme, mais c'est très risqué, et tu sais que je ne pourrai pas m'approcher pour te protéger si ça devait mal se terminer.

– Je sais, Galatée. Les arbres de la forêt de verre n'aiment pas trop les dragons. Mastek me l'a laissé entendre, mais il n'a pas dit pourquoi.

– Et tu n'as pas besoin de le savoir, lui répondit la dragonne avec sarcasme. Je vous conduirai demain matin. Aussi près que possible de Mastek. Ensuite, ce sera à toi de jouer.

– Merci, Galatée. Tu connais la destination que nous prendrons ensuite, mon amie, n'est-ce pas ?

– Oui, je sais. Je ferai ce qu'il faudra, comme je l'ai promis il y a des années, dit la dragonne avec compassion.

– Merci, Galatée ; enfin je connaîtrai la paix.

– C'est ton vœu, vieil homme, je le respecterai. Maintenant, si tu le permets, je vais essayer de dormir un peu. Tu devrais en faire autant. Nous partirons à l'aube. Préviens tes protégés, dit la dragonne avant de se rouler en boule et de fermer les yeux, signifiant ainsi que la discussion était close.

Balthazar retourna à la petite maison et fut accueilli par des ronflements en provenance de la couchette. Illah et Alarik dormaient à poings fermés. Il valait mieux attendre au matin pour leur parler. Le vieil homme s'installa sur son banc et s'endormit.

*

Le ciel commençait à peine à se colorer de la lumière du matin lorsque Illah et Alarick furent tirés de leur sommeil. Balthazar ne cessait de faire du bruit avec tout ce qui lui tombait sous la main. La princesse bougonna une phrase incompréhensible aux deux hommes et sortit avec son bol de bouillie à la main. Alarik s'aspergea le visage d'eau froide, puis attrapa son repas et rejoignit son épouse. Ils mangèrent en silence dans le froid du matin. Balthazar les rejoignit en transportant un sac de jute. Le jeune couple ne comprit pas ce que le vieil homme faisait avec des bagages. Toutefois, lorsque Galatée apparut devant la maisonnette avec un harnachement sur le dos, ils comprirent avec satisfaction qu'ils voyageraient à nouveau sur le dos de la dragonne.

Balthazar attacha son sac au harnachement de la dragonne et monta sur son dos. Puis il cria aux deux jeunes gens :

– Prenez vos affaires, seulement le strict nécessaire, et venez. Nous partons.

– Déjà ? demanda Illah dont les yeux avaient peine à rester ouverts pendant plus de deux minutes.

– Oui.

– Et les chevaux ? demanda le jeune homme.

– Je m'en suis occupé. Ne t'inquiète pas.

– D'accord. Viens, Illah. Il semble que nous soyons pressés ce matin.

Dès que tout le monde fut bien installé sur le dos de la dragonne, elle s'élança dans les airs. Illah se retrouva coincée entre le dos osseux de Balthazar et le torse de son mari. Le vol acheva de la réveiller. Le froid mordant lui fouettait le visage. Elle se blottit dans son manteau. Le paysage prenait vie peu à peu sous ses yeux. Le soleil dardait ses rayons sur eux, mais pas suffisamment fort pour les réchauffer. Pas en cette saison. Et comme la forêt de verre ne se trouvait pas sur les terres des créatures magiques, mais à la frontière entre Oèva et El Allorock, ils ne bénéficieraient pas de la température clémente dont ils avaient profité lors de leurs précédentes épreuves.

Lorsqu'ils aperçurent la forêt de verre, Illah fut stupéfaite. Jamais elle n'avait vu quelque chose qui ressemblait à cela de sa vie. Même son imagination fertile n'aurait pu concevoir un spectacle aussi impressionnant.

Dans la lumière du jour, les arbres de verre brillaient comme des pierres précieuses, au point qu'il était difficile de les regarder. Les couleurs éclatantes produites par le soleil sur les branches de ces arbres immenses rendaient tout aux alentours plus brillant, plus étincelant. La dragonne survola la forêt un bon moment. Puis elle repéra une clairière. Elle s'y posa sans dire un mot. Elle laissa ses passagers descendre de son dos avec leurs chargements et elle s'envola avec vigueur. Illah la regarda partir, puis elle demanda à Balthazar des explications. Le vieil homme se contenta de hausser les épaules, sans répondre à la princesse. Illah regarda autour d'elle. Les arbres magnifiques étaient complètement immobiles malgré la légère brise qui soufflait. Le sol sur lequel ils marchaient était blanc, rocailleux, avec çà et là des touffes de végétation transparente. C'était stupéfiant et irréel.

Alarik prit le sac qui contenait la Salil et l'attacha solidement en travers de son épaule. Puis il fit de même avec leurs sacs de voyage. Balthazar attacha son sac de jute sur son bâton de marche, puis il avança. Devant le mutisme du vieil homme, Alarik crut bon de demander :

— Où allons-nous ?

— Parler avec un arbre, répondit le vieil homme d'un ton brusque.

— Vous savez où vous allez ? Des arbres, il y en a partout, tout autour, dit le jeune homme, frustré par l'attitude de Balthazar.

— Nous allons en voir un en particulier, dit le vieil homme.

— Lequel ? Celui qui brille le plus ? ironisa Alarik.

— Vous allez voir. Suivez-moi et taisez-vous. Ces arbres n'aiment pas être dérangés. Il vaut mieux ne pas traîner dans le coin.

— Si vous le dites, murmura Alarik en jetant un regard de biais à Illah.

La princesse était tout aussi stupéfaite que son époux par l'attitude de leur ami. Cela ne lui ressemblait pas. Mais il semblait savoir où il allait, ce qui, pour le moment, était rassurant.

Pendant qu'ils marchaient tous les trois sur un chemin que seul le vieil homme semblait connaître, Illah observait les alentours. Les arbres étaient encore plus grands qu'elle ne l'avait cru vus du ciel. La lumière du soleil semblait être emprisonnée à l'intérieur de leur… écorce de verre. Cette écorce transparente comme du cristal avait l'air lisse et douce. La princesse tendit la main pour toucher un arbre tout près d'elle, mais Balthazar lui saisit violemment le poignet et lui dit d'un ton menaçant qu'elle ne lui connaissait pas :

— Ne faites jamais ça !

— Lâchez-moi, vieil homme, gronda la princesse en portant la main à sa dague.

Balthazar la lâcha immédiatement, mais ses yeux demeurèrent durs lorsqu'il lui dit :

— Si vous tenez à votre main, ne touchez aucun de ces arbres. Jamais.

– Pourquoi? demanda la princesse.

– Vous n'avez pas besoin de savoir. Suivez-moi et taisez-vous.

– Ne parlez pas comme cela à ma femme, Balthazar, intervint Alarik.

– Eh bien, qu'elle fasse ce que je dis, dans ce cas.

– Peut-être que si vous nous donniez des explications, ce serait plus simple pour tout le monde.

– Bon, bon, très bien, dit le vieil homme en arrêtant de marcher. Ces arbres autour de nous sont des créatures très hargneuses. Dès le moment où nous avons atterri ici, ils se sont mis à nous observer. En ce moment, ils doivent même nous écouter.

– Comment savez-vous tout cela? demanda Illah.

– Je suis déjà venu ici dans ma jeunesse. Maintenant, taisez-vous et suivez-moi, dit le vieil homme. Et par tous les dieux, ne touchez à rien. Il ne faut pas les déranger plus que nécessaire.

– Comme vous voulez, dit Illah avec un haussement d'épaules en se remettant à marcher derrière le vieil homme.

Alarik n'aimait pas l'attitude de Balthazar. Il allait le garder à l'œil. Tout en marchant, il remarqua que, malgré l'apparente immobilité des arbres, ces derniers bougeaient, imperceptiblement pour quiconque ne ferait pas attention. Ces mouvements lents et fluides dans une forêt d'arbres immenses et transparents rendirent Alarik nerveux. Il n'aimait pas ce qui se passait, car il ne maîtrisait pas l'issue de la situation. Si les arbres devenaient agressifs, jamais il ne pourrait protéger Illah.

La marche dura des heures. La position du soleil changea et la lumière projetée par les arbres également, si bien qu'Illah dut se protéger les yeux de ses mains pour ne pas être éblouie. Ainsi, elle ne vit pas Balthazar s'arrêter juste devant elle et lui rentra dedans de plein fouet. Le vieil homme tendit la main devant lui. Illah se pencha de côté pour voir ce qui se passait. La surprise la figea.

Devant eux se tenait le plus grand arbre qu'elle ait vu dans sa vie. En comparaison, les autres arbres étaient minuscules, des bébés.

Illah voulut s'avancer pour mieux voir, mais Alarik la retint fermement. Elle se débattit un peu, mais lorsqu'il lui désigna les autres arbres autour d'eux, qui s'approchaient lentement en glissant sur le sol blanc, elle se figea d'effroi. Il était clair que ces arbres *avançaient* vers eux. Et la position de leurs branches, toutes pointées de façon menaçante vers les trois humains, était très claire. Balthazar dit tout bas :

— Ne bougez pas, et si vous devez absolument le faire, ne faites aucun geste brusque. Il en va de nos vies.

— Quoi ? Mais…, s'exclama Illah, interrompue par la main de son époux qui se plaqua sur sa bouche.

— Chut ! lui dit-il. Regarde.

Les arbres les avaient maintenant encerclés. Leurs branches pointues et effrayantes se trouvaient à quelques centimètres du visage de chacun. Alarik retira sa main lentement du visage de son épouse, qui lui jeta un regard noir mais qui s'abstint de tout commentaire.

Balthazar se racla la gorge et s'écria :

— Mastek ! C'est moi, Balthazar. Je suis venu réclamer mon dû. Tout de suite ! Rappelle tes gardes.

Soudain, le silence oppressant fut brusquement interrompu par un grondement sourd. La terre se mit à trembler, si fort qu'Illah et Alarik se retrouvèrent par terre, sur les fesses. Balthazar se retint fermement à son bâton de marche sans sourciller. Les arbres qui les encerclaient s'écartèrent devant le vieil homme, libérant un espace assez grand pour qu'il puisse passer. Balthazar avança et fit signe au jeune couple de le suivre, ce qu'ils firent sans se faire prier.

Le plus grand de tous les arbres bougea lentement. Son tronc tordu se tortilla, puis il déploya ses branches de part en part de son

226

tronc, donnant presque l'image de multiples bras qui s'ouvraient pour vous accueillir. Balthazar continua d'avancer lentement vers lui. Alarik prit Illah par la taille et la tint fermement contre lui sans quitter des yeux les arbres menaçants tout autour. Illah tremblait de peur.

Balthazar s'arrêta à une distance respectable du grand arbre de verre. Il déposa son bâton de marche à plat sur le sol et dit à Alarik :

– Maintenant, quoi qu'il arrive, ne dites rien et ne faites rien. Et arrêtez là de claquer des dents, sinon ils vont l'entendre.

– D'accord, dit Alarik en serrant Illah plus fort contre lui.

Balthazar s'approcha encore de l'arbre géant. Puis il posa sa main sur le tronc. La terre se remit à trembler, si fort que les trois humains se retrouvèrent à genoux sur le sol. Balthazar fut le premier à se relever, sans enlever sa main du tronc de l'arbre. Il lui dit :

– Mastek, donne-moi ce que tu me dois et je partirai avec mes amis. Si tu ne le fais pas, je resterai ici.

Cette fois, ce ne fut pas un tremblement terre qui répondit au vieil homme, mais une voix, grave, profonde, comme si elle venait du centre de la terre.

– J'espérais que tu serais mort, depuis le temps, Balthazar.

– Désolé de te décevoir, Mastek. Je suis vivant. Et tu me dois toujours une faveur.

– Tu n'aurais jamais dû remettre les pieds ici.

– Tes gardes ne me feront rien, tu ne les laisseras pas faire. Tu me dois la *vie*. Et tu le sais, dit Balthazar avec entêtement.

Illah et Alarik échangèrent un regard interrogateur, et la princesse murmura : « la vie » ; Alarik haussa les épaules, signifiant qu'il ne comprenait pas non plus. Mastek reprit la parole.

– C'était il y a longtemps. Je ne crois pas te devoir quoi que ce soit.

– Arrête de jouer les fourbes, Mastek. Est-ce que je dois vraiment raconter à ta garde, très jeune en passant, ce qui s'est passé ici la dernière fois que je suis venu ?

La terre trembla si fort que les dents du vieil homme s'entre-choquèrent. Il sourit de satisfaction. Il avait gagné et il le savait. L'orgueil de l'arbre géant n'avait pas de mesure. Jamais il n'accepterait que l'histoire de sa honte refasse surface. C'est pourquoi il demanda à Balthazar :

– Que veux-tu ?

– Ce que tu me dois, vieux grincheux d'arbre de verrerie, répondit Balthazar sans perdre son sourire.

– C'est tout ? demanda le géant.

– Oui et non. Bien entendu, tu dois nous laisser repartir sans qu'il nous soit fait le moindre mal.

– Tu rentres chez toi pour de bon ou tu vas revenir encore me faire du chantage ? demanda la voix caverneuse.

– Je vais au marais de Sunèv, Mastek, dit Balthazar, perdant son sourire et prenant un air grave.

– Donc, cela signifie que...

– Oui. Le moment est venu, dit Balthazar en caressant l'écorce de l'arbre géant.

– Comment saurons-nous qu ce sera notre tour ? demanda Mastek.

Alarik et Illah se regardèrent sans comprendre de quoi l'arbre et le vieil homme parlaient.

– Tu sauras, dit Balthazar. Une amie viendra du ciel pour vous avertir.

– Une dragonne ? demanda Mastek.

– Oui. Pour le bien de Kianah, vous ne devrez pas lui faire de mal.

– C'est beaucoup demander, mais c'est d'accord. Que la prophétie s'accomplisse ! dit l'arbre géant.

– Merci, Mastek.

– De rien. As-tu la fiole de Sybelle ? demanda Mastek.

– Oui, acquiesça le vieil homme en sortant un petit contenant allongé d'un repli de son vêtement informe.

– Prends ma sève.

– Merci.

Balthazar entailla avec un petit couteau l'écorce de verre de l'arbre géant. Puis il remplit la petite fiole et la referma avant de la remettre dans son vêtement sans prêter attention au jeune couple qui le regardait avec insistance. Mastek demanda :

– C'est elle, la mère ?

– Oui.

– Et le père, c'est lui ?

– Oui, Mastek. Misak les a mariés il y a deux lunes de cela.

– Je vois. Donc, tout se met en branle. J'attendrai ton amie du ciel, vieil homme. Tu peux partir maintenant et emmène tes amis. Ne vous inquiétez pas. Vous serez en sécurité. Mais fais-moi une faveur, Balthazar.

– Laquelle ? demanda le vieil homme ramassant son bâton de marche.

– Ne reviens jamais ici. Nous sommes quittes maintenant, et je ne pourrai pas toujours retenir ma garde ; comme tu me l'as dit, ils sont très jeunes

– Je sais, dit Balthazar. Adieu, Mastek.

– Adieu, vieil homme.

Illah et Alarik se relevèrent et suivirent docilement leur guide sur le chemin qu'ils avaient emprunté pour venir. Ils marchèrent en silence, conscients que chacun de leur geste était épié par les arbres qui les entouraient. Dès qu'ils furent à la clairière, Balthazar sortit sa flûte et joua. Ils n'attendirent que quelques minutes et Galatée arriva. Balthazar monta sur le dos de la créature, imité par Illah et Alarik, et ils s'envolèrent dans le ciel de cette fin de journée. Balthazar cria à la dragonne :

– Au sud, maintenant.

– Tu es certain ? demanda la dragonne, en échangeant un regard triste avec le vieil homme.

– Oui. C'est le moment, dit-il avec un air parfaitement serein sur le visage.

– D'accord.

Alarik garda le silence sur cet échange entre Balthazar et Galatée, bien qu'il eût un doute sur ce qui allait suivre. Illah se tourna vers son époux et plongea son regard dans ses yeux bleus.

– Est-ce que c'est la fin? demanda-t-elle d'une voix pleine de sous-entendus.

– Je crois que oui, mon amour. C'est la fin, dit Alarik en la serrant plus fort et en embrassant ses cheveux. Ce sera enfin terminé.

Dans un élan qui venait tout droit du cœur, Illah posa sa main sur l'épaule osseuse du vieil homme, qui se raidit à son contact. Elle serra entre ses petits doigts le muscle encore vigoureux du vieil homme. Il saisit la petite main froide dans la sienne et la serra en souriant, de ce sourire que seul un homme en paix peut avoir. Malheureusement, Illah ne vit pas ce magnifique sourire. Elle se contenta de serrer la main ridée dans la sienne aussi fort qu'elle le pouvait.

Lorsque le soleil amorça la dernière partie de sa course dans cette journée longue et éreintante, ils arrivèrent en vue du marais de Sunèv.

Galatée se posa sur le rivage de ce grand plan d'eau recouvert de fleurs et de quenouilles. Balthazar posa le pied au sol, suivi de près par Illah et son époux.

Le vieil homme fit signe à Alarik, qui vint le rejoindre. Le vieil homme lui dit :

– Prends la Salil, mais ne la sors pas tout de suite de son sac. Je te le dirai lorsque ce sera le moment.

– D'accord.

Illah s'approcha de Balthazar avec appréhension. C'était la fin de leur grande aventure. C'était maintenant qu'ils sauraient si leur union était acceptée par Sunèv, le grand mage.

Balthazar attendit le retour d'Alarik et lui demanda de se mettre à sa droite, Illah se trouvant à sa gauche. Il prit la main de chacun d'eux et se mit à siffler. L'air qu'il entonna fut comme une brise fraîche dans l'air humide et chaud.

Au centre de l'immense marais, l'eau se mit à bouillonner. Des vagues, poussées par les grosses bulles qui éclataient à la surface de l'eau, vinrent s'écraser sur le rivage, au pied du trio. Balthazar continua de siffler sans s'interrompre, malgré l'ampleur que prenait le bouillon.

Soudain, fracassant la surface de l'eau, une silhouette floue, presque immatérielle, jaillit. Illah retint de justesse un cri.

Balthazar arrêta de siffler. Il regarda la silhouette s'approcher d'eux. Lorsqu'elle atteignit presque le rivage du marais, elle s'immobilisa. Puis ses traits se précisèrent. Illah et Alarick virent que la silhouette était celle d'un homme dans la force de l'âge, aux cheveux longs aussi noirs que ses traits étaient blancs. Seuls ses yeux d'un bleu étincelant donnaient une touche de couleur à cet être incorporel. Sa beauté coupa le souffle à la princesse, qui, sans le vouloir, serra très fort la main de Balthazar, ce qui lui arracha un sourire.

La créature avança une main devant lui, presque assez pour toucher le visage de la princesse, qui se garda bien de bouger ne serait-ce qu'un cil. Puis, il mit sa main au niveau du ventre de la jeune femme. Il formula des paroles, mais qu'elle reconnut comme étant des formules magiques. Sa voix n'avait pas le timbre d'un homme de son âge, elle était beaucoup plus jeune, presque juvénile, musicale.

— Bienvenue, amis de Ganthal. Il y a longtemps que je vous attends, finit-il par dire aux nouveaux arrivants.

— Merci, grand maître Sunèv, dit Balthazar en s'inclinant respectueusement devant le spectre.

— Illah de Ganthal, Alarik d'Ébal, votre présence ici témoigne de la réussite de vos quatre premières épreuves. Voyons ce que vous m'apportez.

Balthazar ouvrit son sac. Il en sortit le flacon contenant les larmes de la licorne. Il le remit à Sunèv. Le mage prit la bouteille et l'inspecta de tous les côtés. Puis il la remit à Balthazar, qui la donna à Illah. Ensuite, le vieil homme empoigna l'épée des elfes et la remit au mage. Ce dernier la soupesa et dit :

— Elle est parfaite. Les elfes ont fait du bon travail. Je n'en attendais pas moins de leur part.

Ensuite, Balthazar fit signe à Alarik de sortir le bocal contenant la Salil. Illah détourna immédiatement le regard, ce qui provoqua un éclat de rire franc et mielleux de la part du mage.

— Ne vous inquiétez pas, princesse, en mon pouvoir, cette fleur n'aura aucun effet sur vous. Vous pouvez regarder sans crainte. Je vous en donne ma parole, lui dit-il avec un sourire.

Étant d'une nature curieuse, Illah regarda. Il tenait le bocal à la hauteur de ses yeux étincelants. Un demi-sourire creusait une fossette dans sa joue. Puis il dit à Balthazar :

— As-tu la sève de Mastek ?

— Oui.

— Bien. Donne-la à la princesse.

Ce que le vieil homme fit.

— Illah de Ganthal et Alarik d'Ébal, avancez d'un pas.

Ils s'exécutèrent avec appréhension. Le mage reprit avec calme et amabilité.

— Vous avez traversé le monde pour subir des épreuves très particulières. Tout jouait contre vous, mais vous avez réussi. Je n'en attendais pas moins des parents de l'enfant-dragon. J'ai le plaisir de vous annoncer que votre union est acceptée. Vous avez réussi vos épreuves.

— C'est… c'est vrai ? C'est vraiment vrai ? s'exclama Illah dont les joues étaient baignées de larmes.

— Oui, princesse. Vous mettrez au monde l'enfant de la prophétie. Cet enfant sauvera Kianah du mal qui gronde sur les terres de sable rouge. La magie qui règne sur cette prophétie est puissante. Des deux côtés, la Grande Guerre se prépare. Soyez prêts, lorsque le moment sera venu, à lever les armes pour protéger Kianah.

– Oui, maître, répondit à l'unisson le jeune couple.

– Je tiens aussi à vous féliciter pour votre enfant à venir, dit le mage en désignant le ventre de la princesse.

– Je… ne… je ne suis pas… bégaya Illah.

– Oh oui, princesse, vous êtes enceinte. Depuis le soir de votre mariage.

– Mais c'est impossible, dit Illah en portant les mains à son ventre involontairement.

– Je viens de vous le dire, princesse, la magie qui entoure la prophétie est puissante. Aucun mage, noir ou blanc, ne peut l'altérer. Il était dit depuis longtemps que vous seriez la mère de l'enfant-dragon. La preuve est devant nous. Vous êtes enceinte, malgré toutes les précautions prises par Misak. Soyez heureuse, élevez cet enfant dans le respect de la vie sur Kianah.

– Oui, maître, répondit la future mère, mais sans lever la tête vers le grand mage. Elle fixait son ventre encore plat, mais qui renfermait tout de même la vie. Elle n'en revenait pas.

– Illah, pour que votre enfant soit fort et vigoureux, solide comme le plus solide des arbres, prenez cette fiole et buvez-la.

– Sérieusement? demanda Illah en regardant tour à tour la fiole et son ventre.

– Oui, princesse, sérieusement. Buvez. Tout de suite. Pour protéger votre enfant.

– D'accord, dit la princesse qui avala d'un trait le liquide transparent.

Le mage sourit à la jeune femme.

– Bien. Reculez maintenant. Un homme attend de revoir ceux qu'il aime depuis très longtemps.

– Q… quoi? s'écria Illah.

– Balthazar de Ganthal, tu as rempli ta part du marché. Autrefois, lorsque cette mission t'a été confiée, j'ai accepté de te donner ce que tu me demanderais en échange. Es-tu prêt, vieil homme, à revoir ceux que tu aimes et que tu as aimés toute ta vie?

233

demanda Sunèv sans quitter des yeux le vieil homme qui se tenait devant lui.

Illah se débattait dans les bras de son mari et son visage était baigné de larmes.

— Non... non... Balthazar, le supplia-t-elle. Je ne peux pas vous perdre. J'ai encore besoin de vous.

— Je suis prêt, maître, dit Balthazar sans se retourner vers la princesse. Je suis prêt à revoir mon épouse et mon enfant. C'est mon souhait le plus cher. Je n'attends que cela depuis si longtemps. Mon cœur saigne chaque minute de chaque jour que je passe sans elles.

— Aujourd'hui, Balthazar, ton cœur ne saignera plus. Aujourd'hui, tu vas retrouver celles que ton cœur a tant aimées et qui t'ont été enlevées par malveillance. Dis adieu à ce monde que tu as si bien protégé.

La princesse ne se débattait plus, comprenant que c'était un choix que son guide avait fait il y a bien longtemps et que c'était sa volonté.

Puis Sunèv prit la Salil et dit de sa belle voix :

— Dis adieu à ce monde, car maintenant, tu t'en vas, Balthazar de Ganthal. Tu rejoindras la femme que tu aimes et l'enfant de ton cœur. Prends la Salil dans ta main, Balthazar, et ouvre ton cœur : elles t'attendent.

Le vieil homme avança la main et, juste avant de prendre la fleur des fées, il dit tout haut :

— Ne pleurez pas pour un vieil homme comme moi, princesse, soyez forte, soyez celle que je vois en vous. Soyez une bonne mère, protégez votre enfant, votre famille, votre pays et Kianah. Un jour, nous nous reverrons. Au revoir, Illah de Ganthal. Galatée, mon amie, es-tu là ?

— Oui, Balthazar, je suis là.

— Galatée, je te remercie pour ton amitié, ton aide et ta compréhension. Prends soin de ceux que je laisse derrière moi. Fais-le pour moi, s'il te plaît.

– Je te le promets, mon ami, dit la dragonne avec émotion.

– Merci, murmura-t-il.

Puis il prit la fleur dans ses mains. À son contact, le corps du vieil homme disparut en poussière, laissant seulement son vêtement informe sur le sol, en un tas de tissu usé par le temps.

Dans le silence de la nuit qui s'installait, un éclat de rire, ce son qu'Illah connaissait bien, résonna et pénétra dans le cœur des deux humains et de la dragonne, qui se tenaient figés devant tout ce qui restait d'un homme qu'ils avaient tant apprécié.

Sunèv regarda la princesse avec compassion.

– Votre cœur est bon et pur, princesse. Vous aimez les gens sans les juger, sans arrière-pensée. Vous serez une grande guerrière, une mère aimante et chaleureuse, et une épouse dévouée. Soyez heureuse, princesse. Ne vous inquiétez pas pour Balthazar, il est heureux à présent. Votre dragonne vous attend. Partez, retournez à votre vie. Ne regardez pas en arrière. Seule la souffrance vous attendra si vous revenez sur vos pas. Partez.

– Oui, maître, dit Illah en s'inclinant avec respect devant le mage fantomatique.

Puis elle monta sur le dos de la dragonne avec son époux. Galatée s'envola dans la nuit. Mais au lieu de retourner vers la petite maison qu'ils avaient partagée avec Balthazar, la dragonne mit le cap à l'est, dans la noirceur de la nuit. Illah rentrait à la maison et, avec elle, bien au chaud dans son ventre, l'avenir de Kianah.

CHAPITRE 10

Le ménage dans l'armée de Ganthal fut rapidement exécuté. Éthan avait établi de nouveaux critères pour tout le monde. Les généraux n'avaient plus qu'à les appliquer. À la grande satisfaction du roi, il s'avéra qu'il y avait moins d'imbéciles dans les rangs de l'armée que ce qu'il avait cru.

Le jeune archer Maël eut une promotion et se retrouva avec la garde personnelle du roi, une fonction enviée par tous et qui ne revenait qu'à des hommes de mérite. Le jeune homme fut jalousé par les autres soldats pendant quelque temps, mais les choses se tassèrent d'elles-mêmes.

Mika débarqua finalement sur le champ de bataille, avec beaucoup de retard, en emmenant avec lui des visiteurs. Le roi Micnell de Baldine et le roi Onel d'Ébal vinrent voir de leurs yeux ce qui se passait. Ondier les accueillit avec surprise et scepticisme. La bonne humeur était devenue très rare depuis quelque temps. Avant que son père dise des choses regrettables, le prince crut bon de prendre la parole.

— Père, nos alliés sont venus nous rendre visite pour nous donner un coup de main. C'est d'ailleurs à mon invitation qu'ils sont ici. C'est pour cela que je suis en retard sur ma visite.

— Bien… soyez les bienvenus, dit Ondier aux deux rois, en bougonnant.

— Merci de nous recevoir, dit Micnell. J'ai emmené mon neveu Grégoire avec moi, ainsi que ma nièce Tanila qui, je ne sais trop pourquoi, semble fascinée par cette guerre. Pour ce qui est de Grégoire, j'ai pensé qu'il serait bon pour lui de venir voir de ses yeux ce qui se passe ici. De plus, ton fils m'a parlé de sa théorie, qui, je dois le dire, est très intéressante.

— Tu as une bonne longueur d'avance sur moi à ce que je vois, maugréa le roi de Ganthal, de mauvaise humeur.

— En effet et Onel aussi. Ton fils est d'une intelligence surprenante, le complimenta Micnell.

— Merci, il tient cela de sa mère, mais ne va jamais lui répéter cela, ironisa Ondier avec une surprenante pointe d'humour dans la voix.

— Je ne m'y risquerais pas, rigola Micnell.

Ondier prit place autour de la table qui lui servait à tenir ses conseils de guerre avec les généraux et invita les nouveaux arrivants à se joindre à lui. Mika prit place à la droite de son père, comme le voulait la tradition. Puis il sortit une carte du continent, qu'il étendit sur la table. Vint ensuite une épaisse liasse de papiers qu'il garda à portée de main. Il regarda son père dans les yeux et dit :

— Père, nous avons un problème.

— Quelle surprise, Mika ! ironisa le roi.

— S'il vous plaît, père, laissez-moi m'expliquer, dit le prince avec une autorité qui surprit agréablement son père.

— Vas-y, Mika, je t'écoute.

— Nous avons épluché avec attention les rapports des généraux ainsi que tout ce qui arrive de l'étranger, même le plus infime détail.

— Cela a dû vous prendre un temps fou, dit le roi, attentif cette fois.

— En effet. Grégoire et Tanila m'ont été d'un grand secours, car la tâche était immense. Nous avons regardé à la loupe tout ce que nous avons trouvé qui pouvait nous sembler d'un quelconque intérêt. Les nouvelles ne sont pas bonnes, père, mais au moins maintenant nous savons…

— Nous savons QUOI? s'impatienta le roi.

— Trévor va attaquer Abéral.

— Pardon? s'exclama Ondier.

— C'est très simple, en fait. Tous les rapports de tous les généraux rapportent des attaques ciblées avec des soldats qui ne savent pas se battre et qui se laissent tuer sans résister d'aucune façon, autant ici qu'à Ébal d'ailleurs.

— C'est vrai, Onel? Tu es attaqué?

— Oui, depuis peu et très sporadiquement, répondit le roi d'Ébal. Mais écoute ton fils, Ondier.

— D'accord, bougonna le roi.

— Père, dit Mika, les vigies du nord de Ganthal rapportent une activité inhabituelle dans la baie de Baldine. Il y a des navires en grand nombre qui passent dans la baie, très au large. Ils n'ont pas de pavillon et ne sont pas construits comme les navires de Ganthal ou Baldine. Micnell?

— Oui, Mika, je vais poursuivre. J'ai fourni à ton fils, Ondier, les rapports des vigies de Baldine, qui rapportent la même chose sur le fleuve Taïka entre le royaume d'Ébal et de Baldine, tout près des chutes Gora. Onel peut te le confirmer.

— C'est exact, Ondier, dit le monarque d'Ébal.

— C'est tout? Des bateaux mystères? Vous vous moquez de moi et vous me faites perdre mon temps, dit le roi.

— Non, père, dit Mika sans se laisser démonter par le ton acerbe de son père. Ces navires ont été suivis par des pêcheurs dans la baie de Baldine. Ils se dirigent tous vers Abéral. Ils restent très au large, à la limite de la grande glace. Ceux qui étaient sur le fleuve ont accosté au pied des chutes Gora et ont ensuite disparu. Nous pensons que l'équipage est soit reparti, ce dont nous doutons puisque qu'ils n'ont pas été revus, soit ils ont abandonné les navires et les ont coulés. Les attaques sporadiques à Ébal ont eu lieu au moment précis où ces navires passaient devant les côtes, où ils étaient repérables facilement. C'est peut-être tiré par les cheveux, mais cela ressemble à une diversion et…

— Attends une minute, Mika, l'interrompit Ondier en regardant Éthan qui avait blanchi à vue d'œil. Est-ce que tu viens de dire *une diversion* ?

— Oui, père.

— Par tous les dieux… murmura le roi en pâlissant à son tour.

— Quoi ? Qu'est-ce qui se passe ? demanda Mika, inquiet.

Le roi raconta à son fils l'attaque qui avait eu lieu quelque temps plus tôt. Il lui parla des deux gamins qui avaient utilisé le mot « diversion ». À mesure qu'il parlait, le roi comprit ce que le roi Trévor planifiait. Il demanda à Mika :

— Avez-vous averti le roi Derek de ce qui se passe ?

— Nous avons envoyé un messager, mais nous ne savons pas s'il arrivera à temps, dit Mika.

— Qu'est-ce que Trévor peut bien vouloir à Abéral qui soit si important pour qu'il lève une flotte de guerre ? demanda Ondier.

Ce fut la douce Tanila, de sa timide voix, qui répondit au roi.

— Majesté, avec votre respect, je crois que je sais, dit-elle.

— Dis-moi, mon enfant.

— Abéral n'a d'attrait pour personne puisqu'il y fait un froid de canard, mais ce royaume possède presque toutes les mines de diamants de Kianah, laissa-t-elle tomber. Si je me souviens bien de mes leçons, il est dit que certains diamants sont si gros qu'ils recéleraient de la magie… Je m'avance peut-être, mais…

— Non… non… vous avez raison, ma chère, dit Mika dont les yeux étaient fixés sur la carte avec obstination. Les mines de diamants d'Abéral pourraient être la cible de Trévor. Ce serait logique.

Mika prit des pièces d'argent dans ses poches et les plaça sur la carte aux endroits exacts où les navires avaient été repérés. Lorsque cela fut fait, il prit des pièces d'or et les plaça où les attaques de diversion avaient eu lieu. La machination de ce qui se passait leur apparut à tous avec l'effet d'un boulet de canon. Micnell fut le premier à réagir.

— Dès que votre fils m'a parlé sa théorie, j'ai mis ma flotte de guerre à la mer avec ordre de couler tout navire n'ayant pas de pavillon. Avec un peu de chance, nous pourrons peut-être intervenir...

— J'ai aussi mandaté notre propre flotte, père, dit Mika. Ils rejoindront les navires de Baldine d'ici quelques semaines.

— Bien, acquiesça le roi. Tu as bien fait. Onel, ta flotte peut-elle surveiller les allées et venues sur le fleuve?

— Oui, Ondier. J'ai déjà donné les ordres après avoir discuté avec ton fils.

— Parfait. Micnell, toi et moi devons rejoindre nos flottes respectives dans les plus brefs délais. Éthan, tu resteras ici. Au cas où.

— Oui, Majesté, dit le général.

— Père, avant de nous précipiter dans le nord, nous avons un autre problème à régler, dit Mika.

— Lequel? demanda le roi.

— Eh bien, si nous avons raison et que Trévor veut attaquer Abéral et prendre les mines de diamants, nous devons savoir pourquoi. Je pense qu'il serait grand temps d'envoyer un espion.

— Je sais, mais nous avions désigné Alarik pour cela et il n'est pas encore revenu de son voyage d'acceptation de l'union.

— Je sais tout cela. Selon les renseignements que nous avons, le roi Trévor serait à court de personnel. Son chef de la sécurité aurait été tué dans une rixe de taverne. Le roi étant réputé pour sa paranoïa, il n'a pas encore comblé le poste. C'est son aide de camp et son général en chef qui se partagent la tâche. Il faut que ce soit notre espion qui ait cette place. Il serait pratique d'avoir en main la personne qui veillerait sur le roi. Je pense avoir un candidat idéal pour ce… travail hors norme, dit le prince avec malice.

— Qui cela ? demanda Ondier.

— Grégoire ? Es-tu toujours volontaire ? demanda Mika en regardant le neveu du roi Micnell avec complicité.

— Oui, Altesse, dit le jeune homme. Absolument.

— Grégoire… murmura Ondier. Je ne sais pas trop si…

— Si quoi, Ondier ? rétorqua Micnell avec colère. Tu penses que tu ne peux pas avoir confiance en mon neveu ?

— Honnêtement, je ne sais pas, Micnell. Il est très difficile de mettre une croix sur le passé, et je ne peux pas oublier qu'il n'y a pas si longtemps, tu te serais coupé un bras pour ne pas aider le Ganthal, dit Ondier.

Le roi Micnell se leva et fonça sur le roi de Ganthal. Tous les hommes présents voulurent intervenir, mais le roi Micnell les stoppa net d'un seul geste. Il mit un genou par terre devant Ondier et lui dit d'un ton solennel :

— Le jour du mariage de ta fille, je t'ai fait un serment. Je ne reprends jamais ma parole. Fais-nous un peu confiance, Ondier. Il n'en va pas seulement de ton royaume ou du mien, il en va aussi des autres. Nous devons agir. Grégoire est entraîné et prêt pour ce genre de mission. Et sans vouloir dénigrer Alarik, je pense qu'il serait plus crédible d'envoyer Grégoire qui vient de Baldine, plutôt qu'Alarik qui vient du pays d'origine de ton épouse…

— C'est vrai, Ondier, dit Onel. Je pense que si nous voulons vraiment savoir ce qui se passe au Zythor, il faut quelqu'un qui pourra s'approcher suffisamment du roi pour entendre les ragots de palais et même plus. Alarik ne pourrait jamais faire cela, personne ne se laisserait prendre, puisqu'il vient d'Ébal, qui a toujours été en bons termes avec le Ganthal et qui a ouvertement soutenu l'effort de guerre. Mais si tu envoies Grégoire, le neveu d'un de tes ennemis, du moins ennemis aux yeux du roi Trévor, peut-être que la chance pourrait se retrouver de notre côté. Grégoire pourrait prétendre qu'à la suite de l'alliance que Micnell a faite avec le Ganthal, il a déserté son pays et est venu se réfugier au Zythor, là où les ennemis de son royaume sont légion. C'est crédible, Ondier, et tu le sais.

Le roi Ondier prit le temps de réfléchir. Micnell se releva et retourna s'asseoir à sa place. Ondier porta son attention sur le jeune Grégoire et lui demanda :

— Veux-tu devenir un traître?

— Excusez-moi, Majesté? s'interloqua le jeune homme.

— Ce que mon père veut dire, intervint Mika, c'est qu'aux yeux de tous ceux qui ne sont pas dans cette tente, dès que tu seras de l'autre côté du fleuve, tu deviendras officiellement un traître. Il sera crié haut et fort que tu as fui ton pays, que tu as trahi ta famille et tes amis. Pour ta sécurité, nous n'aurons pas le choix. Nous mettrons ta tête à prix aussi, s'il le faut, mais seulement en dernier recours. Personne en dehors de ceux ici présents ne devra savoir que tu transmets des renseignements à notre alliance.

— Je vois, dit Grégoire.

— Mon neveu, intervint Micnell, ce que nous te demandons est risqué, très risqué. Nous ferons tout ce qui est possible pour te protéger, mais si tu venais à être démasqué... tu serais... torturé et tué.

— Je sais, mon oncle, dit Grégoire. Je l'accepte. Nous n'avons plus le choix. Nous devons savoir. Il en va de l'avenir de tous les royaumes.

— Tu es brave, dit le roi Ondier en abattant sa grande main sur l'épaule du jeune homme avec force.

— Grégoire..., murmura Tanila, es-tu certain de ce que tu fais?

— Oui. Il le faut, dit Grégoire.

— Je respecterai donc ton choix, mais je ne crois pas que de te faire passer pour un traître soit suffisant, dit Tanila.

Ondier porta son attention sur cette jolie jeune femme, que son fils dévorait littéralement des yeux, avec plus d'insistance.

— On dirait qu'elle a une idée, votre sœur, jeune homme, dit le roi Ondier.

— En effet, Majesté, dit Tanila, guettant l'approbation de son oncle et de son frère.

— Dites-nous, ma chère enfant, l'invita le roi.

Tanila étant très timide, elle devint cramoisie lorsque tous les visages se furent tournés vers elle. Elle se racla la gorge et se mit à se tortiller les mains, ce que le prince trouva amusant, surtout venant d'une personne qui apprend à se battre à l'épée en cachette.

— Faire passer mon frère pour un traître est une bonne idée, car cela renforce sa position au Zythor, mais cela implique aussi que le roi Trévor portera peut-être son attention sur lui, mais pas de la façon dont nous avons besoin, dit Tanila en regardant la table avec obstination pour ne pas voir les yeux des trois monarques qui la scrutaient.

— Je comprends où vous voulez en venir, dit Mika en lui faisant un sourire encourageant. Poursuivez.

— Je pense que nous devons nous assurer que l'attention du roi sera attirée sur mon frère pour une raison valable à ses yeux. Pas seulement parce qu'il vous aurait trahis. Il devra…, poursuivit-elle en déglutissant bruyamment, il devra lui sauver la vie. Quelqu'un essaiera de tuer le roi Trévor, et Grégoire devra s'interposer. Ainsi, il gagnera la confiance du roi et se fera une place auprès de lui. Il ne sera plus seulement un traître qui cherche asile au Zythor…

— … il sera aussi une espèce de sauveur très précieux aux yeux de Trévor, termina Ondier pour la jeune femme.

— Exactement, dit Tanila.

Les trois monarques échangèrent un regard qui en disait long. Puis Micnell dit à sa nièce avec fierté :

— Ma chère enfant, votre esprit est plus retors que je ne le pensais. C'est brillant !

– Merci, mon oncle, dit la jeune femme en rougissant de plus belle.

– Il faut trouver quelqu'un à sacrifier, dit Ondier qui avait perdu son sourire. Si nous voulons que cette tentative d'assassinat fonctionne comme nous le voulons, nous devons trouver qui sera l'assassin. Et nous savons tous que, qui que ce soit, il ne reviendra pas.

La tente se retrouva plongée dans un silence pesant. Une solution était trouvée et un nouveau problème faisait surface. Grégoire dit :

– Pourquoi ne pas trouver quelqu'un sur place? Le peuple de Zythor ne doit certainement pas être entièrement d'accord avec son roi. Il doit y avoir des dissidents, comme partout. Je crois que je pourrai trouver sans trop de difficultés…

– Je l'espère, répondit le roi Ondier. Dès à présent, Grégoire, tu as la délicate mission de devenir un proche du roi Trévor. La façon dont tu t'y prendras ne relève que de toi. Je remets ma confiance entre tes mains.

– Merci, Majesté, dit Grégoire en inclinant la tête respectueusement.

– Dès que tu seras prêt, tu pourras partir. N'oublie pas qu'au moment où tu poseras le pied sur le sol de Zythor, tu deviendras un traître pour tout le monde, sauf nous, dit le roi Micnell.

– Je sais. Avec votre permission, je vais retourner au palais d'Èrèmonta le plus tôt possible. Je dois me préparer.

– Bien, je t'accompagne, mon neveu, dit le roi Micnell en suivant le jeune homme dehors.

– Au revoir, Grégoire, dit Mika, sur le seuil de la tente. Je suis heureux d'avoir fait votre connaissance. Ce fut une belle surprise.

– Pour moi aussi, Altesse. Je n'aurais jamais cru trouver un ami dans ce royaume, dit le futur espion avec humour.

– Vous en avez un maintenant, dit Mika. Vous pourrez toujours compter là-dessus.

Grégoire s'en alla aux écuries, escorté par son oncle. Tanila les suivit de peu avec les larmes aux yeux. Si tout se passait comme prévu, elle ne reverrait pas son frère avant un bon moment. S'il se faisait prendre... oh! elle préférait ne pas y penser, car la peur lui nouait l'estomac.

Grégoire monta sur son cheval avec souplesse. Il avança vers le roi Micnell. Le monarque dit à son neveu avec plus d'émotion que ce qu'il souhaitait en public :

— Sois prudent. Ne fais rien de stupide et d'inutile. J'attendrai de tes nouvelles avec impatience.

— Oui, mon oncle, dit Grégoire avec ardeur.

— Une dernière chose avant que tu partes : prends ceci, dit le roi en tendant une petite fiole à son neveu.

— Qu'est-ce que c'est? demanda le jeune homme en regardant les petites graines noires dans le récipient.

— Un poison très puissant. Il tue dans les quelques minutes qui suivent son ingestion.

— Vous me donnez cela pourquoi? demanda Grégoire avec curiosité.

— Si tu te fais prendre, ils te feront... très mal. Si tu te sais perdu, prends ces graines. Je souhaite de tout mon cœur que tu n'aies jamais à les utiliser, mais mon cœur de..., bafouilla le roi en se raclant la gorge bruyamment, mon cœur d'oncle ne supporterait pas que tu subisses ces supplices. Promets-moi de faire très attention à toi.

— Je vous le promets, mon oncle, dit Grégoire avec conviction. Je dois vous demander une faveur.

— Je t'écoute, mon garçon.

— Tanila, elle aime bien ce pays, elle est heureuse ici. J'aimerais qu'elle me remplace dans le rôle d'ambassadeur.

— Elle est très jeune pour cela, mais si tu as confiance en elle et que tu la juges capable, c'est d'accord.

— Merci, mon oncle. Une dernière chose, si vous me le permettez.

— Vas-y.

— Le prince Mika n'est pas indifférent à ma sœur…

— Grégoire, l'interrompit Tanila, non pas de ça…

— Laissez-moi finir, s'il vous plaît. Mon oncle, si jamais le prince demande la main de Tanila, ce que je sais pertinemment qu'il fera, j'aimerais que vous acceptiez en mon nom et que ce soit vous qui l'accompagniez devant le mage pour le mariage, pas mon père, il n'a jamais compris ma sœur.

— Si cela se produit, Grégoire, je te jure sur mon honneur de faire ce que tu me demandes.

Le roi reporta son attention sur sa nièce qui pleurait si fort que son corps était secoué de spasmes. Il prit la jeune femme par le bras, la guida jusqu'à son frère et dit :

— Dites au revoir à votre frère, mon enfant. Je vous laisse seuls, tous les deux.

Micnell s'en alla sans regarder en arrière. Tanila prit la main de son frère dans la sienne et la serra si fort qu'elle faillit lui briser les doigts. Grégoire sentit les callosités dans la paume de sa sœur. Il fut, pendant une seconde, surpris, car il connaissait bien ces cicatrices, il avait les mêmes. Ce sont les marques des soldats qui s'entraînent à l'épée régulièrement. Il retourna la main de sa sœur vers lui et la regarda attentivement. Puis il dit d'un ton plein de compassion avec un grand sourire :

— Tu serres ta garde trop fort lorsque tu te bats. Place tes mains plus bas sur le manche, ça va faire une bonne différence.

Tanila recula de surprise. Il savait. Il avait compris qu'elle s'entraînait en cachette. La peur et l'angoisse prirent des proportions gigantesques dans sa tête. Grégoire le vit tout de suite et dit pour la rassurer :

— C'est bien que tu saches te défendre. Il y a un moment que j'avais des doutes sur tes activités illicites.

— Pour… pourquoi n'as-tu rien dit ? bégaya Tanila sans retirer sa main de celle de son frère.

– Parce que c'est ton choix et que je le respecte comme je te respecte, toi, en tant que personne. Je suis heureux que tu saches te défendre, surtout en temps de guerre. Ça me rassure. Qui t'entraîne?

– Euh... eh bien... en fait... c'est le prince Mika.

– Il est bien entraîné lui-même. Il sait ce qu'il doit faire. Parlant du prince, Tanila, es-tu attirée par lui? demanda Grégoire avec sérieux.

– Oui, répondit la jeune femme faiblement, avec timidité.

– Dans ce cas, je te donne ma bénédiction, pour le cas où tu t'unirais à lui pendant mon absence. Prends soin de toi, ma sœur.

– Toi aussi, dit la jeune femme qui se transformait à nouveau en fontaine.

– Je t'aime très fort. Maintenant, j'aimerais que tu cesses de pleurer et que tu me souries. C'est ce sourire que je veux emmener avec moi, pas un visage en pleurs, lui dit-il avec douceur en soulevant le visage de la jeune femme vers lui.

Tanila prit sur elle et décocha un magnifique sourire à son frère. Puis elle l'embrassa sur chaque joue. Il l'embrassa sur le front, puis sans un mot de plus, il talonna son cheval et disparut dans la forêt.

***

Au même moment, dans la baie de Baldine, au nord de Kianah, une violente bataille maritime faisait rage. Les navires de guerre du royaume avaient trouvé les bateaux sans pavillon venant de Zythor et les attaquaient sans relâche. Ils ne firent pas de quartier, et la grande mer froide fut envahie de cadavres flottant sur ses flots. Malgré tous les efforts de la flotte, plusieurs navires ennemis purent se sauver, au-delà de la mer du Nord, là où personne ne se risquait d'aller en cette saison où la mer se transformait en immenses blocs de glace et brisait les navires comme de fragiles bâtons de bois. Pour les deux camps, ce n'était que partie remise...

CHAPITRE 11

Galatée vola dans le froid de ce début d'hiver avec toute la vigueur de sa jeunesse de dragon. Elle accepta de faire quelques haltes en chemin, notamment pour rendre les chevaux empruntés et récupérer ceux de la princesse et de son époux. Ils prirent des arrangements avec les paysans, qui acceptèrent avec gentillesse, malgré la frayeur que la proximité d'un dragon leur donnait. Ensuite, le jeune couple reprit sa route directement vers Èrèmonta.

Sur le dos de la dragonne, alors qu'ils étaient fouettés par le vent froid, Alarik et Illah échangeaient des regards qui en disaient long sur leur bonheur. Ils allaient être parents, dans sept mois s'ils avaient bien compté. Illah ne cessait de caresser son ventre plat, sous l'œil attendri de son époux, qui la tenait bien serrée contre lui pour qu'elle n'ait pas froid.

Le jeune couple ne put trouver le sommeil sur le dos de la dragonne, tant il était excité de rentrer chez lui et d'annoncer la grande nouvelle à tout le monde. Lorsque le soleil entama sa descente vers l'horizon, Galatée leur annonça qu'ils étaient en vue de la montagne D'Or. La dragonne redoubla de vigueur et de vitesse. Il lui tardait, tout comme ses passagers, de rentrer chez elle.

Lorsqu'ils furent en vue d'Èrèmonta, la dragonne se mit à décrire de grands cercles afin de repérer un terrain d'atterrissage sans danger pour elle et ses occupants. Mal lui en prit, car les soldats de la garde royale avaient vu l'immense créature tournoyer dans le ciel et tenaient leurs arcs prêts à tirer, pour le cas où elle s'approcherait du château. Galatée, qui sentait très bien la peur des humains qui se tenaient au sol, décida de se poser dans la forêt derrière la ville. Elle aurait préféré déposer la princesse dans l'enceinte même du château, pour plus de sécurité, mais avec tous ces soldats armés et prêts à tirer, il valait mieux éviter toute situation qui les mettrait en danger.

Elle se posa dans une petite clairière entourée de grands arbres dénudés de leurs feuilles. Illah posa le pied au sol avec joie. Alarik débarrassa la dragonne de son harnais et des bagages. Puis, après avoir salué les deux humains, Galatée s'envola vers la montagne D'Or. Enfin, elle pourrait se reposer convenablement et pleurer son ami Balthazar dans la plus stricte intimité.

Illah et Alarik dissimulèrent le plus gros de leurs bagages dans les taillis et s'en allèrent vers la ville. Il faisait nuit noire à leur arrivée et les rues pavées de pierres plates étaient pratiquement vides. Les cheminées des demeures crachaient des volutes de fumée épaisse dans le ciel étoilé. Les voix des habitants leur parvenaient, étouffées par les épais murs de pierre des maisons. Des odeurs de nourriture flottaient dans l'air et firent gronder l'estomac de la princesse, qui n'avait mangé que des rations de voyage. Alarik prit la main de son épouse dans la sienne et ils accélérèrent le pas jusqu'au château. Le pont-levis était descendu et la herse était relevée. De chaque côté du pont se tenaient quatre gardes armés. La princesse traversa le pont en sachant qu'une dizaine de paires d'yeux ne la quittaient pas, du haut des remparts. Lorsqu'elle entra dans la cour intérieure du château, deux soldats, qui ne l'avaient

pas reconnue étant donné les vêtements qu'elle portait, lui ordon-
nèrent de faire halte sur-le-champ, ce que la princesse fit avant
d'éclater de rire. Alarik lui jeta un regard encourageant et mali-
cieux. Illah comprit et reprit son sérieux. Sur un ton impérieux,
elle dit aux soldats :

— Repos, soldats! Allez chercher la reine sur-le-champ. C'est
un ordre.

— Un soldat de la garde royale ne reçoit pas d'ordre d'une
paysanne, répliqua le soldat avec colère.

— Soldat, je vous ORDONNE d'aller chercher la reine immédiatement, répéta Illah avec encore plus force.

— Qui la demande? On ne dérange pas Sa Majesté sans raison.

Lentement, Illah retira le capuchon de son manteau de peau
de bête et regarda le soldat qui la toisait de toute sa hauteur. Il fallut
une seconde au soldat pour reconnaître la princesse de Ganthal. Il
devint cramoisi avant de s'agenouiller sur le sol avec déférence. Les
autres soldats le regardèrent avec suspicion pendant une bonne
minute avant de reconnaître, eux aussi, la princesse. Ils s'inclinè-
rent tous avec respect devant elle, avant de reprendre leur poste de
surveillance.

Illah s'amusa du malaise du grand gaillard, mais en bonne
princesse qu'elle était, elle ne profita pas de ce moment pour
rendre ce pauvre bougre plus mal encore. Elle posa sa petite
main sur l'épaule du pauvre homme et lui dit de sa voix douce et
charmante :

— Allez chercher ma mère, soldat. Mais ne lui dites pas pourquoi. Je veux lui faire la surprise. Ne dites rien à personne. Je
voudrais voir ma mère avant tout. Mon père n'est pas au palais,
n'est-ce pas?

— Non, Altesse, dit le soldat sans quitter le sol des yeux. Il est
sur le champ de bataille avec le prince et des invités.

— Je le verrai donc lorsqu'il reviendra. Allez, maintenant, et ne
revenez pas sans la reine, dit Illah avec un sourire.

— Oui, Altesse, tout de suite, dit le soldat en décollant comme une flèche vers les grandes portes du château.

Les autres soldats de garde dévisageaient les nouveaux arrivants avec incrédulité. Illah entendait des bribes de ce qui se disait. Son nom revenait souvent. Elle leur fit signe de se taire, ce qu'ils firent immédiatement.

Lorsque les grandes portes du château s'ouvrirent de nouveau, deux soldats de la garde personnelle de la reine ouvraient la voie en tenant des flambeaux. La reine les suivait quelques pas derrière, accompagnée par le soldat que la princesse avait envoyé comme messager. Dans la noirceur de la nuit, ce n'est que lorsqu'elle fut à quelques pas de la princesse que la reine Iza-Mel reconnut sa fille. Son visage, auparavant sérieux et sévère, s'étira pour devenir un grand sourire. Ses yeux se remplirent de larmes. Puis elle ouvrit les bras. Illah s'y précipita avec la vigueur de tout enfant qui retrouve sa mère. Devant les regards des soldats de la garde, ce n'était plus la reine et la princesse de Ganthal qui se tenaient dans la cour du château, mais seulement une mère et sa fille, que le bonheur de se retrouver faisait oublier tout et tout le monde autour d'elles.

Après ce qui fut un moment des plus tendres et magnifiques entre un parent et son enfant, Iza-Mel relâcha sa fille et serra son gendre dans ses bras avec affection. Puis, ils rentrèrent tous les trois à l'intérieur.

Ce n'est que lorsqu'ils furent dans les appartements privés de la famille royale que la reine laissa libre cours à sa curiosité naturelle.

— Comment s'est passé ton voyage? Avez-vous fait tout ce que vous deviez faire? demanda la reine avec empressement.

— Oui, mère. Nous avons réussi.

— Donc vous pouvez avoir des enfants?

— Oui, mère, dit Illah avec un étrange sourire sur les lèvres avant d'échanger un regard rempli de bonheur avec son époux.

— Merveilleux! s'exclama la reine.

– Mère, je dois vous dire un certain nombre de choses et…

– Je suis si heureuse que vous soyez rentrés ! s'exclama la reine, mettant de côté sa réserve habituelle.

– Mère, s'il vous plaît, tenta Illah, de nouveau interrompue par sa mère, qui se leva d'un bond de son siège et qui gesticula comme un pantin.

– Je vais écrire de ce pas à ton père pour lui annoncer ton retour. Il sera si content, dit la reine avec ferveur.

– Mère, je…

– Illah, l'interrompit encore une fois la reine, tu devrais aller te laver et dormir un peu. Tu as les traits tirés et ton mari aussi. Tu me raconteras ton voyage demain.

– Mais, maman…

– Illah, je suis très heureuse de ton retour, mais tu sens le fauve. Va te laver et te reposer. Nous reprendrons cette conversation demain.

– MAMAN ! hurla Illah dont la patience venait de s'épuiser. Écoutez-moi !

– Il est inutile de crier, ma fille, s'indigna la reine. Je vois que le mariage n'a en rien amélioré ton caractère…

– Mère, par tous les dieux, taisez-vous et écoutez-moi, dit Illah en avançant tel un taureau vers sa mère.

– Qu'y a-t-il de si important qui ne puisse attendre demain, ma petite ? demanda la reine.

– Maman, j'ai une grande nouvelle à vous annoncer. En fait, poursuivit Illah en prenant la main d'Alarik dans la sienne, *nous* avons une grande nouvelle à vous annoncer.

– Je t'écoute, dit la reine qui reprenait lentement contenance.

– Je suis enceinte.

Un silence de plomb s'abattit dans la pièce. La reine se laissa tomber sur un siège avec un soupir à fendre l'âme, comprenant les implications possibles de cette nouvelle inattendue. Puis elle dit d'une toute petite voix :

— C'est impossible... la magie de Misak... les épreuves... Comment ? Quand ?

— C'est une longue histoire que je vous raconterai en temps opportun. Pour l'instant, j'aimerais surtout savoir ce qui s'est passé pendant mon absence.

— D'accord, acquiesça la reine, un peu frustrée de ne pas savoir immédiatement ce qui était arrivé à sa fille.

Les deux femmes restèrent ensemble pendant des heures à discuter. Iza-Mel et Illah se racontèrent mutuellement les deux derniers mois de leur vie. La reine était aux anges. Elle allait être grand-mère. Il lui semblait que sa fille était née hier ; pourtant, en ce jour, c'était elle qui portait la vie. La reine pria en silence les dieux que tout se passe bien. Jamais de toute sa vie, elle n'avait prié aussi sincèrement et avec autant d'ardeur, mettant dans cette prière l'espoir de jours meilleurs.

CHAPITRE 12

Sept mois plus tard…

Dans les jours qui suivirent la sanglante bataille dans la baie de Baldine, le roi Trévor fit savoir au roi Ondier, par l'entremise d'un haut gradé de son armée, qu'il désirait une trêve. En fait, ayant perdu une grande partie de sa flotte et plusieurs milliers de soldats dans la mer froide du nord de Kianah, le roi de Zythor n'avait pas le choix de cesser cette guerre, du moins pour un temps.

La paix et le calme duraient depuis sept mois sur le continent. Toutefois, malgré les apparentes bonnes intentions du roi de Zythor, Ondier restait méfiant. Il connaissait trop bien la sournoiserie de Trévor pour baisser sa garde. De plus, une voix baldinoise venant de Zythor lui rappelait sans cesse de se méfier. Grégoire, par l'entremise d'alliés spéciaux, donnait régulièrement des nouvelles au roi de Ganthal.

En arrivant au Zythor, il avait réussi, par diverses manipulations, à se faire embaucher dans les écuries privées du roi de Zythor. Lentement mais sûrement, il finirait par atteindre les plus hautes sphères de cette royauté aux coutumes anciennes et barbares.

Au Ganthal, Mika avait épousé Tanila. Ils étaient très heureux ensemble depuis six mois. Ils avaient réussi les épreuves normales d'acceptation de l'union et espéraient donner un héritier au Ganthal le plus rapidement possible. Leur bonheur semblait sans nuages, à l'exception de cette absence de capacité à concevoir.

Tout semblait aller pour le mieux au Ganthal. Pourtant, tout le monde dans le château semblait excité et nerveux, et pour cause. La naissance de l'enfant-dragon se profilait maintenant avec une certitude dont pouvait témoigner le ventre proéminent de la princesse.

Illah, qui avait connu une grossesse presque sans problème, se retrouvait à quelques jours de son accouchement, avec des douleurs lancinantes dans les reins qui ne relâchaient presque jamais. Malgré les massages des femmes de chambre et de son mari, la princesse devait sans cesse marcher lentement, car dès qu'elle restait assise trop longtemps, son mal devenait insupportable. De plus, elle se sentait lourde et maladroite. Elle ne voyait plus ses pieds depuis un certain temps déjà, ce qui rendait sa démarche incertaine. Elle ne pouvait plus faire d'escrime avec son mari, c'était devenu trop dangereux dans son état.

Les journées devenaient longues. La chaleur de l'été ne l'aidait pas. La princesse ne savait plus quoi faire de ses dix doigts. Ses sautes d'humeur étaient devenues monnaie courante dans le palais et prirent des proportions gigantesques lorsque la future mère commença à avoir de la difficulté à s'alimenter. Le bébé lui donnait des coups de pied dans l'estomac, qui lui faisaient très mal, au point de la faire vomir. Elle était anxieuse quant à l'accouchement, mais durant les derniers jours de sa grossesse, elle en vint à souhaiter que cet enfant sorte de son corps au plus vite, n'en pouvant plus de ces douleurs et de cette inactivité.

Au petit matin d'une nouvelle journée très chaude, alors qu'Illah dormait profondément aux côtés de son mari, sans coups de pied pour perturber son sommeil, une douleur lancinante lui vrilla les entrailles, la réveillant d'un seul coup. Elle se releva d'un bond dans le lit et s'écria :

— Alarik ! Alarik !

Le jeune homme se leva aussi sec, en essayant d'ouvrir ses yeux engourdis de sommeil. Il demanda avec empressement :

— Qu'est-ce qui se passe ? C'est le bébé ? Il arrive ?

— Oui, répondit la jeune femme en faisant une grimace de douleur. Je pense que, cette fois, nous y sommes.

Illah se mit à respirer par à-coups pendant qu'une autre contraction lui tordait le ventre. Alarik s'habilla en quelques secondes et demanda nerveusement :

— Qu'est-ce que je fais maintenant ? As-tu besoin de quelque chose ?

— Oui. Premièrement, j'aimerais que tu te calmes, ça ne m'aidera pas si tu t'énerves.

— C'est vrai, dit piteusement le jeune homme. Désolé.

— Ensuite, tu vas appeler la femme de chambre, elle sait ce qu'elle doit faire. Et tu vas aller chercher ma mère, dit Illah entre deux contractions.

— C'est tout ? demanda son mari en s'élançant vers la porte.

— Je crois... que... oui, dit Illah en respirant par saccades.

— D'accord...

— NON ! Attends !

— Qu'est-ce qu'il y a ? demanda le jeune homme en revenant vers son épouse, dont le visage prenait toutes les teintes de rouge possibles.

— J'aimerais que tu écoutes bien ce que je vais te dire, s'il te plaît...

— Je vais aller chercher de l'aide avant, tu me diras tout cela après, dit le jeune homme en voulant s'en aller, mais Illah le retint en lui prenant fermement la main, la faisant craquer au passage.

— Attends et écoute-moi, s'il te plaît.

— Je t'écoute, dit le jeune homme en lui caressant la joue, déplaçant les longs cheveux blonds derrière son oreille.

— J'espère que tout va bien se passer, mais nous savons tous les deux que ce n'est pas toujours le cas...

— Illah, arrête, dit Alarik qui paniqua en comprenant ce qu'elle sous-entendait.

— Tais-toi et écoute ! s'écria Illah entre deux contractions.

— D'accord, tout ce que tu veux, dit Alarik qui avait la main engourdie par la force avec laquelle elle la tenait.

— Je veux que tu saches que, quoi qu'il arrive, je t'aime, dit simplement la jeune femme avant de fermer les yeux sous l'assaut de nouvelles douleurs.

— Moi aussi, je t'aime, mon amour, dit Alarik en caressant doucement la joue de son épouse de sa main libre.

Illah ouvrit les yeux, lâcha la main de son mari et lui dit d'un ton autoritaire :

— Va-t'en maintenant. Lorsque nous nous reverrons, nous serons trois.

— Je ne serai pas loin, je te le promets, dit le jeune homme au regard rempli de compassion et de peur avant de sortir en trombe de la chambre.

— Je sais, murmura doucement Illah pour elle-même, en caressant son ventre qui se contractait de plus en plus souvent.

Quelques minutes plus tard, Iza-Mel entra dans la chambre de sa fille, en robe de chambre, ses longs cheveux blond cendré cascadant librement sur ses épaules menues. La sage-femme la précédait de quelques secondes à peine, accompagnée des dames de compagnie de la princesse, qui feraient office d'assistantes. La reine referma la porte de la chambre au nez d'Alarik, inquiet et qui ne tenait pas en place. Le roi rejoignit son gendre dans le salon jouxtant la chambre et, tout comme lui, attendit que la nature suive son cours.

Les heures s'écoulèrent. Le soleil se leva et monta dans le ciel. Les plaintes provenant de la chambre d'Illah se firent plus fortes et déchirantes. Vers midi, Iza-Mel sortit de la chambre pour donner des nouvelles. Le bébé arriverait sous peu, ce n'était qu'une question de minutes à présent. Elle retourna ensuite dans la chambre, laissant Alarik et Ondier se ronger les sangs tout seuls.

Tanila et Mika arrivèrent. Ils tinrent compagnie à Alarik avec Ondier. Voyant que son gendre tournait littéralement en rond dans la pièce, le roi décida d'essayer de le calmer un peu en lui racontant une petite histoire.

— Lorsque ma fille est née, j'étais comme toi, nerveux, intenable, je ne pouvais pas rester en place. Heureusement que ma femme ne m'a pas vu faire, sinon j'en aurais eu plein les oreilles, dit Ondier avec humour. Iza-Mel a mis beaucoup de temps avant d'être délivrée. J'ai cru devenir fou. Puis, j'ai entendu les pleurs. À ce moment précis, le temps s'est arrêté. Je suis entré dans la chambre et j'ai vu cette petite chose qui gesticulait et braillait à tue-tête. Elle était si petite et si mignonne dans les bras de sa mère. Iza-Mel a vu la tête que je faisais. La peur absolue devant l'inconnu. Elle n'a pas hésité une seconde et m'a mis la petite dans les bras, sans avertissement. Je n'avais jamais tenu un bébé de ma vie. J'avais peur de l'écraser ou de la briser. Mais dès que j'ai eu cette petite fille dans les bras, c'était comme si mon cœur s'était arrêté pour repartir avec plus de force et d'ardeur qu'avant. J'ai aimé ma fille tout de suite, à la seconde même, sans doute, sans crainte. C'est un sentiment beaucoup plus fort que tout ce que l'on peut imaginer. Je ne m'attendais pas à cela. Et aujourd'hui, c'est ce petit enfant que je tenais dans mes bras qui va en mettre un au monde. Le temps a passé si vite…, murmura le roi en posant gentiment sa grande main sur l'épaule de son gendre avant de se lever et d'aller regarder par la fenêtre.

Alarik était sidéré. Jamais son beau-père n'avait fait étalage aussi ouvertement de ses sentiments pour ses enfants. Tous savaient qu'il aimait sa fille et son fils plus que tout, mais jamais il n'en avait fait mention devant qui que ce soit.

Tanila avait les larmes aux yeux. Elle qui désirait tant un enfant, entendre son beau-père en parler avec tant de passion lui vrillait le cœur. Pendant ce qui sembla durer une éternité, le silence se fit dans la pièce. Il fut rompu brusquement par les pleurs caractéristiques d'un nouveau-né.

Les quatre personnes assises dans le petit salon se levèrent d'un même mouvement, comme si elles ne faisaient qu'un. Sur l'entrefaite, Iza-Mel sortit de la chambre, un sourire béat sur le visage. Elle annonça triomphante :

— C'est une fille ! Elle est parfaite.

Alarik sauta de joie et demanda :

— Illah ?

— Elle va bien, dit la reine. Tu pourras entrer dans quelques minutes.

— Merci, Iza-Mel, dit-il en prenant sa belle-mère dans ses bras, en pleurant sans s'en rendre compte, des larmes de joie.

Lorsque Alarik entra dans la chambre et qu'il vit Illah à demi assise, tenant dans ses bras cette petite chose qui dormait à poings fermés, il ne put retenir une exclamation de pur bonheur. Il regarda sa fille attentivement. Elle avait les cheveux roux, épais et volumineux. Si fournis en fait qu'ils restaient bien droits sur sa tête, comme un porc-épic. Ses petits poings étaient fermés serrés, et elle avait un air si décidé sur le visage que le jeune homme reconnut tout de suite à qui elle ressemblait. Il avait vu si souvent cette expression de force tranquille, de certitude absolue sur le visage de son épouse.

Illah dit à son mari :

— Elle est belle, n'est-ce pas ?

— Oh oui ! Elle te ressemble beaucoup, répondit le jeune homme qui ne pouvait pas quitter des yeux l'enfant endormie.

– C'est amusant que tu dises ça, dit Illah avec un sourire franchement amusé.

– Pourquoi?

– Parce que dès que je l'ai vue, j'ai dit à ma mère que cette petite était ton portrait craché, rigola la nouvelle maman.

– À moi? Non... quoique... on dirait le menton de mon père, dit le jeune homme en regardant de plus près.

– C'est aussi ton menton, mon cher, dit Iza-Mel qui se tenait juste derrière lui.

Illah fit un clin d'œil à sa mère, qui approcha une chaise du jeune homme. Elle lui fit signe de s'asseoir, ce qu'il fit sans quitter la mère et l'enfant des yeux. Puis Iza-Mel prit l'enfant et la mit doucement dans les bras de son père.

La petite bâilla et se nicha le nez dans le creux du bras d'Alarik, refermant son poing sur le doigt tendu du jeune homme.

Alarik sentit quelque chose de très puissant grandir en lui. Son cœur semblait prendre des proportions exponentielles, comme s'il allait éclater. Dans un murmure que seules Illah et Iza-Mel entendirent, il dit d'une voix remplie de douceur :

– Ma fille... *ej emaït ed nom ruéroc, Shara-Mel lolaït.*

Illah releva la tête en entendant son mari parler la langue des anciens. Un mot avait retenu son attention. Elle demanda :

– Qu'est-ce que tu as dit?

– J'ai dit : « Je t'aime de tout mon cœur, ma fille, soleil éclatant. »

– Non, tu as dit : « *Shara-Mel lolaït* ».

– C'est cela. *Shara,* c'est soleil, *Mel,* c'est fille et *lolaït,* c'est éclatant dans la langue des anciens, dit-il.

– Je crois que tu viens de trouver son nom, dit Illah amusée.

– Lolaït? Non! Jamais, s'indigna Alarik.

– Bien sûr que non. Par contre, Shara-Mel me plaît beaucoup.

– Oui... murmura le nouveau papa en caressant le petit nez du bébé du bout du doigt. Shara. Tu aimes cela?

Pour toute réponse, l'enfant bâilla de nouveau, en serrant plus fort le doigt de son père dans son petit poing, ce qui fit sourire tendrement les nouveaux parents.

*

Quelques heures plus tard, Misak vint examiner l'enfant. Pas seulement en tant que mage de Ganthal, mais aussi en tant que médecin de la famille royale. Il déclara l'enfant en parfaite santé, même si elle se mit à hurler dès qu'il la prit dans ses bras.

Il dit aux nouveaux parents :

— Dès le coucher du soleil, nous devrons procéder à la cérémonie de protection. Normalement, nous devrions attendre trois jours, mais étant donné le destin exceptionnel de cette petite, nous allons accélérer les choses. Pour sa sécurité.

Illah, qui tenait sa fille dans ses bras, resserra sa prise sur elle et dit d'un ton menaçant :

— Si quelqu'un essaie de lui faire du mal, il mourra de ma main…

— Ou de la mienne, ajouta Alarik qui s'était assis sur le lit, aux côtés de son épouse.

— Personne ne lui fera de mal, insista Misak. C'est pour prévenir cela que je veux agir au plus vite. Sybelle arrivera dans quelques heures, avec Galatée. Dès que le soleil sera couché, nous agirons. N'ayez crainte, princesse, je prendrai toutes les précautions.

— Je sais, Misak, dit Illah, radoucie un peu. Il semble que mon instinct maternel n'ait pas mis beaucoup de temps avant de se réveiller.

— Je comprends et je respecte cela, Altesse. Reposez-vous, tous les trois. Je viendrai vous chercher lorsque le moment sera venu.

— Merci, Misak, dirent à l'unisson Illah et Alarik.

La porte de la chambre se referma sur un mage préoccupé. Si, dans la chambre, les parents s'extasiaient toujours devant la beauté de l'enfant, Misak, lui, était plongé en pleine torpeur. L'enfant-dragon était une fille! Il ne s'attendait pas à cela. Il fallait revoir entièrement la préparation de la cérémonie avant l'arrivée de la grande maîtresse Sybelle. Le mage accéléra le pas et s'engouffra dans le sombre couloir menant à son antre. Il avait du pain sur la planche.

***

Dès que la nuit tomba, Illah fut transportée avec son enfant dans la forêt. C'est là que Galatée, Fafnir et Sybelle les attendaient. Ils vinrent voir cette petite créature qui aurait tous les pouvoirs. Le roi des dragons regarda l'enfant qui gesticulait avec vigueur et dit à sa fille quelque chose dans la langue des dragons. Galatée rit, pour autant qu'un dragon puisse rire, puis elle traduisit à Illah :

— Mon père dit qu'elle vous ressemble, princesse. Qu'elle est forte et vigoureuse… et…

— Quoi? demanda impatiemment Illah.

— Et il dit qu'il a toujours su que le destin des dragons était d'être menés par des femelles. Il n'est pas surpris que ce soit une fille… dit la dragonne. Avez-vous choisi un prénom?

— Oui, dit la princesse. Shara-Mel.

La réaction des deux dragons fut surprenante. Fafnir parla à sa fille dans sa langue à une vitesse prodigieuse. Illah, ne comprenant pas la langue des dragons, n'eut d'autre choix que d'attendre.

— Elle… Sharrrrrrrrrra, dit le grand dragon en roulant le « r ».

— Et? insista Illah en regardant le grand dragon dans les yeux.

— Elle… sera… force… courage… pour Kianah, dit le roi des dragons avec gentillesse.

— Je ne vous suis pas du tout, dit Illah.

Galatée prit sur elle de donner les explications que son père n'était pas en mesure de donner.

– *Shara*, dans notre langue, signifie « guide », « phare »…
quelque chose que l'on doit suivre… Comment avez-vous choisi
ce prénom ?

– C'est une idée de mon mari, dit Illah en regardant Alarik
qui acquiesça et reporta son attention sur l'enfant devant lequel il
était tout en adoration.

Fafnir sourit. Ce fut comme une immense grimace, mais tous
ceux présents savaient que c'était indubitablement un sourire. Il
était content. Puis Galatée demanda :

– Est-ce que Misak est venu ?

– Oui, dit Alarik en désignant le mage qui se cachait sous sa
longue toge à capuchon.

– Bien. Mage de Ganthal, tu connais la formule. Prends les
larmes de licorne et protège cet enfant.

– Ce ne doit pas être Sybelle qui fait cela ? demanda Misak.

– Non, c'est toi, le mage de ce royaume. Protège-la contre le
mal qui gronde en cette terre, répliqua la magicienne à la place de
la dragonne, avec autorité.

Misak s'exécuta. Il prit l'enfant des bras de sa mère et la
déshabilla dans l'air frais de la nuit. La petite se mit à hurler,
mais le mage ne pouvait pas s'arrêter. Il leva l'enfant en l'air et
se mit à psalmodier la formule vers les quatre points cardinaux.
Ensuite, il en appela à la protection des dieux et enduisit la petite
fille grelottante des larmes de licorne. Finalement, il leva l'enfant au
ciel et se mit à crier une autre formule qui se traduisait comme
suit :

« À tous les dieux de tous les peuples de notre grande terre,
je vous présente l'enfant de la prophétie que vous nous avez fait
connaître. Par la magie dont il m'a été fait don, je la protège autant
des gens du peuple, que des nobles et des mages de ce monde qui
pourraient et voudraient la détruire. Je demande à tous les dieux
de protéger cette enfant, qui représente notre salut à tous, habitants
fidèles de notre terre. »

D'un repli de son vêtement informe, Misak sortit l'épée des elfes, qu'il plaça dans la main de l'enfant. Le pommeau magique s'illumina d'une lumière bleue, vive et éclatante, au point où toutes les personnes présentes durent tourner la tête. La lumière décolla vers le ciel et éclata en une grande sphère bleue qui s'estompa peu à peu. Misak ouvrit la main de l'enfant, retira l'épée et découvrit la tête de dragon de Gragdar imprégnée dans la chair de l'enfant, ce qui ne lui avait causé aucune douleur. Il dit à Illah :

— L'épée répondra à sa maîtresse et seulement à elle. La magie et la puissance de l'épée des elfes serviront l'enfant jusqu'à son dernier souffle.

Puis il remit l'enfant gesticulante et hurlante à sa mère. Illah emmitoufla sa fille aussi confortablement que possible et l'installa bien serrée dans son giron. Les pleurs se calmèrent et l'enfant s'endormit. Sybelle et Misak voulurent partir, mais furent retenus par la voix du roi des dragons qui dit :

— Vous possédez grande magie. Vous… protégez enfant. Vous éduquez enfant avec grande magie. Sinon Kianah perdu.

— Q… quoi ? s'exclama Illah.

— L'enfant de la prophétie doit connaître la magie autant que le combat. Nous ne pouvons pas vous dire pourquoi. Seule Shara connaîtra la réponse à cette question, en temps voulu bien sûr, dit Galatée.

— Je vois. Elle sera mage et guerrière, si je comprends bien, ironisa Illah en jetant un regard noir à son époux qui souriait de toutes ses dents tant il était fier.

— Oui, princesse, dit Fafnir. Elle… importante, dit-il en désignant l'enfant. Elle… grand destin.

— Je sais… je… j'espère qu'elle l'acceptera, ce destin, sans trop rechigner, dit Illah avec inquiétude.

— Si elle te ressemble, nous ne sommes pas au bout de nos peines, dit Alarik en caressant la joue de l'enfant endormie.

— Je sais.

– Maintenant, nous allons partir, princesse, dit Galatée. Comme toujours, si vous avez besoin de nous, vous avez la flûte…

– Je sais…, murmura Illah en touchant du bout du doigt la flûte de bois qui avait appartenu à Balthazar.

Le vieil homme lui manquait cruellement à cet instant. Elle aurait aimé lui présenter sa fille. Elle aurait aimé revoir ce sourire qu'elle aimait tant sur ses traits ridés. Une larme coula sur sa joue, tomba sur le front de l'enfant et resta figée. Galatée regarda la petite goutte perler sur la peau diaphane de l'enfant, puis elle dit :

– Princesse, dès à présent, votre fille ne risque plus rien. Votre cœur et votre amour la protégeront. La magie aide, bien sûr, mais c'est votre amour à vous, Illah de Ganthal, et à vous, Alarik d'Ébal, qui fera d'elle celle dont Kianah a besoin. Ne l'oubliez jamais. Le cœur d'un être humain n'est jamais ni bon ni mauvais à sa naissance. Il prend la direction qui lui est montrée. Vous serez des guides. Sans plus. Les enfants sont un trésor, les parents n'en sont que les gardiens. Aimez-la de tout votre cœur, cela pourrait faire une grande différence.

Sybelle souhaita bonne chance aux parents et leur dit :

– Je reviendrai. Dans dix ans, l'enfant devra être prête à suivre ma formation.

Puis, sans un mot de plus, elle monta sur le dos de Galatée et s'envola. Fafnir dit à la princesse avant de partir à son tour :

– Elle… trrrès… belle.

– Merci, Majesté, dit Illah en inclinant respectueusement la tête.

Puis le grand dragon décolla de terre vers le ciel rempli d'étoiles. Illah dit à son mari :

– Un si grand destin pèse sur les épaules de notre enfant et elle n'a pas encore un jour.

– Je sais…, murmura Alarik.

— Kianah a besoin d'elle, même si mon cœur de mère ne veut pas la partager. Je connais mon devoir et le sien. Nous ferons ce qu'il faut pour qu'elle soit prête le moment venu. Trop de choses dépendent de notre fille pour que nous puissions nous permettre d'échouer.

— Nous n'échouerons pas, dit Alarik avec conviction.

Illah ne répondit pas, se contentant de regarder le ciel et de prier les dieux que son mari ait raison. Shara-Mel était l'enfant-dragon. Le destin de tous les habitants reposait entre ses petites mains qui s'agrippaient avec force aux vêtements de sa mère. Déjà sur son visage enfantin se dessinaient la force de caractère et l'obstination qui feraient d'elle l'être exceptionnel que tout le monde attendait.

ÉPILOGUE

Sur les terres de sable rouge, un homme difforme et méchant avait vu la lumière bleue dans le ciel. Il savait ce que cela signifiait. Il dit à celui qui se tenait tout près de lui de sa voix rocailleuse, avec un sourire mauvais d'où pointaient des dents pourries :

— L'enfant de la prophétie est né. Nous devons nous hâter dans notre entreprise. Le temps ne joue plus en notre faveur.

— Par où devons-nous commencer, mon seigneur? dit le petit homme vêtu de blanc, symbole de la caste supérieure des mages blancs qu'il trahissait depuis des années.

— Les diamants d'Abéral sont nécessaires. Envoie un message à Trévor. Il doit trouver un moyen de les avoir. Peu importe comment, il me les faut, dit l'homme difforme. Ensuite, retourne dans ton royaume. J'ai encore besoin de toi là-bas. Les hommes pensent pouvoir vaincre le mal sur Kianah, mais ils ne savent pas encore que peu importe ce qu'ils feront, je gagnerai. Je n'ai peur de rien et j'ai encore quelques petites surprises dans ma poche. Va, maintenant, et ne reviens qu'avec quelque chose dont je puisse me servir.

– Oui, mon seigneur, dit le petit mage qui tremblait de tous ses membres en sortant de la pièce sombre.

– Un jour, ce continent sera à moi, dit l'être difforme pour lui-même, du haut de son balcon. Un jour, Sunèv, ta magie ne suffira plus à retenir le mal ; et ce jour-là, je déferlerai tel un raz-de-marée sur cette terre que tu aimes tant et je détruirai toute chose qui s'opposera à moi. Le temps de la paix et du bonheur deviendra le temps de la guerre et du chaos, et rien ne m'arrêtera, jamais.

À suivre…

Amélie Dubé, née à Rimouski, a étudié les sciences humaines, puis l'histoire et la mythologie. Elle a cumulé divers emplois tels que secrétaire, réceptionniste et photographe. Elle s'est ensuite lancée dans sa grande passion, son rêve de toujours : l'écriture. Elle nous offre la série Sur les terres de Kianah, une épopée fantastique où les dragons, les magiciens et les humains s'unissent contre le mal dans une fresque de péripéties palpitantes.

NE MANQUEZ PAS LA SUITE

Sur les terres de Kianah

3

L'ALLIANCE

AUSSI DISPONIBLE

TOME 1

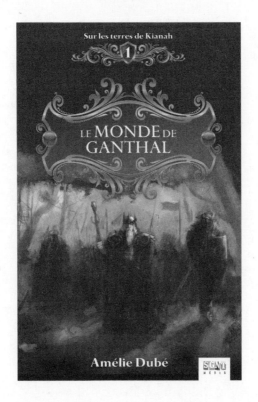

MÉDIA

www.ada-inc.com
info@ada-inc.com